不要解释生命
用生命击碎所有解释

自我的消融

吉祥 著

台海出版社

**图书在版编目（CIP）数据**

自我的消融 / 吉祥著. -- 北京 ： 台海出版社，
2025.5. -- ISBN 978-7-5168-4193-8

Ⅰ.I267

中国国家版本馆 CIP 数据核字第 2025SW8763 号

**自我的消融**

著　　者：吉　祥

责任编辑：徐　玥　　　　　　　　　　封面设计：唐笑笑

出版发行：台海出版社

地　　址：北京市东城区景山东街 20 号　　　　邮政编码：100009

电　　话：010-64041652（发行，邮购）

传　　真：010-84045799（总编室）

网　　址：www.taimeng.org.cn/thcbs/default.htm

E－mail：thcbs@126.com

经　　销：全国各地新华书店

印　　刷：江西骁翰科技有限公司

本书如有破损、缺页、装订错误，请与本社联系调换

开　　本：710 毫米×1000 毫米　1/16

字　　数：176 千字　　　　　印　张：17

版　　次：2025 年 5 月第 1 版　　印　次：2025 年 5 月第 1 次印刷

书　　号：ISBN 978-7-5168-4193-8

定　　价：91.00 元

# 目　录

# 一 | 遇见真正的自我

在生命的历程中，人们常常陷入对自我的深度探寻，比如发出"我是谁？我从哪里来？我到哪里去？"这样的疑问。然而，这些问题的思考通常处于线性思维模式之下。当我们从整体的宏观角度进行观察时，会发现"我是谁"这个问题本身就是在寻求对自我的定义，而所有对自我的定义本身就是一种自我的设限。至于"我从哪里来"以及"我到哪里去"，这些问题也都是围绕着时间与空间展开的思索，但时空本身仅仅是一种虚幻的呈现。实际上，任何层面的线性模式思考都如同一个无限循环的牢笼，将人们的思维牢牢束缚其中。

当"你"的意识主体停留在认为自己仅仅是整体中的某个特定个体这一认知层面时，"你"便在认知层面确定了自身的单一身份，从而成为一个被定义的"你"。这种自我意识使得"你"从整体中区分出自己的独特存在，并让"你"认知到自己是独立的、与外界相分离的个体。此时，你的意识被紧紧束缚在一种狭隘的个体性框架之内，难以超越这种对自我身份的认知局限。进而，"你"陷入时间线性循环的牢笼之中，进入了时间的范畴。时间呈现出线性的存在状态，代表着过去、现在和未来的不断延续。在这个框架当中，个体的存在仿佛一个永无止境的循环，处于一种"无始无终的持续运动"状态。随着时间的不断推进以及个体性的逐步强化，"你"被带入时间的流动之中，成为一个永不停歇、持续变化和流转的局限个体。

人们往往觉得自己就是那个存在于头脑中的过去的自己，或者是基于过去的经验以及期望所幻想出的未来的自己。然而，实际上在当下这一刻，真正的"你"绝不能简单地等同于过去的你或者幻想中的未来的你。从某种角度来讲，就连当下也并非真实存在，它同样是基于线性的过去、现在与未来而呈现出的一个"刹那"。在当下这个瞬间，如果仅仅执着于过去的形象或者对未来的幻想，就必然会错过"当下"的真实体验。所以，可以确切地说，现在并没有那个被过去或者未来所束缚的"你"。

实际上，恰恰是因为你在逃避"真实的自己"，所以才会产生对于自己应该是什么样子的定义。这是因为"真实的自己"有着无法被头脑抓取的"不确定性"。头脑出于对确定性的追求，就选择避免直面这样充满不确定性的真实自我。于是，头脑便为你自己设定了对于自己应该是什么样子的定义。这个定义通常是基于理想状态、社会期望或者个人的某种幻想而产生的。它就像是一个面具，掩盖了真实的你；又如同一个目标，引导着你努力朝着这个"应该"的样子去靠近，却让你在这个过程中逐渐远离了真正的自己。

那么，你如何才能找到自己呢？什么才是真正的自己呢？是身体吗？是心灵吗？又或者是一种认知层面的存在呢？然而，你眼中的你并非真正的你，别人眼中的你同样不是你。实际上，一切所呈现出来的"你"都不是真正的你，这里面甚至包括那个被你通常所认为的"你"。

在所有行为中的"你"其实都并非真正的"你"，只有当意识到正在行动的"你"才是真正的"你"。例如，当我们处于睡觉、吃饭、看书等具体行为状态中时，如果只是单纯地沉浸于这些行为里，而没有任何自我觉察，那么此时的"你"仅仅是在本能地进行活动，就如同一个无意识的存在，绝非真正意义上完整的"你"。然而，当我们能够意识到自己正在睡觉、正在吃饭、正在看书时，这便意味着我们正在进行自我觉察。此时，我们开始从行为本身中抽离出来，以一个观察者的视角去审视自己的行为和存在状态。在这个时候，我们不仅仅是在进行某个具体的活动，还对自己的行为和状态有了认知与思考。这种自我觉察使得我们超越了单纯的行为层面，成为一个有思想、有认知、能够对自身进行反思与洞察的存在。所以，这个时候的"你"才是更接近真正的、完整的"你"。正因为如此，可以理解为正在睡觉的你不是你，只有意识到正在睡觉的你才是你；正在吃饭的你不是你，意识到正在吃饭的你才是你；正在看书的你不是你，意识到正在看书的你才是你……

进一步来讲，凡是那些能够被你明确找到和定义的你，都不是真正的"你"。它们只是头脑基于以往的"已知"对"自我"进行的一种编织和执着。自我并非一个固定不变的实体，它实际上是由无数个"已知"的经验和认知累积而成的总和。头脑就像一个不停歇的编剧，不断地创造着关于自我的故事，通过戏剧化所有的"经历"，极端化所有的"觉受"，来让我们感受到自己的"存在"，并强化对"自我"的认知。然而，我们所经历的这一切，都只是头脑为我们营造的一场看似逼真的自我体验，而并非真正的自我。就像一场精彩的戏剧，我们在舞台上扮演着各种角色，但这些角色并不是我们的真实身份。

其实，你无法通过任何常规的方式找到真正的自己，因为真正的自己是无法被简单地定义和局限的。它以一种超越时间和空间的"存在"状态时刻保持着全新和变化。当你不再执着于寻找一个固定的自我形象，而是放下这种追求时，或许你才能领悟到，一切其实都是自己。迷茫的时刻是自己，清醒的时刻也是自己；幸福的感受是自己，悲伤的感受也是自己；愤怒的情绪是自己，平静的情绪也是自己；谎言中的自己是自己，真实的自己也是自己。自己既是生活中的片段经历，也是整体的存在；既是瞬间的闪耀，也是永恒的光辉。就如同大海中的波浪，每一朵浪花都有它独特的形态和瞬间，但它们都是大海的一部分，共同构成了大海的浩瀚和永恒。

## 二 | "自我维护"的幻象

在人生的漫长旅程中，我们一直在持之以恒地探寻"自我"的真谛。然而，"自我究竟是什么"无疑是一个深邃且复杂的哲学命题。

人们终其一生都在努力地构建着一个并不真实存在的"自我"。我们借助职业、地位、身份等外在标识，构建了基于外部社会的自我认同；出于安全感、归属感、自尊心等心理需求，构建了符合期望的理想化的自我认同；通过感官、思维、认知等主观因素，构建了受认知局限的自我认同，但这些都不是真正的"自我"。它们是基于载体的一种自我认同，仅仅是一个认知，并不是一个"真实"的实体。

很多人为了维护"自我"，会采用各种方式逃离自我并不是真实存在的这个"实相"，从而证明"自我"是存在的。就比如，无论遇到任何事情总是会陷入"胜利者"或"受害者"的心态，这些经历会凸显出"受害"或"胜利"的主体意识，而主体意识滋生出的愤怒、悲伤、喜悦等主观情感，以及外界对这些主观情感的反馈，又反作用于主体并滋养着主体意识，给予主体某方面的价值认同感，满足自我认同的需求。这给人一种"自我"是真实存在的且其存在有意义的错觉。人们还总是沉浸在某个特定概念或观念中，并且以执着的态度循环往复地进行"自我维护"。例如，通过追求某种身份、地位或者财富等方式来证明自我是真实存在的,且其存在是有价值、有意义的。然而,这种"自我"实际上只是对自我认知局限的一种偏执的理解,它使人们沉溺于一种线性且虚幻的自我认同之中,无法触及真正的"自我",并在这种"自证"里无限循环,不可自拔。

从更深层次来看,"自我"是一种极难定格的状态。"自我"意味着全新的开始、存在状态或可能性,它充满希望、活力与成长,不断突破旧有模式,开启事物崭新的篇章。同时,"自我"也蕴含着结束、消逝与沉静,揭示出一切事物也都有终结之时,即便看似强大永恒的存在也会走向消亡,从而彰显了生命的循环。一方面,新的生命和事物不断涌现,带来活力与变化;另一方面,旧的事物随时间推移逐渐消失,回归寂静。"自我"还是一种宏大的视角,有着无限的包容性和广泛性,能够代表宇宙万物的总和,所有的存在、现象和可能性尽皆囊括其中。并且,"自我"还呈现出一种虚无的状态,这里的虚无并非绝对的空无,而是超越了具体事物与表象的境界。世间的所有事物都可被视作"自我"的表现形式或者组成部分,"自我"是主观与客观的融合,个体意识与外部世界相互关联,个体能够通过自身的认知和体验去理解、感受整个世界。同时,个体具有无限的潜力,与世界紧密相连,并非孤立的存在,而是与整个宇宙相互依存、相互影响,个体的行为和选择会对世界产生影响,世界的变化也会反过来作用于个体。正如我所描述的:"你是新生,也是寂灭,你是一切,也本虚无,一切都是你,同时你也是一切……"

我们常常会陷入"自卑"的状态而难以自拔,也经常会感到自信满满并对未来充满期待。然而,我们既不必"依恋"任何时刻的自己,也无须"抗拒"自己正处于的低落时期。因为你并非单一、固定的存在,不能简单地将自己定义为某一种特定且固定的状态。实际上,当下的你、难过的你、幸福的你、无知的你、情绪化的你以及具有无限可能的你，都是你，而你正是以所有状态叠加的形式"存在"着。同时，无数个处于局限状态的你叠加在一起，便构成了完整的"你"。

一切经历都是我们不断认识自己的过程，不过经历本身并不能完全定义我们。实际上，是我们赋予经历特定的意义，而经历也在持续地对我们进行诠释。每一次挫折都会让我们学会坚韧并获得成长，每一次成功都会使我们增添自信与勇气，每一次相遇都能让我们体会到人与人之间的温暖与联系，每一次离别都能让我们学会珍惜与放下。然而，我们不要被这些经历所束缚，而要以一种敞开、豁达的心态去面对它们。

我们对自我的认知存在局限与矛盾之处。我们的意识层面或许能理解自己的部分行为与想法，但在更深层次的潜意识里，还有许多未知领域有待我们去探索与发现。我们需要不断反思和内省，深入挖掘内心世界，才能逐渐揭开自我的神秘面纱，洞悉到真正的自我。

此外，我们常常误以为自己就是所呈现出来的形象，可实际上，这一形象与自我毫无关系，它只是我们为了适应环境、满足他人期望而刻意塑造出来的形象，是一种表面的伪装，是我们迎合外界而戴上的面具。

我们还需要清醒地认识到，自己的想法、情绪以及对外做出的反应等并非完全由自己掌控。它们在很大程度上是在集体意识推动下经由头脑产生的、用于"自我维护"的表现。我们的思想和情绪往往受到周围环境、社会文化以及他人的影响。所以，我们要学会观察自己的思维和情绪，洞察它们的根源和本质，不被其左右，进而保持内心的平静与清明。

我们也需要明白，外界的一切声音并没有诋毁或赞美我们的本意。因此，我们不需要过分在意他人的评价和看法，因为这些评价往往是主观且片面的，不能反映出我们真实的自我。

　　事实上，任何层面上对自我的认知其实都是相对"停滞"的，因为自我并非片段式或者局限的，而是一个不断变化、动态发展的过程，每时每刻都是全新的。我们与流动和变化本为一体，我们在变化中持续成长和演进，而变化正是我们存在的一种体现。"自我"既具有一定的稳定性和连续性，又充满变数和不确定性。那么自我到底是什么呢？或许我们可以用一种哲学的方式去领悟："自我"是一个不被确定的确定者本身。

## 三 | "自我维护"的陷阱

在生活中，"自我维护"的状态贯穿于我们的一切行为和反应之中，人们全身心地投入其中，竭力维护着自我以及与自我相关的一切。

我们常常误以为外界对我们的诋毁或赞美是针对我们本身，但事实上并非如此。实际上，外界的种种言行只是他们"维护自我"的一种方式。他们以诋毁或赞美的方式来维护自己的立场、观点以及利益等。例如，当有人对我们提出批评时，他们未必真的认为我们一无是处，而可能是通过这种方式凸显自己的观点或价值观，从而巩固自己的立场。同理，当有人给予我们赞美时，也可能只是为了满足自身的某种需求或情感，而非基于对我们"真实"的客观评价。

无论我们对自我身份持有怎样的认同，从一定程度上来说，这其实都是一种"偏见"。这是因为我们的认同通常建立在自身的经历、观念以及价值观之上，而这些因素无疑是有限的且并不客观。我们很难彻底摆脱主观因素的影响，以绝对客观的视角去看待自己，所以总会形成一种片面的认知。就如同盲人摸象一般，每个人都只能触摸到大象的一部分，却错误地以为这就是大象的全貌。

越是执着于自我维护的人，往往越容易陷入狭隘的思维模式之中。他们仅仅愿意倾听那些自己想听的声音，原因在于这些声音能够支撑他们的自信或者加剧他们的自卑，进而让他们更加坚信"自我"的真实存在性且存在的有意义。然而，这种选择性的倾听只会致使他们与外界的多样性脱节，使他们无法真正理解和接纳不同的观点与事物。比如，有些人只愿意与和自己观点一致的人交往，并且只听取与自己认知相符的声音，对于那些不同的意见或信息则充耳不闻。这样的行为只会让他们的世界变得越来越狭小，使他们进入自己为自己建立的"信息茧房"之中，只能接触到与自己已有观点和价值观相符的信息，从而加剧了观点的固化和偏见的形成，最终让他们无法成为更宽广的自己。

其实，任何形式的生活方式在本质上并无区别。我们之所以觉得某些生活方式更具意义，只是因为我们的头脑陷入了某个特定的概念系统之中，认同了这个概念系统传递给我们的价值观，并基于"自我维护"的需求对此进行了选择。我们试图通过这种选择来证明自我是真实存在的并且存在的有价值与有意义，同时也是借此方式打发着生命中本就"无聊"的时光。然而，这种对意义的追求往往只是一种头脑的"自嗨"行为。在自我维护的驱使下，我们进入并执着于某个概念系统，赋予事物以意义，但这些意义往往只是我们基于概念系统内的定义以及自身经历所形成的主观想象，并非是一个具有客观性的事实。

在人际交往中，人们的行为动机往往很复杂。即便表面上打着帮助他人的旗号，也可能潜藏着其他潜意识需求。例如，看到朋友在职业选择上犹豫不决时，有人积极给建议，看似是在助力朋友做出更好的选择，可潜意识里或许是想证明自己在职业规划方面的见解正确，或者想通过改变朋友的选择让自己显得更有能力、更具影响力。

人们常以帮助之名行事，因为这是一种容易被接受的方式，但这可能掩盖想要改变对方的真实意图。当我们说"我是为你好"的时候，实际上可能是在把自己的价值观和做事方式强加给对方。就像父母以帮助孩子成长为由，要求孩子按自己设定的专业方向学习，却忽略孩子自身的兴趣和天赋，这背后可能是父母对自身期望的一种投射，是隐藏在帮助表象下的控制欲。

每个人都有自己评判事物和行为对错、好坏的一套标准。当试图改变对方时，往往是因为我们对自己的标准深信不疑，认为其普遍适用且正确。这种对自己标准的坚持是一种"自我维护"的表现，我们把自己认同的做事方式、价值观等当作真理，希望别人也遵循，这是在维护自己内心深处的一种秩序感。比如，注重健康饮食的人看到朋友吃垃圾食品就忍不住劝说改变，这可能是在维护自己关于健康生活的标准和自我认同，希望朋友的行为符合自己认定的健康生活方式，从而强化自己对这种生活方式正确性的信念。

我们的价值观是自我认知的重要组成部分。当试图改变别人时，潜意识里是希望自己的价值观在他人身上得到体现，从而维护自己价值观的权威性。如果倡导诚实是最重要的品质，看到他人有不诚实的小举动就想去纠正，是因为想要证明自己秉持的诚实价值观不容置疑，他人按照这个价值观行事就像是对自己价值观的一种肯定，进而维护内心自我价值体系的完整性。

我们习惯用自己的思维模式理解事物间的关系。当试图让对方按照自己的标准行事时，其实是想在周围环境中建立一种认知一致性。例如，擅长逻辑分析的人在团队讨论中希望其他成员也采用逻辑分析的方法解决问题，因为这样他能更好地理解和参与其中，这种对认知一致性的追求源于内心对秩序和可预测性的需求。周围的人若都按我们熟悉的方式行事，我们会感觉更舒适、安全，这也是一种自我维护，是在维护自己熟悉的认知环境。

我们往往不自觉地以"自我维护"为核心构建自我世界的运行方式，还希望别人适应这个模式。这可能限制他人的自主性和多样性，体现出我们在维护自己内心构建的以"自我维护"为核心的生活秩序，而忽略了他人可能有不同却同样"有效"的看待事物关系的方式。

只要我们试图改变他人，不管出于何种目的，哪怕是以帮助的名义，实际上都源于我们内心深处的"自我维护"。我们期望他人能按照我们的标准进行事物间的关联活动，因为这样能让我们感到安心和满足。然而，这种做法常常忽视他人的个性和需求。每个人都是独一无二的，都有自己的想法和生活方式，我们需要尊重这种多样性，以他人舒服的方式给予温暖和帮助才是更有力量的体现。

由于根深蒂固的"自我维护"，我们往往会陷入一种利己主义的状态。所谓的利己主义，其实并非仅仅是不顾及他人看法、单纯按照自己喜欢的方式去生活这么简单。在日常生活中，很多人可能会错误地把那种我行我素、只追求自身愉悦而不在意他人眼光的行为定义为利己主义，但这只是一种表面的理解。

真正的利己主义有着更为深层次的内涵，其核心在于不接纳外界的多样性。世界本是丰富多彩的，各种各样的人和事相互交织，不同的文化、观念、价值观共同构成了这个多元的社会。然而，处于利己主义状态下的人无法容忍这种多元性，他们在内心深处构建了一种自己认为完美的生活方式和模式，并将其视为唯一正确的标准，只希望外界也遵循自己喜欢的方式和认可的模式去生活。

在人际交往、社会活动等各个方面，他们都会不自觉地推行自己的标准。例如在团队合作中，利己主义的表现可能会不顾团队成员各自不同的工作风格和想法，强行要求大家按照自己的思路去开展工作，因为他们认为自己的方式是最有效的，却忽略了其他成员的优势和创新思维可能带来的更好成果。

在社会交往层面，他们可能会对那些与自己生活方式不同的人表现出不满或者排斥。比如，对于有着独特艺术追求、生活节奏较慢、喜欢简单生活的人，利己主义的表现可能会试图改变他们，让他们变得像自己一样追求物质成功、忙碌于各种社交活动等。他们无法理解和尊重别人选择不同生活道路的权利，而是希望整个世界都围绕着自己的价值观和生活模式运转。这种行为不仅体现了对他人的不尊重，更反映出一种深层次的、以自我为中心的思维方式，这才是利己主义的真正本质。

人们常常认为自己过去所经历的"伤痛"会对当下生活产㐧影响。这些"伤痛"包括情感方面如失恋、失去亲人的悲痛、身体遭受的伤害或者事业上的重大挫折等，它们都已经成为既定的历史。

随着时间不断推移，人们所处的环境发生了变化，自身的能力、知识以及观念等也逐步发生改变。例如，童年有过贫困饥饿伤痛经历的人，在成年后拥有稳定收入和富足生活时，从客观角度看，过去的饥饿伤痛不应再对其当下享受美食或管理财富的能力构成实质性阻碍。

然而，人们却常常表现得似乎仍然被过去的伤痛所困扰。在很多情形下，这是构建自我身份认同的一种方式。比如经历重大灾难幸存下来的人，他们不断讲述自己在灾难中的伤痛经历。其实，并非伤痛本身对他们当下生活有着不可磨灭的影响，而是通过这样做塑造了"幸存者"这一独特身份。这个身份能使他们在社会中获取特殊的关注、同情与尊重，从而满足内心深处对自我价值感的需求。在社交或者群体环境中，凭借这一身份他们能够与他人建立特殊的联系，他人可能会因此对他们另眼相看，给予更多的包容和优待，这在一定程度上维护了他们的自尊心和社会地位。

同时，这也是人们获取特殊对待或者为当下行为寻找借口的手段。例如，在感情上曾经遭受背叛的人进入新的感情关系时，可能会经常提及过去的伤痛。表面上看好像是过去的伤痛影响着现在的感情态度，而实际上是在利用伤痛让现任伴侣更加包容自己的行为。比如，因为过去被背叛的经历而对现任伴侣过度猜疑，当现任伴侣表示不满时，就可以拿过去的伤痛作为借口，说是因为曾经被伤害过才会这样。如此一来，既能避免因自己的多疑行为受到过多指责，又能让现任伴侣在感情中给予自己更多的迁就和耐心，进而维护自己在这段新感情中的舒适状态。

此外，持有过去的伤痛还是人们避免面对当下问题的一种策略。当人们在当下生活中遇到难以解决的问题，像工作中的巨大压力、复杂的人际关系矛盾等情况时，他们可能会躲进过去的伤痛之中。例如，一个员工在公司里和同事发生激烈争执后，面临着修复关系或者调整自己在团队中处境的难题，但是他却不去积极解决这个问题，而是沉浸在过去被老师在课堂上当众批评的伤痛记忆里。通过这种方式，他把自己的注意力从当下棘手的同事关系问题上转移开，避免直接面对可能失败或者遭受更多挫折的局面，躲在伤痛回忆里暂时逃避现实生活中的压力和挑战，以看似无奈的姿态保护自己的内心免受当下问题带来的更多困扰。

总体而言，人们并不会真的由于过去的"伤痛"影响到当下生活，而是选择以持有过去"伤痛"的方式来进行"自我维护"。我们对外界的评判，多数情况下并非基于对客观事实的全面考量，而是源于我们内心深处的脆弱与不安，这其实是一种自我保护机制。

从旁观者的角度来看，内心的脆弱可能由多种因素造成。成长过程中的创伤经历是常见的原因，像遭受他人否定、被抛弃或者长期处于压抑环境等情况，都会在内心留下深刻痕迹，进而导致自我认知不稳定，安全感缺失。而不安的产生，往往是对未来不确定性的恐惧，以及对自身在社会中的地位、人际关系缺乏信心等。在这种脆弱与不安的状态下，人的心理防御机制就会被触发，对外界进行评判便是其中一种常见方式。

以学业为例，一个学业表现长期不佳的人，内心深处对自己的能力充满怀疑和不安。当看到他人轻松应对学习任务时，就可能评判对方是"只会死读书"或者"运气好"。这种评判并非基于对他人学习方法或努力程度的真实了解，而是源自自己学业上的挫败感。通过这样的评判，他试图在自己和他人之间构建一种心理平衡，减轻因自身不足带来的内心痛苦。

人际交往方面也是如此。一个曾经遭受友情背叛的人，内心充满再次被伤害的恐惧，这种脆弱与不安会影响他对他人的看法。当进入新的社交圈子时，可能会轻易评判那些与朋友单独相处机会较多的人为"不可靠"或者"有不良企图"。实际上，这是在以评判来保护自己，避免再次陷入被背叛的境地。

在职场中，一个担心职位不保的员工，可能会对积极表现、寻求晋升机会的同事产生评判，觉得他们是"爱出风头"或者"不择手段"。这是因为他对自己的职业发展深感脆弱和不安，通过评判他人为自己的现状找到看似合理的解释，同时在心理上与可能威胁自己的同事拉开距离，实现自我保护。

总之，我们对外界的评判很多时候是内心脆弱与不安的外在投射，是一种潜意识里保护自己免受更多内心痛苦和不安的防御性策略。同理，别人对我们的评判也是如此，所以我们要用旁观者的视角保持淡然并给予理解，这样的我们会变得更强大。

世界上或许并不存在真正意义上的使命，很多被称为"使命"的事物，常常只是伪装成使命的偏执。那些以"使命"为外衣的行为，其内在往往是以"偏执"为基础的一种自我陶醉。我们常常设定各种各样的目标和使命，自认为这些是人生的意义所在，但实际上，这些往往只是我们一厢情愿的想法，是一种"自我维护"的方式，是为了满足自身欲望和需求而创造出来的。

在现实生活中，我们经常会遇到与他人意见不合的情况。这时，如果我们能够放下"自我维护"的心态，认真倾听对方的观点，或许就能发现其中的合理性，进而拓宽自己的视野。我们要认识到世界是多元的，每个人都有自己的独特之处，尊重这种多样性，而不是试图将所有人纳入自己的标准之中。只有当我们能够接纳和欣赏他人的不同，才能构建更加和谐的人际关系，共同营造一个丰富多彩的世界。

我们要意识到一切都是变化与发展的，生命的本质就是"时刻全新"的，能够让人绝望的同时也充满了希望，不确定就是确定本身。当我们能够深刻理解"自我维护"的本质，不再执着于对自我的认知，进入到"自我消融"的状态，以更开放和包容的心态面对世界，尊重他人的选择和观点，学会倾听不同声音，就能不断丰富自我认识和体验，真正实现自我成长和进步，成为更加柔软且有力量的自己。

# 四 | 从"自我维护"到"自我消融"


在生命的过程中，我们常常会深陷于自卑感的困扰之中，而这种自卑感来源于"理想的自我"与"实际的自我"之间的差距，这一差距是自卑感滋生的核心土壤，并且它与自我之外的其他事物毫不相关。所谓"理想的自我"，是我们在内心深处构建起来的一种完美形象，这个形象可能包含了诸多优秀的品质、能力以及成就。例如，一个人可能理想中的自己是才华横溢、在社交场合中左右逢源、事业上一帆风顺的形象。而"实际的自我"则是现实生活中真实的自己，可能在才华上还有所欠缺，在社交中会感到紧张、不自在，事业也处于起步或者遭遇瓶颈阶段。当我们将这两者进行对比时，就会发现差距，而这种差距往往会引发自卑感。

这种自卑感与外界因素无关，不是因为他人的评价或者社会的标准才产生的。即使周围的人都对一个人给予肯定和赞扬，但如果他自己内心的"理想自我"非常高大完美，而实际的自己与之相比还有很大距离，他依然会感到自卑。比如，一个学生在班级里成绩名列前茅，周围的同学和老师都对他表示赞赏，但他的理想是成为全校第一，而目前的成绩距离这个目标还有差距，他内心就可能产生自卑感。

而自我否定来自一个人强大的自我。这里的"强大的自我"并非是指积极意义上的强大，而是一种过度坚持自我认知、自我标准的状态。越是坚定地秉持着这种"强大的自我"的人，反而越是自卑。这种人往往对自己有着非常固定和僵化的认知框架，他们在内心深处设定了许多关于自己"应该"成为什么样的人的标准。例如，他们可能认为自己必须在某个领域成为专家，必须拥有某些特定的品质或者能力。当他们发现自己在某些方面无法达到这些标准时，就会产生强烈的自我否定。

真正"自信"的人没有什么是一定"要"的。他们不会执着于某种特定的成就、品质或者形象。他们的内心是开放的、灵动的，就像流动的水一样，没有固定的形状，能够根据不同的情境和经历随时调整自己的状态。他们不会被过去的观念或者目标所束缚，时刻保持全新的状态。他们是全然的允许，允许自己有不完美的地方，允许自己在成长过程中犯错，也允许自己的发展方向随着生活的变化而变化。他们不会因为自己某一时刻的不足而否定自己的全部，而是以一种包容和接纳的态度对待自己，这种态度才是真正的自信。例如，一个真正自信的创业者，不会因为一次创业失败就认为自己是失败者，而是把失败看作是成长的机会，坦然接受结果，并且愿意尝试新的创业方向，在这个过程中，他们不会给自己设定必须成功或者必须达到某种特定目标的限制，而是以一种开放的心态去迎接生活中的各种可能性。

其实生命成长的过程也是从"自我维护"到"自我消融"的过程。在成长的初期，我们处于自我维护的阶段。自我维护具有多种表现形式，在观念方面，我们会对自己既有的世界观、价值观等极力保护。例如，童年时期形成的对世界简单而纯粹的信念，像认为世界是公平的、好人有好报等。一旦遭遇与之相矛盾的现实情况，如目睹好人遭受厄运，我们本能地会通过否认事实、寻找特殊理由或者回避这些情况来维护内心的信念体系。在人际关系里，自我维护也体现得淋漓尽致。我们十分在意自己的形象，期望获得他人的认可与尊重。就像在学校中，若被同学指出自身的缺点，往往会不假思索地反驳或者心生恼怒，这是因为我们觉得自身形象受到了威胁，此时的我们将自己封闭在相对固定的自我认知框架内，不容许外界轻易打破这种状态。

自我维护的根源在于我们内心对安全感的深切需求。在成长进程中，构建一个相对稳定的自我认知是我们在复杂世界中立足的基础。就如同孩子在家庭里，通过明确自己在家庭中的角色，如努力成为父母眼中的好孩子来获取安全感，这种安全感促使我们不断维护与该角色相符的行为和观念。另外，自我维护也与我们对自我价值的初步判断相关联。我们总是期望自己是有价值的，而在早期，这种价值感的体现方式之一就是坚持自己认为正确的东西。例如，青少年若认为自己擅长某种运动是自身价值的体现，当他人对其在该项运动上的能力表示质疑时，他就会启动自我维护机制，以此来保护自己的价值感。

然而，随着生活经验的不断积累，我们必然会遭受各种外界冲击，从而促使我们从自我维护向自我消融转变。这些外界冲击可能源于不同文化的碰撞、多元观念的冲突，或者是人际交往与社会经历中的挫折。例如，当我们离开家乡，置身于多元文化交融的城市或国家时，会发觉自己原有的一些观念和行为方式难以适应新环境。这种情况下，我们开始进行自我反思，逐渐意识到一直以来所维护的自我可能存在局限性。同样，在工作中经历失败或挫折时，我们也会对自我维护的模式产生怀疑。例如，一直按照自己的方式开展工作却遭遇失败，这时我们可能会思考自己的做事方法以及自我认知是否存在问题，进而开始松动自我维护的壁垒。

自我消融并非否定自我，而是一种更为包容、开放的自我状态。它意味着我们不再死死抓住过去对自我的固定认知，而是允许自己的观念、行为和身份更加灵活地发生变化。例如，一个原本只钟情于传统艺术的人，在接触现代艺术后，不再固执己见地坚守原有的审美标准，而是开始欣赏和接纳现代艺术的多元性，这就是自我消融的一种表现。在人际关系方面，自我消融体现为不再执着于维护自己的面子或者特定的形象，而是能够站在他人的角度看待问题，在理解他人的同时也能更好地调整自己。比如在团队合作中，不再坚持自己的想法是唯一正确的，而是积极倾听他人的意见，融合不同的观点，这既有助于团队的和谐发展，也是个人成长过程中自我消融的体现。从成长的宏观角度来看，自我消融是迈向更高层次自我发展的必由之路。它使我们摆脱狭隘的自我限制，能够吸收更多的知识、经验和智慧，不再被过去的自己所束缚，而是持续地更新和重塑自己，以适应不断变化的世界，这才是真正意义上的成长。

　　换一个角度讲，"成长"这一概念，蕴含着丰富而深刻的内涵，它并非仅仅局限于解决接连不断出现的问题。更为关键的是，我们要懂得放下内心对于所谓标准答案的那种急切渴望，让自己全身心地投入到探索未知的美好过程当中。在这样的过程里，我们得以用一种更为平和、坦然的心态去应对生活中的各类情况，不再受到问题与答案所构建的框架的桎梏，而是能够尽情地去感受、去体验每一个探索瞬间所带来的惊喜和启示。

　　"成长"也绝不仅仅是为了生硬地改变自我。很多时候，我们常常迫不及待地想要去纠正自己身上被认为是缺点和不足的地方。然而，真正的成长实际上是静下心来，清晰地洞察自我的本质，深入地理解内在的动机和需求。只有当我们真正洞悉到自己行为和思维背后的深层原因时，才能够从内心最深处真正地接纳自己，并且发掘出自身所具备的优势与潜力。在此基础之上，我们便可以更加有针对性、更加从容地去调整和完善自我，进而实现一种自然而然的成长与进步。

而成长更不只是为了找到一个被狭隘定义的固定自我。我们常常在苦苦寻觅自我的道路上感到迷茫和困惑。实际上，当我们勇敢地消融自我与外界之间的界限，用心去体验与万物融为一体的奇妙状态时，就会豁然开朗，原来自我并非孤立地存在于这个世界之中，我们与周围的万事万物都存在着千丝万缕的联系。这种与万物和谐共生、相互交融的体验，能够极大地拓展我们的视野和胸怀，让我们以一种更加高远、豁达的境界和格局去看待生命的意义和价值，从而实现更为深刻、全面的"成长"。

正如上文所阐述的那样：生命成长的过程亦是从"自我维护"到"自我消融"的过程。在"自我维护"阶段，我们可能更多地关注自身的问题解决和自我改变，试图通过各种方式来塑造一个符合某种标准或期望的自我。然而，随着成长的深入，我们逐渐意识到放下对标准答案的执着，看清自我、理解自我，并消融自我界限的重要性，从而进入"自我消融"的阶段，在这个阶段中，我们更加注重与外界的融合和对生命更广阔意义的探索，实现了一种更高层次的成长和升华。这种对成长过程的理解，为我们提供了一个全新的视角，让我们能够更加深刻地认识和把握生命成长的本质和规律。

以无数个"单独"合为"整体"，让"自我"死去，从"整体"化为无数个"单独"中迎来"新生"，这是自我消融的一种深刻而又富有哲理的表达。关于"自我消融"，这是一个富有深度的生命状态，需要我们深入剖析。

首先，所谓要消融的是对自我的认知，而不是自我，这是因为自我本质上并不真实存在。我们通常所认为的自我，是由一系列的观念、经验、记忆和身份标识等构建起来的。例如，我们会根据自己的职业、家庭角色、社会地位等因素来定义自己，觉得"我是一名教师""我是一个孩子的父亲""我是某个社交圈子里的重要人物"等。然而，这些都只是标签，是我们基于社会和文化环境赋予自己的一种认知。这种认知并非是一个本质性的、永恒不变的实体。当我们深入探究时会发现，自我更像是一个动态的、不断变化的概念，它随着我们的经历、思考的变化而变化，所以从本质上来说，它缺乏一种固定不变的真实性。

当你对外界不再以自我维护为基础而做出反应，就是自我消融。在日常生活中，我们往往会基于自我维护的心理去对待外界事物。比如，当别人对我们的观点提出疑问时，我们会立刻反驳，因为我们觉得这是对"我"的否定，而这个"我"是我们一直努力维护的那个有着特定观念、形象和身份的自己。然而，在自我消融的状态下，我们不会被这种自我维护的冲动所驱使。当面临同样的质疑时，我们能够以一种更加客观、开放的态度去对待。我们不再将他人的质疑看作对自己的攻击，而是看作一种可能促使自己成长或者重新审视事物的机会。这种反应的转变意味着我们不再紧紧抓住那个需要被维护的自我认知，从而走向自我消融的过程。

当你可以在生灭中洞见并无生灭时，就是自我消融。世间万物都处于生灭变化之中，包括我们的思想、情绪和感官体验等。例如，我们的情绪会像潮水一样起伏，一会儿高兴，一会儿沮丧；我们的想法也是瞬息万变，这一刻有这样的念头，下一刻可能就完全相反。在自我消融的境界里，我们能够透过这些生灭变化的表象，看到背后那一种不变的本质。这种本质是超越了个体的、短暂的情绪和想法的存在。就如同尽管水面上的波浪不断地生起又消失，但水本身却始终存在且没有真正的生灭。当我们能够在自己的思想和情绪的生灭变化中领悟到这种深层次的、不变的本质时，我们就不再被表面的、短暂的自我认知所束缚，从而实现了"自我消融"。

当自我可以完整地呈现时，它自然也就被消融了。这里的"完整地呈现"并非是指将我们平时所认为的那个自我毫无保留地展示出来，而是一种超越了普通认知的呈现。通常我们所展现的自我是经过修饰、过滤的，是符合我们自我认知和社会期待的部分。而在自我消融的语境下，自我的完整呈现是一种不加掩饰、没有分别心的状态。当我们能够让自己的所有方面，包括那些被我们压抑、隐藏的部分，都能够自然地展现出来时，我们就不再执着于那个特定的、需要被保护的自我形象。此时，自我的概念就不再具有那种限制我们的力量，它在这种自然地呈现中被消融掉了。例如，我们不再因为自己的某些缺点或者不完美之处而感到羞耻或者试图隐藏，而是坦然地接受自己的全部，无论是优点还是缺点，这种对自我全面地接纳和自然地呈现打破了传统意义上的自我界限，从而实现了自我消融。

真正的谦虚并不是把自我放得很低，而是一种更有深度的思想境界，即完全没有了自己，就像消融在了整体里。这并非是一种刻意的行为或者姿态，而是一种心灵深处的状态。当我们谈及谦虚时，常常会想到那些表现得低调、不张扬的人，但这只是表面的谦虚。真正的谦虚意味着个体意识的一种超越，是将自己从狭隘的自我概念中解脱出来。在这种状态下，自我不再是一个孤立的存在，而是与周围的一切融为一体。就如同水滴融入大海，不再有单独的个体性，却又无处不在。

如果你没有自我完整，就不会给予真正的爱。自我完整是一种内在的整合与圆满，它涵盖了对自己的全面接纳、对自己各个层面的理解与和解。在缺乏自我完整的情况下，我们所谓的爱往往是有条件的、带着个人需求和目的的。例如，我们可能会因为希望从他人那里得到回报而给予爱，或者以自己的标准去要求对方符合我们的期待才肯付出爱。然而，真正的爱是无私的、纯粹的，它源于自我完整的内心。当一个人实现了自我完整，他就像一个装满水的容器，能够自然而然地流淌出爱，而不需要从外界获取什么来填补自己的空缺。这种爱是基于对他人本真的尊重和欣赏，不附加任何外在的条件。

自我完整，就是你可以全然地允许一切事物的自然呈现。这意味着对世界抱着一种开放、包容的态度，不试图去强行改变或者抗拒事物的本来面目。无论是面对美好的事物还是不那么美好的事物，无论是符合我们期望的还是与我们期望相悖的，都能够以一种平和、接纳的心态去对待。例如，面对生活中的挫折，自我完整的人不会陷入抱怨或者愤怒，而是看到挫折背后的意义和成长的机会；面对他人的不同观点和行为方式，不会急于去评判或者纠正，而是尊重他人的独特性。这种全然的允许体现了一种深度的信任，信任世界有着它自身的运行规律，而每一个事物都在这个规律中有其存在的意义。

允许里面有很深的智慧，允许你的不允许，是更深层次的允许。在我们的日常生活中，我们往往会有自己的偏好、价值观和习惯，这些会形成我们的"不允许"。比如，我们可能不允许自己在某些事情上失败，不允许他人侵犯我们的个人空间，等等。然而，真正的智慧在于能够觉察到这些"不允许"，并且在更高的层次上允许它们的存在。这不是对自己的放纵或者对他人的无原则妥协，而是一种超越二元对立的智慧。当我们能够允许自己的不允许时，我们就打破了内心的限制和执着，拓展了心灵的空间。这就像是在一个有限的房间里打开了一扇通往无限的门，让我们能够以更加豁达、自在的态度面对生活中的种种境遇。

"存在"的本质没有任何层面的边界或定义，当人们认定自己具备某种身份或属性时，意识会自动生成与其对应的"现实"框架。你并非真的变成了某个受限的个体，只是意识根据你的自我认知投射出相应体验。所有对"我是谁"的定义都是暂时且虚构的，真正的"自由"在于看破这些自我定义的虚幻本质，它们既不需要被否定，也不需要被坚持，只是存在本身无限可能性的一种即时呈现。存在的全部意义只在持续体验这个自我认知的游戏过程。任何所谓"提升自我"的方法都是为头脑线性运动设置的思维陷阱。真正理解现实本质的人，并非通过训练达成，而是突然意识到了事物的虚构性。他们会不再遵循大众编写的剧本，或者以游戏的心态进入其中。

## 五 | 执着与自我的探寻

在我们的生活中，一切看似彼此对立、相互分别的感受、情绪以及定义，实际上同根同源。比如傲慢与谦卑、幸福与痛苦、浮躁与平静等，这些看似对立分别的情感和定义，都是依据人们对自我的认知与执着而产生的。当自我消融时，这种对立分别便失去了存在的根基。

以傲慢和谦卑为例，二者是相反的情感态度与定义。傲慢体现为高估自己、轻视他人，谦卑则是对自己的适度认知与对他人的尊重。这两种情感均以自我为中心，其产生取决于个人对自身在世界中所处位置的看法。一个人若过度强调自我的重要性和优越性，就容易产生傲慢；而当对自我认识更客观谦逊时，则表现出谦卑。但自我本身是相对概念，是在与他人和世界互动中因分别而产生的认知。若能超越自我局限，从对自我执着的认知中解脱，认识到世间万物为一个整体，傲慢与谦卑的对立就会消失。

幸福和痛苦同样是人们对生活经历的主观感受。幸福常被视为满足快乐的状态，痛苦则是不满悲伤的状态。然而，这些感受基于个人期望、欲望以及对自我利益的关注。过于追求个人幸福和满足时，一旦遭遇挫折不如意之事就会痛苦。若能放下对自我的执着，与整体相融，就会发现幸福与痛苦只是认知产生的感受，并非绝对，且可相互转化。

若我们意识到自己与万物彼此相连、相互依存，并无绝对的独立分离，就能超越自我界限，从对自我的执着中解脱，基于自我产生的对立和分别便会失去意义。

那么执着是如何产生的呢？当我们的认知"停滞"在某一处，就形成了执着。认知本身是动态、不断发展的过程，如同流动的河水，随着经历增加、知识积累和思维拓展而持续演变。但当认知被困在固定点不再流动时，执着就产生了，它像河流中的礁石阻碍认知之河的流淌。例如，有些人成长中形成对世界的固定看法，认为成功只能通过传统教育路径或特定职业选择实现。即便时代发展，新机会不断涌现，他们仍不愿改变认知，固执坚守原来观点，这就是认知停滞带来的执着。

我们要以发展和变化的视角观察思考事物。对任何事物不加思考就尽信的执着（包括对科学）都是迷信。科学是探索世界、获取知识的有力工具，基于实证研究、逻辑推理和可重复性原则，提供大量可靠知识理论。但科学本身也在不断发展演进。若对某个科学理论或结论尽信，不容置疑或探索新可能，就成了迷信。如地心说曾被视为绝对真理，随着研究深入被新发现推翻。当时若人们盲目信奉地心说，不容挑战，就是陷入对科学的迷信。对于哲学思想、社会观念等事物也一样，不加思考全盘接受，不容不同声音或新见解，就会陷入迷信陷阱。

在学习和生活中，我们不应信奉和崇拜任何个体，否则将永远活在其阴影下。个体无论多伟大、多有成就，都只是人类历史长河中的一员。过度信奉崇拜某人时，会不自觉将其观点、行为模式和价值观视为绝对标准，从而丧失独立思考和探索能力。比如学术领域，若过度信奉某个著名学者，只遵循其研究方法和理论框架，不敢突破创新，就难以做出原创性贡献，只能在其影响力范围内徘徊。

若对某一事物产生如何达成的念头，就会陷入对该事物定义和认知的执着。心中萌生出达成某事物的固定念头时，就为该事物设定了狭窄框架，这会限制对事物的全面理解和多元探索。例如追求财富时，若认定只有创业才能获取财富，就会陷入对财富获取方式的执着认知，可能忽视投资理财、凭专业技能获取高薪等途径。这种执着不仅限制达成目标的方法，还可能使我们错失很多机会。因为事物通常有多种可能性和定义方式，执着于固定的定义和达成方式，就像戴有色眼镜，只能看到部分内容，无法以开阔的视野认识把握事物。

无论在何种境遇下，当陷入二元对立的执着中无法自拔时，痛苦和混乱的感受就会随之而来。二元对立观念如善恶、美丑、对错等，将世界简单划分为两个极端。深陷其中，如过度执着追求善而恐惧排斥恶时，内心就会被这种极端认知束缚。这种束缚带来的痛苦像旋涡，越挣扎陷得越深；混乱如同脑海乱麻，矛盾想法交织。

此时，不要对抗，因为对抗只会制造更多对立分别。对抗行为基于二元对立思维模式，越对抗痛苦和混乱，就越强化这种结构。就像在黑暗中想驱散黑暗，用力过度可能引发更多混乱不安。相反，要直面它，与它共处，以平和、接纳的态度对待，不逃避、不抗拒。当真正做到共处时，它会像引导者带我们离开因二元对立思维造成的"狭隘"认知境地，让我们看到更广阔的世界，体验更丰富的人生。

我们的烦恼源于对事物定义和认知的执着，而非事物本身。事物本身无定义，但我们常进行主观定义和认知，很多时候这些定义认知是片面、不完整的。例如将成功定义为拥有大量财富和高社会地位，若执着于此定义，未达标准就会烦恼。实际上，成功内涵多元，还包括内心满足、健康人际关系等。事物本身有无限可能性和丰富内涵，我们的执着却将其限制在狭小范围，烦恼就在执着与事物真实面貌的落差中产生。

我们常认为对方说谎是对自己的伤害或恶意攻击，但换个角度，"说谎"也是一种坚守，说谎者执着于想坚守的"事物"而害怕失去。说谎者往往有内心想守护的东西，如形象、利益或某种关系，为坚守这些而用谎言掩盖事实。比如学生为维护在老师和家长眼中的好学生形象，可能对考试作弊说谎。他执着于这个形象，害怕失去喜爱和信任，这使他陷入既要编造谎言维持表面状态，又时刻担心谎言被揭穿的矛盾境地，其实无论何时我们都要有呈现真实的力量，并且越真实也就越有力量。

真正束缚我们的不是执着，而是对执着的依赖。执着只是对事物的强烈关注或坚持态度，但当对执着产生依赖时就出现问题。比如有些人执着于某种工作方式，这本正常，但过度依赖这种方式，拒绝尝试新方法，就会被这种依赖束缚。他们可能错失更好的机会，因为新方法可能更高效、更适合当前的情况。这种对执着的依赖就像无形的枷锁，限制成长发展，使我们难以适应变化，只能在固定模式中打转。

在生活的旅途中，我们需要从对事物固有观念的依赖出离出来，就像破茧成蝶一样勇敢地前行，不断地突破认知的局限，积极探寻事物新的可能，真正实现心灵的成长与生命的升华，成为更完整的自己。

## 六 | 出离执着的牢笼

在生命的过程中,我们常常不自觉地陷入对各类事物执着的状态。但实际上,我们真正需要达成的,是从对一切事物的执着中出离出来,而不是单纯地远离一切事物。执着就像一张无形的网,将我们牢牢困在有限的认知与行为的模式当中。当我们执着于某人、某种观念或者某个目标时,视野就会变得狭窄,行动也会受限。例如,执着于物质财富的积累,可能致使我们忽略精神世界的滋养和人际关系的维护;执着于过往的成功经验,也许会让我们在面临新挑战时裹足不前,难以创新突破。然而,从执着中出离,并非要求我们彻底舍弃一切,而是要用一种更为灵活、智慧的眼光看待事物。我们依旧可以参与生活中的各项活动,追逐自己的梦想,只是不再被过度、狭隘的执着所羁绊,能够以更灵活、开放的心态应对过程中的变化与结果。

然而,当我们不再执着于放下执着,也就是全然投入其中时,就已经不再是"执着"了。这是一种更为深层次的领悟。通常,我们意识到执着带来的困扰后,会努力放下执着,但这种刻意的行为本身可能又变成一种新的执着。当我们全身心投入当下的每个经历和感受中,无论是执着还是不执着的状态,都以全然接纳的态度对待时,就会进入一种奇妙的境界。比如在艺术创作过程中,不再纠结于一定要创作出惊世之作这一执着目标，而是尽情享受创作的每个瞬间，沉浸在色彩、线条和灵感的世界里，这时，对结果的过度执着自然就消散了，我们反而能更自由地发挥创造力，达到一种超越普通意义上"执着"的状态。

生活里，我们常常会感受到来自多方面的压力，像工作、学习以及人际关系等方面的压力。深入分析就会明白，这些压力的源头并非完全在于外界客观环境，更多是由我们内心的"自我维护"所引发。当我们过于看重自己在他人眼里的形象、地位和价值时，强烈的自我维护欲望就会产生。在工作场景中，为了维持自己在同事和上司眼中能干的形象，可能会揽下过多的工作任务，哪怕已经疲惫至极也不敢轻易拒绝，这样就给自己造成了很大的压力。在社交情境下，为了保住自己的社交地位和维护好人际关系，可能会强迫自己去附和他人的观点和行为，这种与自己内心真实感受相悖的做法也会催生压力。实际上，要是我们能够放下过度的自我维护，更加真实地做自己，用平和的心态去对待外界的评价与变化，就会发觉许多所谓的压力其实是能够减轻甚至消除的。或许我们还能更简洁直接地去思考："压力"并非外界给你的，而是"自我维护"给你的……

我们要清楚地认识到，好与坏、对与错等观念并非事物的本质属性，它们只是基于"自我维护"的立场做出的相对定义。事实上，"事实"本身并没有固定、绝对的定义，因为我们对事物的认知受主观因素深刻制约，我们看到的只是事物的局部或侧面，并非完整的"事实"。日常生活中，我们习惯给事物贴上"好""坏""对""错"的标签，但这些标签往往是主观、相对的。比如，一件事在某人看来是好事，因为符合其利益和价值观，但在另一个人眼中可能是坏事。这是因为我们判断时往往以自我维护为出发点，根据自身经验、观念和需求定义事物。然而，从更宏观的角度看，事物本身并没有固定、绝对的好坏对错本质属性。所谓的"事实"，只是在特定的时间、空间和情境下，人们基于自己的认知和立场所认定的一种暂时现象。并且，随着时间推移、环境变化和自身认知提升，我们对"事实"的看法也可能改变。例如，历史上一些曾被认为绝对正确的科学理论，随着科学发展被证明有局限性甚至是错误的。这提醒我们，不要过于执着于自己认定的"事实"，要保持开放的思维和心态，接纳不同的观点和可能性，才能更接近事物的真实本质。

生命的旅途中，我们常常会遭遇各种各样的"阻力"，而其中最大的"阻力"往往来自亲情。亲情，本应是温暖的港湾、力量的源泉，但很多时候却成为限制我们自由发展的力量。这是因为在亲情的关系网中，存在着许多传统的观念、期望以及情感的羁绊。人们在成长过程中，习惯了从对这种亲情"阻力"的依赖中获取安全感。这看似矛盾，却深植于人性之中。人性往往寻求一种束缚，因为在束缚的状态下，头脑能够获得一种"确定性"。家庭观念重的人，他们的自我价值感与家庭紧密相连，家庭就像是他们自我认同的核心堡垒。所以，他们会极力维护这个堡垒，表现出很强的"自我维护"倾向。他们害怕家庭形象受损，害怕违背家庭的期望，在这个过程中，他们可能会压抑自己真实的想法和需求，只为了维护家庭的和谐、稳定以及在他人眼中家庭的"完美形象"。

然而，当自我能够完整呈现的时候，也就是自我的消融。这里的自我完整呈现，并非是一种简单的自我展示，而是通过一个看似局限的定义，去"支撑"起无限的可能。比如说，我们以一个特定的身份，如儿子、女儿、父亲、母亲等，在家庭关系中履行自己的责任和义务，但并不被这个身份所局限。我们可以在这个身份的基础上，发挥自己的创造力，展现出包容、理解、爱等无限的品质，从而突破传统家庭角色对我们的限制，实现自我在家庭关系中的超越。

基于人类"自我维护"的状态，我们在人际交往中会发现一个有趣的现象。重要的不是让别人觉得你是多么美好，而是让别人知道他在你心中是很美好的。当我们这样做的时候，别人会感受到被尊重、被认可，从而更愿意与我们建立深入的联系，甚至愿意为我们所"用"。这里的"用"并非是一种功利性的利用，而是一种积极的合作与互助。例如，在团队合作或者朋友交往中，当你关注到他人的优点并真诚地表达出来时，对方会更积极地投入到与你的互动中，你们之间的关系也会更加和谐、稳固，能够共同创造出更多的价值。

我们的"自我预言"会在意识的运作中于无意识的状态下呈现。这就好比我们内心深处对自己的某种期望或者信念，即使我们没有刻意去追求，它也会潜移默化地影响我们的行为和选择，最终在现实中呈现出来。例如，如果一个人总是认为自己在某个领域没有天赋，那么他在这个领域可能就不会积极努力地去探索和尝试，最终真的表现得缺乏天赋。相反，如果一个人坚信自己能够克服困难，实现目标，这种积极的自我预言就会促使他在无意识中采取积极的行动，增加成功的可能性。

整体并非是由无数个个体简单相加总和而成的。整体是在个体"自我消融"后的呈现。当我们都能超越自我的局限，不再仅仅关注自身的利益和需求，而是将自己融入一个更大的整体中时，这个整体就会呈现出一种超越个体之和的力量和特质，整体的状态是无法通过个体单独的努力简单累加得到的，而是在个体自我消融后的一种全新的、更高层次的整体呈现。

## 七 | 时空与线性思考

在我们的认知世界里，存在着这样一个现象：只要进入头脑的范畴，就会制造出分离。这是因为头脑基于"自我维护"有着自己的运行模式，它像一个有着严格分类标准的容器，将各种事物进行划分和界定，从而产生了与整体的分离感。

头脑具有一种本能，那就是把一切的"发生"都收纳到已知的范畴之中。它不断地积累着过往的经验、知识和观念。对于头脑来说，"未知"是一片难以真正触及的领域。虽然它也试图去理解未知，但这种理解仅仅是基于已知的延伸与累积。就好像在黑暗中摸索，头脑只能凭借已有的认知去推测未知的形状，却始终无法真正渗透"未知"的本质。它被困在自己所构建的"已知"的围墙之内，既无法彻底出离"已知"，也无法真正深入到纯粹的"未知"之中。

我们常常会思考关于"最终"的概念，但实际上，这个"最终"只存在于我们的头脑里。在生命的长河中，并没有一个真正意义上的"最终"。生命是一个持续流动、不断变化的过程，没有一个固定的终点等待着我们抵达。而头脑却倾向于构建出一个终点的概念，这是头脑对事物进行线性理解的一种表现。

头脑中的相信和怀疑也是有着局限性的。它们都是以头脑为载体的一种"自我维护"机制。当头脑选择相信某件事物时，往往是基于自身已有的认知体系做出的判断，这种判断是为了维护头脑内部认知结构的稳定性；而当头脑产生怀疑时，同样也是在已有的认知框架下，对与既有认知不符的事物进行排斥或者重新审视，目的依然是保护头脑所构建的认知世界。

时间，在我们的感知中，总是沿着一个方向不断向前运动，无法被中断。这是因为时间在本质上是与头脑的线性运动紧密相连的。头脑习惯于按照线性的方式来思考和理解事物，这种线性的思维模式催生了时间的概念。可以说，时间就是头脑线性运动的一种外在表现，或者说时间的本质就是头脑本身。

时间，这个在我们日常生活中被视为理所当然存在的概念，实际上并不真实存在。然而，我们却真切地感受到时间的流逝，这是一种非常独特的体验。这种体验源于我们的意识在无数个同时且平行发生的过去、现在与未来之间进行穿梭时，被头脑所捕捉到的感受。意识就像一个在多元时空维度中自由游动的精灵，它能够触及过去、现在和未来的各种信息，但头脑却只能抓取其中的一部分，将其转化为我们所感受到的时间的流逝。

时间与空间，它们实际上都是基于头脑线性运动而呈现出的一种"幻觉"。头脑的线性运动模式让我们习惯了按照先后顺序、因果关系去理解事物的发展，从而构建出了时间和空间的概念。而我们的感觉与情绪，它们像是一种特殊的"引力"，一种未被具体量化的"信息与数据"。感觉和情绪以一种微妙的方式影响着我们对世界的认知和体验，就如同引力影响着物体的运动轨迹一样。它们在我们的意识和身体之间建立起一种无形的联系，使我们对周围的事物产生不同的反应，并且这种反应会反过来影响我们对时间和空间的感知。

思维，是由头脑的线性运动而产生的。头脑按照一定的逻辑顺序和模式对信息进行处理，从而形成了思维。这种线性的思维方式决定了我们看待事物的角度和方式。而思维与事件之间存在着一种相互作用的关系。思维创造了事件，这是因为我们的思维模式会引导我们的行为和决策，从而促使某些事件的发生。例如，一个积极乐观的思维模式可能会促使一个人去追求自己的梦想，从而创造出一系列与之相关的事件。同时，事件也会反过来影响思维。当我们经历了某个事件后，我们的思维会根据这个事件进行调整和改变。比如经历了一次失败后，我们可能会调整自己的思维方式，重新审视自己的计划和目标。

生死、成长、进化、因果、成为、获取、学习、改变等这些概念，都是时间的产物。在我们习惯的思维框架下，它们与时间紧密相连。生死被视为一个随着时间发展必然经历的过程，成长和进化也是在时间的长河中逐步发生的，因果关系也是基于时间的先后顺序来判定的，成为某种状态、获取某种东西、学习知识以及改变自身等，这些都需要时间作为载体。然而，当我们结束基于头脑线性运动的思考，也就是突破了头脑的这种线性思维模式时，这些概念便失去了它们原本的意义，不再像我们之前所理解的那样存在。因为这些概念的存在是建立在我们头脑对时间的线性认知之上的，如果没有了这种认知框架，它们就如同空中楼阁，失去了根基。

我们要意识到，实际上，很多在生活中我们所认为的理所当然的概念，其实都是在特定思维框架下形成的。我们需要不断反思这些概念的本质，打破传统思维的枷锁，从而获得对世界和自身更深刻的理解。

## 八 | 思维的全新视角

线性思维往往倾向于在时间轴上探寻明确的先后顺序。比如面对"先有鸡还是先有蛋"这一古老命题时，人们通常认为要么先有鸡，要么先有蛋。线性思维一般基于因果关系的确定性，即觉得一个事件的发生必定有另一个事件作为充分必要条件。然而，在鸡和蛋的问题中，这种因果关系并非单一的线性关系。我们不能简单地认定鸡是蛋的唯一原因，或者蛋是鸡的唯一原因，两者实际上处于一种多维共存的状态。确切地说，鸡和蛋的存在是一种相互定义的关系。鸡的存在预示着蛋的可能性，蛋的存在也意味着鸡的潜在性。它们不但在存在的意义上是同时的，不能孤立地看待其中任何一个，而且在概念上也是相互依存的，在我们的认知中同时存在。由此可见，这种逻辑困境表明，单纯依靠线性的逻辑推理无法解释所有现象。我们需要摒弃预设的时间顺序，摆脱单一的思维模式，终止头脑的线性思考。

一切事物都处于"时刻全新"的持续运动之中。这里的"时刻全新"是一种无限可能的叠加态，鸡和蛋的出现是生命进程中的不同阶段。从这个角度来看，鸡和蛋都是事物的具体表现形式，而生命的进程是一个连续的过程，没有绝对的开端和终点。鸡和蛋的出现是这个连续过程中的不同环节，它们相互依存、相互转化。然而，从更高的整体视角去观察，其实并没有真正的线性因果关系，因果只是一个观念，它是一种对事物的线性理解方式，是结合了事物之间的相互关联且在线性思维模式下为头脑提供的一种"确定性"定义。过去、现在与未来并非真实存在，但过去、现在与未来又是同时发生的。因此，可以理解为鸡与蛋并没有线性的先后顺序，鸡和蛋是"同时"存在的，正是因为有鸡所以有蛋，也正是因为有蛋所以有鸡。

当我们不再执着于累积的意图，并且能够让头脑跳出只在"已发生"事物之间线性运动的局限时，我们便拥有了一种"全新"的视角。然而，从整体的角度来看，我们原本就处于一种"全新"的状态，只是这种"全新"超越了变化的属性，因为它已经超越了线性关系的运动变量。这意味着我们不再受限于过去的经验和思维模式，能够以一种全新的、松动的视角去看待生命中的一切发生。

我常说一切都是自然的流动，然而，这种"流动"实际上只是头脑线性思维的产物。从更宏观的角度来看，并不存在一个真实且可以运动的空间，我们所感受到的流动，只是头脑对事物变化的一种感知和解释。例如，我们看到河水在流淌、花朵在开放、鸟儿在飞翔，这些都是我们头脑中对事物运动的一种认知。但如果我们深入思考，就会发现这些运动都是相对的，它们只是在特定的时空范围内发生的变化。

头脑的运行通常由语言系统构建而成，但语言本身存在局限性。语言是人类交流和表达思想的重要工具，但它无法完全准确地传达我们内心深处的感受和想法。语言只能表达我们头脑中的一部分思想，而且其含义往往会受到文化、背景、个人经验以及集体意识的影响。例如，同一个词语在不同的人心中可能会引发不同的理解和感受，因为每个人的经历和认知都是独特的。

但从另一个角度看，与其说思维用语言来表达存在局限，不如说思维被语言所束缚。我们的思维常常受到语言的限制，成为语言的奴隶。很多时候，我们的想法和观点都是通过语言系统来构建的，而语言的局限性会导致我们的思想在语言系统的框架内寻求活动。就像我们早晨起来时会想：今天要做什么，早餐要吃什么的时候，也都是用语言的模式去思考，再比如我们这本书的表达也是一种语言系统空间内的思维组合。

思想是头脑依据"已发生"的事情做出选择后，从整体中坍缩出来的一种呈现。当我们能够超越选择的概念，达到一种"无选择"的状态时，我们便与整体融为一体。许多人认为自己在进行思考，但实际上，他们只是在头脑中对"旧事物"进行重新排列与组合。我们常常依赖过去的经验和知识来解决问题或做出决策，但这种思考方式往往只是在重复过去的模式，难以真正创造出新的思想和观念。

思想如同"自我维护"的影子，头脑使其在线性的运动中不断更迭、永续存在。我们的思想往往是为了维护我们的自我形象和利益，而这种自我维护的思想会在很大程度上限制我们的发展和进步。例如，当我们害怕改变时，就会坚持固有的观念和做法，从而错过许多创新和发展的机会。

真正的懒惰并非仅仅是行动上的停滞，更重要的是思想不愿意突破与改变。正如那句俗语所说，"故土难离"，实际上，难以割舍的并不是故土本身，而是我们对故土的执着。我们常常习惯于待在舒适区，不愿意尝试新的事物和思想，这种思维上的惰性才是真正的懒惰。只有当我们敢于突破思维的局限，颠覆掉自我以往所坚持固守的"已知"，才能不断实现真正的创新和进步。

在现实生活中，我们要摆脱头脑线性思维的束缚，尝试从不同的角度去看待问题。我们要尝试进入一种超越语言所局限的思考状态，运用更加丰富和多样的方式来表达自己的思想。例如，在科学研究中，科学家们需要不断突破传统的思维模式，提出新的假设和理论，才能推动科学的进步。在艺术创作中，艺术家们需要打破常规，尝试新的表现形式和手法，才能创造出具有独特魅力的作品。在日常生活中，我们也要鼓励自己尝试新的事物，学习新的知识，不断拓展自己的视野和思维方式。

我们要认识到在生活中常常赋予各种人事物以价值、意义、美好和责任等属性。这些属性往往是基于我们的头脑对其进行的解读和认知。比如，我们可能认为一份高薪的工作是有价值的，因为它能带来物质上的满足和社会地位的提升；我们可能觉得帮助他人是有意义的，因为它体现了善良和爱心；我们可能认为美丽的风景是美好的，因为它能给我们带来愉悦的感受。然而，这些意义并非人事物本身所固有的，而是我们的头脑根据自己的价值观、经验以及集体意识的影响等所赋予它们的。

当我们对以往认为值得追求和拥有的、有价值的、有意义甚至美好的、有责任的人事物不再抱持固有的解读时，意味着我们开始质疑这些我们曾经认为理所当然的意义。我们可能经历了一些事情，或者有了新的思考，使得我们对这些人事物的看法发生了改变。我们不再仅仅依赖于头脑给予的附加解读，而是开始重新审视它们的本质。如果我们出离头脑给予的附加解读，就会发现万物都只是发生。这意味着人事物的存在本身并不带有预先设定的意义，它们只是在一个虚幻的时间和空间中发生的现象。例如，一朵花的开放并不是为了美丽或者给人带来愉悦，它只是自然过程中的一个发生。一个人的行为也不是为了实现某种价值或者责任，它只是个体在特定情境下的反应。其实万物都是客观中性的。它们并不是为了满足我们的期望或者符合我们的价值观而存在，而是以自己的方式存在和发展。我们对它们的意义的赋予，只是我们主观的认知和解读。

虽然万物只是一个"发生"，其本身并没有固有的意义，但是我们无法完全摆脱对万物的解读和认知。即使我们试图去除头脑给予的附加解读，我们仍然在以某种方式诠释和理解发生的事情。这种诠释和解读是不可避免的，因为我们是有意识的存在，我们通过感官和思维来认识世界。我们对万物的观察和体验必然会受到我们的认知框架、价值观和情感状态以及集体意识的影响。因此，我们无法完全客观地看待万物，我们总是在某种程度上对它们进行诠释和解读。

然而，我们可以意识到这种诠释和解读的主观性，并且尝试以更加松动和"全新"的视角去理解万物。我们可以放下固有的观念和期望，以一种好奇和探索的心态去全然观察发生的事情，尝试从不同的角度去理解它们。这样，我们就会更加接近事物的本质，成为更整体的全然客观的自己。

## 九 | 超越已知的束缚

在我们的生活中，常常听到一种观点，即人来到这个世界上需要完成各种各样的功课。然而，这其实是一种误解，事实上，我们并不需要去完成任何形式的所谓功课。对于世人而言，最为关键的"功课"是停止头脑的无尽运转，并且放下所有关于要做功课的想法，全然地回归到生活本身。

当头脑处于运作状态时，在我们眼中世间发生的一切事情似乎都是"合理的"。这是因为所有的这些发生，都不过是在我们已知的范畴内进行着重复的排列组合。就像是搭积木，虽然每次组合的方式可能有所不同，但使用的积木块始终都是我们已经熟悉的那些。这种在已知范围内的变化，让我们产生一种万事皆合理的感觉，但实际上，这也限制了我们对世界更深入、更本质的认知。

我们往往会对奇迹充满向往，但那些基于已知而产生的所谓"奇迹"，并不能算是真正的奇迹。真正的奇迹，隐藏在一切未知之中，静静地等待着我们去发现。因为已知的事物无论多么惊人，它仍然是在我们既有的认知框架内，而未知则蕴含着无限的可能性，那里才有突破常规认知的奇迹。

我们所看到的周围的一切事物，无论是美好的风景、复杂的人际关系，还是社会上的各种现象，实际上都是"头脑"运用我们的认知与定义精心编织出来的幻象。就像一场由大脑导演的电影，我们所看到的画面并非事物的本真，而是经过头脑加工后的呈现。

"想要成为什么"这种想法，其实是头脑基于"已知"开展的活动。比如，我们想要成为成功的商人、优秀的艺术家或者受人尊敬的学者，这些目标都是建立在我们对这些身份已有的认知之上的。我们看到了这些身份在社会中的表现形式、所具备的特质以及带来的影响，然后头脑就根据这些已知信息，设定了我们想要成为的目标。

如果一个人总是期待要成为什么，或者极力要保持在某种状态中，这其实是头脑以排列"已知"的方式来寻求确定性的表现。这种做法并没有完全接纳"你"自身的多样性。因为"你"是一个复杂而多元的存在，有着各种各样的可能性，而不仅仅局限于头脑所设定的某个目标或者状态。不过，这种期待与寻求本身也是"你"多样性的一部分，它反映了我们在特定认知阶段的一种心理状态，虽然有所局限，但也是我们成长过程中的一部分体现。

我们常常会产生恐惧这种复杂的情绪，它是头脑基于"已知"对未来的一种想象的产物。我们的头脑像是一个巨大的信息库，储存着过去的经历、知识以及各种观念。当我们面对未来时，头脑会自动调用这些已知信息进行预测。例如，一个人曾经在公开演讲中遭遇失败并且被人嘲笑（这是已知的经历），当他再次面临需要公开演讲的情况时，头脑就会基于这个已知经历想象出可能再次失败并被嘲笑的场景，从而产生恐惧。"恐惧"同时又是驱动头脑不断寻求确定性的动力，与"现实"并无实质关联。虽然恐惧看似与即将发生的事情有关，但实际上它更多是头脑内部的一种运作机制。还是以公开演讲为例，在事情真正发生之前，这个人的恐惧是基于他过去的经历所构建的想象，而不是基于即将到来的演讲的实际情况。也许这次演讲的听众非常包容，环境也很友好，但他的恐惧不会因为这些现实因素而消失，因为恐惧源于头脑对确定性的寻求。头脑试图通过对未来的预测（尽管这种预测往往是负面的、基于已知的想象）来找到一种确定感，避免未知带来的不安。然而，这种恐惧产生的根源并非当下的现实状况，而是头脑在自己的思维世界里根据过去的经验创造出来的。

在生活中，常常会发现我们对经验的依赖现象十分普遍，这背后其实是对未知深深的恐惧在作祟。我们的头脑就像一个寻求安稳的避风港，已知的经验如同港湾中的坚固礁石，经验不断累积形成的行动模式，会让头脑产生一种安全感。比如说，一位传统厨师，他多年来按照固定的菜谱和烹饪方式做菜，因为这种熟悉的操作流程（基于过往经验）让他觉得踏实，他知道每一个步骤的结果，不用担心出现意外。然而，世界是动态的，万事万物都处在发展与变化之中。就像美食行业不断创新，新的食材、口味和烹饪理念不断涌现。如果一直依赖旧经验，就会被时代淘汰。而时刻以全新的视角去看待事物，就如同挣脱了经验的枷锁，能够自由地适应变化，这种自由是无限的，没有了经验的束缚，可以更敏锐地捕捉到世界的变化并做出积极回应。

很多时候，当我们的行为和思维是以"恐惧"为出发点向前发展时，就会陷入一种看似矛盾却又恶性循环的怪圈。例如，一个人因为害怕被社会淘汰而拼命追求物质财富（恐惧为基点），在这个过程中，当他获得了一些物质上的短暂满足，如购买了昂贵的奢侈品或者住进了大房子（收获短暂浮华感受到瞬间"满足"），他会暂时觉得自己有了对抗被淘汰恐惧的资本。但很快他会发现，周围的人可能拥有更多或者社会的标准又提高了，于是他陷入了更大的恐惧之中，担心自己现有的一切还是不够，又要更加拼命地去追求更多物质。这种循环就会不断地重复，每一次都是以恐惧开始，以短暂满足后更大的恐惧延续，像一个永无止境的旋涡，不断把人卷入其中，难以自拔。

人们之所以常常陷入烦恼和恐惧之中，主要是因为我们的思维状态不是沉浸在过去，就是在对未来忧心忡忡。当我们总是回想过去的失败、挫折或者美好的回忆难以释怀时，就会被过去的情绪所左右；而当我们担忧未来可能面临的困难、危险或者不确定性时，恐惧和烦恼就会滋生。然而，如果我们能够学会安住于当下，让头脑停止像编剧一样虚构各种过去和未来的情节（停止头脑的编剧与想象），我们就能从烦恼和恐惧的泥沼中脱身。比如，当我们在散步时，不去想过去的烦恼事或者未来的工作压力，只是专注于脚下的路、周围的风景、清新的空气和自己的脚步声，我们就能感受到内心的平静。这种平静就是对烦恼和恐惧的终结，因为在当下这一刻，没有过去的阴影和对未来的担忧，只有此时此刻真实的存在。

其实前行最明确的方向就是专注于前行，路是自动延续到你脚下的，你无法在过去与未来呼吸，当下是你唯一存在的地方。

## 十 | 关于局限与无限的思考

在生活的过程中，我们常常会因尚未发生的事情而产生过度恐惧或过度期待的情绪，进而使自己陷入焦虑的状态中。然而这只是头脑基于"自我维护"，对事物发展不确定性的一种逃避行为。但实际上，你会发现事物的真实状态往往和我们头脑中想象的大相径庭，既不会像我们想象的那般"糟糕"，也不会如我们所想的那样"美好"。我们的头脑就像是一个充满想象力的编剧，在事情还没有真正发生之前，就开始为其编造出各种版本的映像，而且这些版本往往是比较"夸张"的。比如说对于失败和成功的想象。在面临一场考试或者一个工作项目时，我们的头脑可能会提前描绘出失败后的凄惨画面，像是会失去所有机会、被他人看不起等；而对于成功，可能会幻想出一夜成名、从此一帆风顺的景象。但实际上，无论是失败还是成功，当真正的结果到来时，往往与我们头脑中的想象有着很大的差距。甚至对于死亡，头脑也会编造出各种故事。有些人可能会把死亡想象得极其恐怖，充满了黑暗和痛苦，但这其实只是头脑虚构出来的一种版本，真实的死亡对于还没有真正经历的我们来说，充满了未知。

我们常常觉得头脑的想象力是无穷的，但从某种意义上说，头脑的想象才是有限的。因为它是基于我们已有的认知、经验和观念来进行创作的。而与之相反，"现实"的发生是具有无限可能的。现实世界是复杂多变的，充满了各种意外和惊喜，它不会按照我们头脑中预设的剧本去发展。

很多时候，我们总是试图去打破一些所谓的"局限"，但实际上，"局限"可能并不真实存在。这种"局限"更多是基于我们内心的分别心而产生的。例如，我们会划分出好与坏、高与低、快与慢等概念，然后觉得自己被某些不好的、低的或者慢的状态所局限。然而，"局限"本身不过是一个我们赋予的定义罢了。进一步思考，我们会发现"超越"本身也是一个定义。当我们说要超越某个局限时，其实还是在定义的框架内活动。因为我们先设定了有一个需要被超越的东西存在，然后又设定了超越这个动作。这就好像是在一个由定义构建的迷宫里打转，看似在寻求突破，实际上还是被困在定义之中。

如果没有了头脑这个不断制造定义、编写故事的源头，那么所谓的局限也就不复存在了。在我们的生活中，唯一真正使我们受到局限的就是头脑本身。头脑通过它的思维模式、定义和想象，给我们的生活套上了一层又一层看似真实的"枷锁"，而当我们能够认识到这一点时，或许就能更加自由地去面对生活中的各种情况了。

所谓"局限"，并非是一种外在强加于我们的客观存在，而仅仅是因我们自身的需要才得以存在的，本质上是我们自己为自己创造出来的。例如，在学习一门新技能时，我们可能会觉得自己存在时间上的局限，觉得每天能用于学习的时间太少。但仔细思考就会发现，这个时间上的"局限"其实是我们自己根据生活中的其他需求设定的。我们需要工作、休息、社交等，在这些需求的基础上，我们才觉得学习时间有限。这就表明，这个局限是我们根据自己的需求创造出来的一种感觉。

当我们选择去追求无限的时候，一个看似矛盾的情况就出现了。这种追求无限的行为，反而可能会让无限变成一个披着无限外衣的局限。比如说，有些人追求无限的财富积累。他们为了这个目标，不断地努力工作、拼搏，甚至牺牲了健康、家庭和生活的乐趣。在这个过程中，他们看似在追求无限的财富，但实际上却被这个无限的目标所束缚。他们的生活被这个目标所限制，每一个决策、每一个行动都围绕着这个无限的财富目标，而忽略了其他方面的需求。这时候，这个所谓的无限就成为一种新的局限，只不过它表面上看起来是无限的追求。

真正的无限，并非是我们常规理解中的与局限相对立的概念。它的对立面不是局限，而是结束了无限与局限之间的对立与分别。当我们不再将世界划分为无限和局限这两个截然不同的概念时，我们才能真正触及无限的本质。例如，在对待知识的态度上，如果我们不把自己的知识储备看作有限的，也不盲目地去追求无限的知识量，而是把知识看作一个整体，无论是已知的还是未知的，都一视同仁地去探索和接纳，那么我们就超越了有限和无限的对立。

我们的评判也是一种局限。当我们对事物进行评判时，无论是评判他人还是评判自己，我们都是基于自己已有的价值观、经验和认知在进行判断。这种评判往往会限制我们对事物的全面理解。比如，当我们评判一个人是好是坏时，我们可能只看到了他的某些行为或者某个阶段的表现，而忽略了他的复杂性和多样性。这种评判的局限会让我们错过与他人深入交流和理解的机会。

而我们的热爱，虽然看似是一种积极的情感，但在某种程度上也可能成为我们更大的禁锢。当我们过度热爱某件事物时，我们可能会变得盲目，只专注于这件事物，而忽略了其他的可能性。例如，一个人过度热爱艺术创作，他可能会将自己所有的时间、精力都投入到艺术创作中，拒绝接受其他领域的信息和机会。这种热爱虽然让他在艺术领域可能会有一定的成就，但也限制了他的视野，使他被困在这个热爱的领域中，难以看到更广阔的世界。更深层的思考，为何热爱是更深的禁锢呢？因为越是热爱，那么产生热爱的主体也就越坚固，这本身就是"自我维护"的一种表现形式。

## 十一 | 概念：思维的工具与枷锁

在我们生活的世界中，概念如同一张无形的网，笼罩着我们的思维和认知。它们是我们理解世界的工具，但同时也可能成为束缚我们的枷锁。如果你的头脑之中不存在概念、标准以及定义这些东西，那么寻求自由这样的想法也不会产生。因为所谓的自由，其实是相对于束缚和禁锢而言的概念。当头脑里没有了这些界定，就如同在一个没有方向标识的空间里，没有了所谓的限制方向，自然也就不存在朝着自由这个方向去努力的必要。例如，在原始社会，人们没有现代社会对于"财富自由""精神自由"这样复杂的概念定义，他们只是按照生存的本能去生活，不会觉得自己被某种无形的力量所束缚，也不会产生对自由的强烈渴望。

实际上我们不需要费劲地从"烦恼"里出离。烦恼本身是一种自然的情绪体验，但当我们陷入烦恼这个概念之中时，烦恼就被放大了。就像有时候我们会因为一点小事不开心，如果我们只是单纯地感受这种情绪，它可能很快就会过去。但如果我们给自己贴上"我正在烦恼"这样的标签，不断地在脑海里强化这个概念，那么这个烦恼就会变得更加难以摆脱。比如，一次考试失利，只是一个小小的挫折，如果我们不把它定义为烦恼的源头，不过分纠结于这个结果，就不会陷入长久的烦恼情绪中。

所谓的迷失，其本质就是我们掉进了自己或者他人所设定的迷失的定义里面。当我们给自己设定了一个关于"迷失"的标准，例如没有达到某个目标就觉得自己迷失了方向，或者偏离了社会普遍认可的道路就认为自己是迷失的，那么我们就真的会陷入这种迷失的状态。实际上，生活是多元的，并没有一个绝对的标准来判定是否迷失。就像一个人放弃了传统的职业道路去追求自己的艺术梦想，按照社会既定的"成功""迷失"的定义，他可能是迷失的，但他自己可能在艺术创作中找到了真正的自我。

假设是我们得出一个认知的前提，这意味着所有的定义都是基于假设而产生的，所以这些定义从本质上来说是一种虚幻的呈现。比如说，社会定义"成功"是拥有大量的财富、高的社会地位等，这是基于人们假设这些东西能够带来幸福、满足等感受。但实际上，这只是一种假设，不同的人对于幸福和满足有不同的理解。也许一个生活简单、内心充实的人在社会的定义下不算成功，但他自己却觉得自己的生活是有意义的。

凡是被定义为重要的东西，其实都是被他人制造出来的所谓的"刚需"。这些定义往往是利用了人们内心深处不易被察觉的"恐惧感"。例如，商家为了推销护肤品，会定义光滑无皱纹的皮肤是美的重要标志，是一种刚需。他们利用人们害怕衰老、不被他人接受（这种不易察觉的恐惧）的心理，让人们相信使用他们的产品才能达到这种美的标准。但从本质上来说，这种对于美的定义是被制造出来的，在不同的文化和审美观念下，美有着各种各样的形式，并不局限于这一种定义。

我不认为存在什么是真正难以做到的事情，这是因为"难以做到"

本身仅仅是一种人为定义的概念。在生活中，很多时候我们觉得某件事困难重重、难以达成，其实是被这个"难以做到"的概念框住了思维。例如，学习一门新语言，很多人会觉得这是一件极难的事，然而这种"难"是基于我们对学习过程中可能遇到的障碍、自身能力的预估等因素所下的定义。如果抛开这个定义，一步一个脚印地去学习，可能会发现并没有想象中那么困难。但如果非要让我指出一件最难以做到的事，那我会毫不犹豫地说：没有什么比停止自我欺骗更难以做到了。自我欺骗是一种极为复杂且隐蔽的心理状态，它像是一层迷雾，让我们难以看清自己的真实想法、行为和处境。我们常常在无意识中为自己的行为寻找借口、美化自己的动机，而要觉察到这种自我欺骗并且停止它，需要极高的自我洞察力和直面真实自己的勇气。

其实我们生活中的一切都可以看作"概念系统"。就拿数学来说，它是一个典型的概念系统。这个系统包含了众多的定义，这些定义之间相互关联、相互支撑，共同构建起了整个数学体系。比如数学公式就是其中的一种定义，它在数学这个概念系统里有着举足轻重的地位。如果没有公式，数学的整座大厦将失去支撑，无法构建起严密的逻辑结构；而从另一个角度看，如果脱离了数学这个概念系统，公式本身也会变得毫无意义，就像一串没有实际用途的符号组合。这表明每个概念系统中的定义都是相互依存的，并且它们的意义是在这个特定的系统内被赋予的。

我们不需要刻意去探索任何一个"概念系统"，因为这些概念系统本质上是定义在其内部的无限循环。当我们深入其中一个概念系统去探索时，会发现自己像是陷入了一个旋涡，一直在围绕着系统内的概念和定义打转，很难跳脱出来看到更广阔的世界。我们真正需要的是对"世界"进行全然的观察与探索。这就要求我们从所有"累积"

的意图中出离，这里的"累积"意图包括我们以往的经验、观念、目标等。例如，在研究自然科学时，如果仅仅局限于某个学科的概念系统，如物理学中的经典力学概念系统，我们可能会错过很多新的发现。而当我们放下对这些既有概念系统的执着，以一种全新的、开放的视角去观察自然世界时，可能会发现一些不符合传统概念但却真实存在的现象。

我们没有必要去任何概念系统中寻求答案，因为在概念系统里找到的答案也仅仅是那个概念系统中的一个概念而已。它是在这个特定系统的规则和定义下产生的，具有一定的局限性。例如，在伦理学的概念系统中寻找关于道德行为的答案，得到的答案往往是基于伦理学这个系统内部的定义和假设。但如果从更宏观的人类社会和文化的角度来看，这个答案可能并不全面或者适用，包括星座以及一些心理测试也是同样的。

判断与分析，表面上看起来是一种理性的思考方式，但实际上，它们往往只是在为我们"先入为主"的概念以及定义寻找支撑点。我们在进行判断和分析时，通常会基于自己已经形成的观念和认知框架，然后寻找各种证据来支持这些观念。然而，这种看似合理的分析往往经不起更深入的"分析"。比如，当我们对一个社会现象进行分析时，可能会基于自己对社会阶层、文化背景等方面的既有概念来下判断，但如果进一步深入探究，会发现这些概念和判断可能存在很多漏洞。这就提醒我们在思考问题时，要警惕这种被先入为主的概念主导的判断与分析，尽量保持客观和全面的视角。

更深层的思考是：所有概念的产生基础就是"自我"，但是"自我"并不真实。

## 十二 ｜ 理性逻辑的局限

在生活中，理性和逻辑常常被作为指引前行的依据，我们依赖它们来提出疑问、解决问题、做出决策。然而，当我们深入探究其本质时，会发现它们并非如我们所想象的那般可靠。

理性是在一定的认知框架和定义范围内发挥作用的。人类的理性是基于已有的知识、经验和概念体系构建起来的，这些定义和框架本身就具有局限性。例如，在不同的历史时期和文化背景下，人们对于同一类事物的理性判断可能会有很大差异，这说明理性受到了所处时代集体意识的影响。理性通常依赖于既定的逻辑规则和思维模式，然而这些规则和模式几乎无法与"时刻全新"的世界本质完全同步。在一定程度上，理性可以被称作是局限性定义的奴隶，因为它蕴含着无限且重复循环的"应该是"，所以难以超越自身所依赖的"已知"范畴。

人们以理性为基础进行思考和决策时，常常会依据某些已有标准和原则来判断什么是"应该"的。这种"应该是"的思维方式在一定程度上是为了保证行为发展的合理性和可预测性。

从某种层面上来说，这种重复循环的"应该是"可以被理解为人们认为事物的发展具有一定的稳定性和连贯性。但实际上，事物本身是流动和变化的，其唯一的稳定性或许就是变化的属性。在面对复杂问题以及触及事物本质时，理性会不断地使判断回归到一些基本的原则和"已知"上，以确保思考的方向与理性所依据的准则自身同步。然而，这样却限制了人们的想象力和创造力。

其实，以上的文字本身就是在以理性为基础的探讨理性。所以我们要以理性的态度去审视理性本身的局限性。理性并非绝对的"真理"，它受到我们的知识、经验、观念以及情感等"已知"的多种因素的影响。我们要意识到当我们过度依赖于理性时，往往会忽略直觉和情感等非理性因素的重要性，从而做出不全面的决策。因此，我们需要保持一种时刻松动的心态，不断反思和审视自己的理性思维，以更全面的视角去看待世界。有时候，突破理性的束缚，依靠直觉、情感等非理性因素，可能会带来意想不到的创新和全新视角的发现。

逻辑，作为理性思维的重要组成部分，同样存在着诸多问题。我们常常坚信逻辑的正确性，认为它能够引导我们得出准确的结论。然而，凡是逻辑的，都可能使我们陷入局限的"虚妄"当中。逻辑本身并没有固定的逻辑，它就像一个看不见且透明的牢笼，束缚着我们的思维。我们的思维往往受到逻辑的限制，难以跳出既定的模式，从而难以触及事物的本质。

我们通过头脑去创造了过去，但我们却误以为自己是由过去而来。实际上，真正的过去并不真实存在，所有那些被认为"已发生"的事情，都仅仅只是头脑所编写的故事。我们的头脑受到集体意识的影响，同时根据自身的信念、价值观和情感，以记忆的形式创造出了貌似已有过去的"事实"，从而构建起我们所认知的"过去"。但需明确的是，这样的过去并非客观真实的呈现，而只是经过头脑加工和投射之后所产生的幻象。

头脑所相信的故事常常会呈现为眼前的事实；反过来，眼前所呈现的事实，实际上也正是头脑所相信的故事。头脑中的信念与现实中所看到的事实之间存在紧密联系，并且相互影响。头脑中的信念宛如一个滤镜，它会影响我们对现实的感知和解读，而我们所感知到的现实又会进一步强化头脑中的信念，由此形成一种相互作用的循环。

　　头脑中所相信的故事属于主观的认知观念。这些主观内容在我们观察和理解客观世界的过程中起着重要作用，使得我们看到的"眼前的事实"带有主观色彩。这充分体现了主观对客观具有能动的反作用，即主观意识能够影响人们对客观事物的认识和判断。

　　另外，"眼前呈现的事实"是客观存在的事物和现象。然而，我们对这些客观事实的认知和解读却受到头脑中主观故事的影响。这表明客观决定主观，主观是对客观的反映，但这种反映并非机械与被动的，而是具有主观性和选择性。我们的主观意识会依据自身的经验、价值观、情感等诸多因素，对客观事实进行筛选、加工和阐释，进而塑造出我们对世界的独特认知。这种主观与客观的相互作用，一方面赋予了我们在一定程度上塑造自己所看到的世界的能力；另一方面，我们也要用更客观的视角来认识和理解世界，因为这会使我们处于一种更全然的状态。

　　越简单越有力量，但头脑却一直在"消减"我们的力量。头脑中充斥着各种设定、观念和认知，它们让我们远离了简单纯粹的状态。当我们勇敢地放下头脑中的这些设定时，我们会变得简单，而且这种简单的状态会不断深化，越来越简单，持续地剥离那些不必要的复杂与纷扰。最终，我们会简单到成为一个整体，与周围的一切和谐相融，不再被琐碎的思绪所割裂。在这个整体的状态中，我们能够以最纯粹的方式去感受和体验世界，释放出内心深处最本真的力量。头脑常常使我们的思维变得复杂烦琐，充斥着各种杂念和干扰。当我们陷入头脑的无尽思考中时，会消耗大量的精力和能量，从而削弱我们的行动力和创造力。相反，当我们放下头脑中的设定，回归简单纯粹的状态，并且越来越简单，直至简单到成为整体时，我们才能真正释放出内心的力量。

在生活当中，我们需要进行独立且深刻的思考，以此来超越理性与逻辑的局限。我们要用心去倾听内心的声音，感受直觉给予我们的指引。直觉在某些时候是一种超越理性的智慧体现，它能够帮助我们在瞬间洞察到事物的本质。与此同时，我们也要懂得放下头脑中的负担，摒弃那些毫无必要的杂念以及担忧，以一种简单而纯粹的心态去勇敢地直面生活。

虽然理性和逻辑在我们的生活中扮演着至关重要的角色，但是我们绝不能盲目地依赖它们。我们须要充分认识到它们存在的局限性，学会以更加全面、灵活且深刻的方式去进行思考和行动。只有这样，我们才能回归内心的平静与简单，并且不断朝着简单平静的方向发展，直至简单平静到成为一个整体。

## 十三 | 探寻真相中的多元思考

在我们对世界的深入探寻中，"真理"始终是人们孜孜以求的目标。然而，我们必须清醒地认识到，"真理"并非建立在因果关系之上，它具有一种极致的"简单"性。因果关系不过是一种用于解释事物的方式，是在我们线性思维模式下，对事物之间相互关联所给出的一种定义，这种定义主要是为了满足头脑对确定性的追求。例如，我们看到下雨后地面湿了，便认为下雨是地面湿的原因，这是一种基于因果关系的常规理解。然而，真理可能超越这种简单的因果联系，它或许是一种更为纯粹、直接的存在状态，不需要这种前后相继的逻辑解释。

头脑就像是一个"导体"，在这个世界上，无数的头脑相互连接，共同构建起了我们所认知的世界。每个头脑都在接收和传递着信息、观念等，如同电流在导体中传导一样。这意味着我们的思想和认知不是孤立存在的，而是受到周围众多头脑的影响。

我们不会有完全意义上的独立思考，这是因为我们的头脑并非"绝缘体"。我们的思考会受到外界各种因素的影响，包括文化、社会环境、他人的观点等。比如，我们在成长过程中接受的教育、家庭的价值观、社会的流行观念等都会渗透进我们的思考过程，使得我们难以拥有纯粹独立于外界影响的思考。

"努力"是头脑在读取了各种定义之后所做出的一种选择。当我们头脑中有了关于成功、成就、进步等概念的定义后，才会产生努力的想法。然而，任何经过头脑加工的东西，都存在偏离"真实"的风险。因为头脑的理解往往是基于已有的认知框架，这个框架可能会扭曲或简化事物的本来面目。"刻意"是一种主观上为了接近生命本质而做出的努力。但生命的本质是一种自然的存在状态，它不需要我们刻意去追求。比如，我们刻意去追求某种幸福的状态，按照某种模式去生活以达到内心的平静，但这种刻意的行为反而可能让我们离生命的本质越来越远。然而，有趣的是，生命的本质本身似乎又蕴含着某种"刻意"，这可能是指生命在自然发展过程中，有着一种内在的、自然的趋向性，就像植物向着阳光生长，看似是一种刻意地追求，实则是一种自然的本能。

当有头脑的介入时，就难以存在真正的爱。因为头脑会带来分析、判断、比较等，这些都会干扰爱的纯粹性。而当真正的爱发生时，自我会逐渐消融。例如，在无私的母爱中，母亲在全心全意关爱孩子的时候，往往不会计较自己的得失，自我的意识会淡化，此时爱才得以纯粹地展现。

如果有人告诉你这个世界的本质是苦的，那么他就像是一个思想的"难民"。这就如同《小马过河》的故事一样，松鼠说河水很深，老牛说河水很浅，它们都是基于自己的经历和认知来做出判断的。说世界本质是苦的人，也是基于自己有限的经历、观念和思维方式得出的结论，并不一定代表世界的真实本质。世界是复杂多样的，不同的人可能有不同的体验和理解，不能片面地将其归结为一种单一的性质。

超越局限这个概念本身其实依然还是局限的，它的存在是以局限为根基的。当我们说要超越某个局限时，比如突破某种传统观念或者打破某种既定规则，这个"超越"的行为其实是在承认局限的存在并且以它为出发点的。这就好像是在一个有边界的空间里，我们想要跳到边界之外，但这个边界之外的概念也是相对于这个边界而言的，所以仍然是在局限的范畴之内。例如，在艺术创作领域，一些艺术家试图超越传统绘画技巧的局限，去探索新的表现形式。然而，这种"超越"的想法是基于对传统绘画技巧局限的认知，而且新的表现形式在发展过程中也可能形成新的局限，它始终没有完全摆脱局限的影响。

无数个"局限"相互叠加在一起，最终就形成了所谓的"整体"。在我们的生活中，每一个小的局限就像是拼图的小块，当这些小块组合起来时，就构建了我们对世界的整体认知框架。比如说，我们在社会生活中有各种各样的角色局限，在家庭中有家庭角色带来的局限，在工作中有职业规则带来的局限。这些不同方面的局限组合起来，就塑造了我们的整体生活状态和对世界的理解方式。就像一个复杂的社会组织，它是由各种规章制度、文化习俗等局限性因素共同构建起来的，这些因素相互作用，形成了一个看似完整的社会整体。

"局限"常常起源于人们想要避免某些不确定的事物，从而拒绝了事物所有确定性的发生。人们天生对不确定性有着一种恐惧心理，为了消除这种恐惧，就通过设定各种"局限"来确保一种确定性。例如，在教育孩子的过程中，有些家长为了让孩子避免受到外界不良影响（这是一种不确定性），就给孩子设定了非常严格的生活和学习模式（这就是一种局限），比如规定孩子只能和特定的朋友交往、只能参加特定的活动等。这样做虽然在一定程度上减少了不确定性，但同时也限制了孩子可能遇到的积极的、确定性的发展机会，比如新的兴趣培养、独特的人生体验等。

实相是"未知"的，而思维却总是试图用"已知"来解读"未知"，所以所有的答案都远离实相。我们的思维是建立在过去的经验、知识和观念之上的，这些都是"已知"的内容。当我们面对未知的实相时，比如宇宙的起源、生命的意义等深层次的问题，我们会习惯性地运用已有的知识体系去解释。然而，这些已知的东西就像一个个有限的框架，无法完全涵盖未知实相的全貌。例如，科学在不断探索宇宙的奥秘，但每一个科学理论都是基于现有的观测和知识，随着技术的发展和新的发现，旧的理论可能会被推翻。这说明用已知去解读未知虽然是一种探索的方式，但得出的答案往往只是一种近似，与真正的实相还存在很大的距离。

头脑试图终结线性的思维是做不到的，因为线性的思维本身就是头脑的固有特质。线性思维是我们习惯的一种思维方式，它按照一定的顺序、逻辑进行思考，例如因果关系就是一种线性思维的体现。我们的头脑在处理信息时，往往会自动按照这种线性的方式进行组织和理解。就像我们在学习历史时，会按照时间顺序来梳理事件的发展脉络；在解决数学问题时，会按照一定的步骤进行计算。这种线性思维方式深深扎根于我们的头脑之中，即使我们意识到它可能存在局限性，也很难完全摆脱它。因为当我们思考如何摆脱线性思维时，这个思考过程本身还是在线性思维的框架内进行的。

我认为"自我消融"是最高效的自我完整的路径。当我们放下自我意识，不再被自我的观念、欲望和执着所束缚时，我们能够更直接地体验和融入世界的本质。自我就像是一个过滤器，它会对我们所感知的事物进行筛选和扭曲。例如，在人际交往中，如果我们总是以自我为中心，关注自己的利益、形象和感受，就很难真正理解他人和建立深层次的关系。而当我们实现自我消融时，我们能够以一种更开放、包容的态度去对待他人和世界，这种状态能够让我们迅速地达到一种更加完整和和谐的境界，就像去掉了阻挡在我们与真实世界之间的一层屏障。

## 十四 | 认知构建下的世界与自我

在我们对世界的深入探索中，时常会有一个问题：能量来自哪里？而答案是能量来自认知，因为能量本身也是一个认知。我们所理解的能量，无论是物理世界中的能量形式，还是生活中感受到的精神能量，都与我们的认知紧密相连。在物理学中，能量的概念是基于人类对物质运动和相互作用的认知而建立起来的。例如，电能是人们对电子运动及其产生的效应的一种认知归纳。而在生活里，当我们说一个人充满能量时，这往往是基于我们对他积极的行为、态度等方面的认知。这种对能量的认知塑造了我们对能量来源的理解，所以说能量本身是一种认知，它来源于我们对事物的认知构建。

认知是一种"频率"，并不是认知导致了"频率"，而是"频率"影响了认知，有效沟通是认知的一种"同频"活动。可以想象认知如同收音机接收信号的频率一样。不同的"频率"下，我们对世界的认知会有所不同。例如，一个积极乐观的人，他的认知"频率"可能较高，会更多地关注事物美好的一面，对挫折也能从积极的角度去理解；而一个消极悲观的人，其认知"频率"较低，容易看到事物的负面。在沟通中，有效沟通就像是双方调整到了相同的认知"频率"。比如在商务谈判中，如果双方能够理解对方的利益诉求点（这就是一种认知同频），就能更好地达成协议；如果双方认知"频率"不同，就容易产生误解和矛盾。

重要的不是事物本身，而是你怎么看待事物。事物的客观存在是一回事，但我们对它的看法却能极大地改变我们的体验和反应。就拿一场雨来说，对于农民，如果是久旱逢甘霖，那这场雨就是希望和生机的象征；但对于计划外出游玩的游客，这场雨可能就被视为扫兴的因素。雨本身并没有改变，但是不同的人因其不同的需求、背景和心态，对雨的看法截然不同，这种看法进而影响着他们的情绪和行为。

世界的完美与否与世界本身无关，而在于你对世界的认知和判断。世界以其自身的方式存在着，它本身并没有任何定义。然而，我们对世界是否完美的判断完全取决于我们的认知。一个内心充满善意和感恩的人，可能会看到世界处处充满温暖和奇迹，即使面对困难也能从中发现积极的一面，认为世界是近乎完美的；而一个愤世嫉俗的人，可能更多地关注社会的阴暗面和不公平，从而觉得世界是不完美的。这表明世界的完美概念是我们的认知赋予的，而非世界本身的固有属性。

没有"不好"的环境，只有固定不变的认知。每一种环境都具有其独特的性质和可能性。例如，一个贫困地区，从表面看可能缺乏资源、生活条件艰苦，但如果改变认知的角度，就会发现这里的人们可能有着更紧密的社区关系、更纯粹的生活态度。如果我们持有固定不变的认知，只看到环境的负面，就会认为这是一个"不好"的环境。然而，当我们尝试用发展的、多元的眼光去认知时，就能发现环境中隐藏的积极因素和潜力。那么反过来看，如果我们在不同的环境下，都可以为自己匹配适应这个环境生存的认知，那么一切环境也就都是"好"环境。

所有情绪的波动都源自某种固定不变的认知。当我们的认知固定在某一个模式时，就容易被外界因素引发情绪波动。比如，一个人认为自己必须在工作中取得完美的成绩才是有价值的（这是一种固定认知），那么当他在工作中出现一点小失误时，就可能会陷入极度的沮丧和焦虑情绪中。因为他的认知没有弹性，不能接受自己不完美的状态。而如果他能改变这种固定认知，认识到失误是成长的机会，那么相同的情况可能就不会引发如此强烈的情绪波动了。

　　所有的知识、观点以及领悟，都只是看待事物的一个角度，是暂时的结论，且会不断地更新。知识是人类对世界不断探索的结果，但它总是基于特定的历史时期、文化背景和认知水平。例如，在古代，人们认为地球是平的，这是当时基于有限的观察和认知得出的结论。随着航海技术的发展和科学研究的深入，人们对地球的认知发生了改变。同样，在不同的文化中，对于道德、艺术等方面有着各种各样的观点，这些都是从各自的角度出发的。而且，我们个人在成长过程中，对事物的领悟也会不断变化，今天我们对某个问题的看法可能在明天遇到新的情况或获得新的知识后就会发生改变。

　　在我们试图理解这个世界时，有一个根本性的观念需要被重新审视：任何形容词都不是事物本身的属性。当我们说一个物体是"美丽的""高大的"，或者"坚硬的"，这些描述并非事物内在的、与生俱来的本质特征。而是观察者基于自身所拥有的定义体系产生认知后，附加给事物的描述。例如，一朵花被形容为"美丽"，这是人类基于自身对色彩、形状以及审美标准的定义而做出的判断。从花本身的角度看，它只是按照自然规律生长、存在，并没有"美丽"这样的固有属性。这一观点深刻地揭示了我们对世界的认知在很大程度上是主观构建的结果，而非对事物纯粹客观的把握。

这种主观构建的认知并非一成不变,观点和认知在不断被推翻的过程中实现更新和迭代,从而使一切在某种意义上都呈现出全新的面貌。人类的认知历史充满了这样的例子。在古代,人们对世界的认识非常有限,许多观点在今天看来是荒诞不经的。例如,古人认为雷电是神灵发怒的表现,随着科学知识的积累和发展,我们现在知道雷电是一种自然的大气放电现象。这种认知的转变不是一蹴而就的,而是在不断地探索、质疑和新发现的过程中逐步实现的。每一次旧有观点的被推翻,都伴随着新的认知的诞生,这一过程就像一场永无止境的进化,不断推动着人类对世界的理解走向更深入、更全面的层次。

科学,作为人类探索世界的重要工具和知识体系,其本身就具备可以被证伪的特性。科学知识的获取是基于实证研究、实验观察以及逻辑推理的过程。然而,这些研究和推理都是在特定的历史时期、技术条件和认知框架下进行的。如果将一个时段性的科学认识,比如某个特定时期的物理学理论或者生物学发现,当作判断事物的唯一标准,甚至将其奉为真理,这无疑是违背科学精神的。例如,在物理学领域,经典力学曾经被认为是解释物体运动的绝对真理,但随着科学研究深入到微观和高速的领域,相对论和量子力学的出现表明经典力学在这些情况下存在局限性。这充分说明科学是一个动态的、不断发展的体系,没有哪一种科学认识是永恒不变的绝对真理。

进一步深入探讨,所有绝对的事物都不是科学的,科学与绝对之间存在着天然的对立关系。科学鼓励质疑、探索和修正,而绝对意味着不容置疑、固定不变。这种对立关系是科学本质的重要体现。所谓的"真相",在科学的视角下,仅仅是一个暂时的认知结果。它不是一种永恒的、固定的存在,而是会随着外部环境的变化以及人类认知的发展而同步变化。例如,在医学领域,对于疾病的定义和治疗方法随着时间的推移发生了巨大的变化。过去被认为是绝症的某些疾病，随着医学技术的进步可能变得可以治愈；对疾病病因的认识也在不断深化，从最初简单的病菌感染理论，到如今考虑基因、环境等多种因素的综合模型。这一切都表明，真相是随着我们认知能力的提升和周围环境的改变而不断演进的。

即使是我们当下认为正确无误的信念，也不可避免地存在着局限。信念是基于我们现有的认知、经验和价值观所形成的一种心理状态。在特定的情境下，它能够给予我们力量和指引，但我们不能忽视其局限性。例如，一个人秉持着某种特定的道德信念，但当他置身于不同的文化背景或者面临新的道德困境时，可能会发现这种信念并不能完全适用。当我们不再执着于任何信念时，才有可能突破这些局限，从而更接近无限的可能性。这并不意味着我们要抛弃所有的信念，而是要以一种开放、灵活的态度对待它们，认识到它们只是我们认知旅程中的阶段性成果，随时准备根据新的认知和经验对其进行调整和完善。这种对认知相对性的深刻理解，有助于我们以更加谦逊、包容的态度去探索世界的奥秘，不断拓展我们的认知边界。

## 十五 ｜ 认知与个体的关系

在我们的认知世界里，"世界"其实是认知的呈现。从某个独特的角度来看，人们一直以来只是看到了自己认知范围内的世界，而从未真正触及世界的本真面貌。我们所感知到的一切，无论是山川河流，还是人际关系，都是经过我们认知加工后的产物。就像戴着有色眼镜看世界，眼镜的颜色便是我们的认知滤镜，我们看到的只是经过滤镜渲染后的世界，而非其纯粹的原样。例如，对于同一个自然景观，画家可能看到的是色彩与构图的灵感源泉，地质学家看到的是岩石构造和地貌形成的历史痕迹，而诗人看到的或许是引发情感共鸣的意象。这并不是真正客观的世界，而是他们基于各自的认知框架所解读出来的世界。我们所经历的教育、文化背景、个人经历等塑造了我们的认知方式，这种认知方式决定了我们眼中世界的模样。但这个世界可能与世界的本真状态存在偏差，因为我们永远无法完全摆脱自身认知的局限去看到纯粹的世界。

你是"你"所认知的世界的一部分，你观察的方式会"改变"此时正在观察的事物，我们自身与我们所认知的世界存在着一种微妙的互动关系。当我们观察事物时，我们并不是单纯的旁观者。以人际交往为例，如果你带着怀疑和猜忌的态度去观察一个人，那么在与他的互动过程中，你可能会不自觉地表现出冷漠或者防范，而对方可能会对你的这种态度做出相应的反应，比如变得更加谨慎或者抵触。这样一来，你最初的观察方式就影响了这个人的行为，从而改变了你对他的进一步观察结果。再比如，在科学实验中，科学家如果在观察实验现象时带有先入为主的假设，这种假设会影响他对实验数据的收集和解读，甚至可能导致他忽略一些不符合假设的重要数据。所以说，我们观察世界的方式不是中性的，它会对被观察的事物产生影响，进而又反作用于我们对世界的认知，形成一种循环关系。

真正的探索不是凭借已有的知识去探寻未知的，而是要始终对未知保持敬畏之心，以一种全然开放的心态去接纳一切的发生，并且永远以全新的视角去看待世界。当我们将对事物的认知仅仅当作一种知识时，它就会成为思维意识的束缚。比如，在传统教育中，学生们常常被灌输各种既定的知识，这些知识在一定程度上限制了他们的思考和创新能力。如果一个人只遵循所学的知识去判断事物，而不懂得跳出知识的框架，那么他很难看到事物的其他可能性。

能够困住我们的，往往不是能力的问题，而是那些被我们忽视且没有察觉到的、自动化的、带着评判与局限的认知。这些认知就像隐藏在暗处的绳索，不知不觉地束缚着我们的行动和思维。例如，有些人在面对新的工作机会时，由于内心深处存在着对失败的恐惧和对自身能力的不自信（这是一种隐藏的、带有局限性的认知），而不敢去尝试，从而错过很多发展的机会。

当我们为自己建立认知时，就如同给自己制造了一个"牢笼"。无论是对自己性格的定义，还是对自己能力的评判，这些自我定义本质上都是一种"停滞"的认知。比如，一个人给自己定义为内向、不擅长社交，这种定义会让他在社交场合中更加退缩，从而限制了自己社交能力的发展。任何层面的自我定义都会成为限制自己的牢笼，因为定义一旦形成，就很难轻易改变，它像一个无形的框架，将我们框定在一个特定的范围内。

你的认知好比一堵墙，它在保护墙内自我的同时，也把自我禁锢在墙内。我们往往先给自己创造了局限，然后又基于这些局限建立了不自由的认知。例如，我们在成长过程中受到家庭、社会环境的影响，形成了一些固定的思维模式和价值观，这些就像那堵墙一样，将我们限制在一个狭小的认知空间里。

一个人的"缺点"和"优点"都来自他所处时代集体意识的认知，并非源自他本身，他本身并无定义。在不同的时代和社会环境中，对于"优点"和"缺点"的评判标准是截然不同的。例如，在古代的农耕社会，强壮的体魄和熟练的耕种技能被视为男性的重要优点，因为这有助于家庭的生存和发展。而在现代社会，创造力、适应能力以及数字化技能等可能被更多地看作是优点。同样，对于"缺点"的定义也会随着时代而变化。过去，在一些较为保守的社会环境中，女性过于外向活泼可能被视为不符合传统女性形象的"缺点"，但在现代社会，这种性格特质可能被视为充满活力和自信的表现。这说明，这些评判并不是基于个人内在的、不可改变的本质，而是由当时的集体意识所决定的。个人就像一块未经雕琢的璞玉，本身并没有被预先设定好所谓的"优点"和"缺点"的纹理，是外界的集体认知如同雕刻刀一样，在其表面刻画出这些评价的痕迹。

在我们的成长和发展过程中，往往会遇到一些人，他们对我们有着不同的影响。大多数人可能会习惯于维持我们已有的认知状态，这种延续看似是一种稳定的支持，但实际上可能会使我们陷入一种认知的惯性之中。例如，我们如果一直处于一个只认同传统教育模式的环境中，周围的人都不断强化这种认知，我们可能会局限于这种模式，难以看到其他的可能性。而真正的贵人则不同，他们像一阵清风，吹散我们认知上的迷雾。当他们打破、颠覆我们的认知时，就像打开了一扇通往新世界的大门。比如，一位创新型的导师可能会挑战学生对传统艺术形式的认知，引导学生尝试将现代科技与古老艺术相结合，这种颠覆会让学生摆脱原有的思维定式，从而能够以全新的视角去看待艺术创作。这种时刻保持全新的状态就是自由的本质体现，因为我们不再被过去的认知所束缚，能够自由地探索各种未知。在这种状态下，我们的内心才是真正丰盛的，我们能够接纳更多元的思想、观念和体验，如同一个容器不断被扩充，能够容纳更多丰富多彩的内容。

真正的智者深知每个人都有自己独特的认知发展路径，他们不会将自己的智慧成果像展品一样展示给他人，然后把别人拉进自己构建的固定的智慧框架里。相反，他们更像是一位引导者，站在我们思想禁锢的门槛边，伸出援手帮助我们跨越这一障碍。例如，在哲学思考方面，智者不会直接告诉我们某种哲学思想是绝对正确的"标准答案"，而是通过提问、引导思考等方式，让我们自己去探索哲学的奥秘。这样一来，我们能够逐渐进入无限的觉知状态，就像置身于一片广阔无垠的知识海洋中，每一次探索都可能发现新的岛屿。在这个过程中，我们能够不断成长，成为更好的自己。智者的这种全新性体现在他们永远不会停止思考、探索和成长，他们不会用自己过去的认知成果去限制他人，而是不断更新自己的认知体系，并且鼓励他人也如此，确保不会给他人带来任何禁锢，让每个人都能在自由的认知空间里茁壮成长。

## 十六 | 松动固有的认知

在我们探索世界与自我的关系时，会发现一些深刻且颠覆传统观念的现象。一切事物都呈现出一种奇特的状态，它们不真实存在，但又真实存在于你的认知中。这看似矛盾的表述，实则蕴含着深刻的哲理。例如，我们所看到的色彩，从科学角度来说，不过是物体对不同波长光线的反射，然后经过我们的视觉系统和大脑认知处理后，才有了红色、蓝色等各种颜色的概念。这些颜色并非事物本身固有的绝对属性，在没有观察者的认知参与时，它们只是一种物理现象。然而，在我们的认知中，这些颜色是如此真实地存在着，我们依据它们来区分不同的事物，甚至赋予它们情感和文化意义。

所有的"客观"现实，都是基于你的主观定义而呈现的。我们往往认为存在一个完全独立于我们之外的客观世界，但仔细思考就会发现，这个所谓的客观世界在很大程度上是由我们的主观认知构建的。以时间概念为例，时间的划分，如年月日、时分秒，是人类为了方便生活、生产而主观定义出来的。大自然本身并没有这样明确的时间刻度，但我们依据这种主观定义构建了日常生活中的秩序，安排工作、学习和休息等活动，这使得我们眼中的"客观"现实充满了主观的痕迹。

能阻碍你认识生命的，恰恰是你对生命的认知。很多时候，我们对生命有着各种各样的预设认知，这些认知像无形的枷锁限制了我们对生命真正内涵的探索。例如，有些人认为生命的意义在于追求功名利禄，在这种认知的驱使下，他们可能忽略了生命中的情感交流、内心成长等其他重要方面。他们忙碌于追逐外在的目标，却没有真正静下心来感受生命的多样性和丰富性，从而无法全面而深入地认识生命的本质。

发生本身并没有任何意义，你赋予它什么意义，就决定了你有什么样的体验和感受。生活中充满了各种各样的事件，就像每天都会发生许多不同的事情，但这些事情本身仅仅是客观的发生。比如，在工作中得到晋升，有些人可能将其视为自己能力的肯定，从而感到兴奋和自豪，这是他们赋予这件事情积极意义的结果；然而，也有人可能会担心晋升后的压力增大，把它看作一种负担，这就是赋予了相同事件消极的意义。所以，事件本身如同一块空白的画布，我们的认知为其涂上了不同的色彩，进而决定了我们面对这件事时的体验和感受。

"匮乏"与"丰盛"都只是一个感受，它们和所谓的"事实"毫无关系。在物质生活中，我们常常会评判自己处于匮乏或者丰盛的状态。但这种评判更多的是基于我们内心的感受，而非绝对的事实。例如，一个人拥有大量的财富，但他总是担心财富会失去，内心充满焦虑，觉得自己的财富还不够多，处于一种匮乏的感受之中；相反，另一个人虽然物质财富并不充裕，但他珍惜自己所拥有的，对生活充满感恩，内心感受到丰盛。这说明"匮乏"与"丰盛"不是由外在的物质数量决定的，而是由我们的认知所产生的感受决定的。

并没有任何现象会使你幸福或受苦，使你感到幸福或受苦的是你对现象的认知。生活中的各种现象只是客观存在，就像天气的阴晴，本身并不会直接导致我们幸福或者痛苦。如果一个人喜欢阳光明媚的天气，当遇到阴天时，他可能会感到沮丧，但这种沮丧并非阴天这个现象本身带来的，而是他对阴天的负面认知所导致的。同样，对于一些人来说，雨天可能会带来宁静和舒适的感觉，这是因为他们对雨天有着积极的认知。

"受苦"的程度，与由认知所产生感受后的自我执着程度是等量的。当我们遇到一些不如意的事情时，产生痛苦的感受是很常见的。但这种痛苦的程度往往取决于我们对这种感受的执着程度。例如，在一段感情关系中，当面临分手时，有些人可能会陷入极度的痛苦之中，久久不能释怀。这是因为他们对这段感情有着强烈的执着，他们的认知将这段感情的失去视为巨大的损失，并且执着于这种失去带来的痛苦感受。而如果一个人能够以更豁达的认知看待感情的起起落落，不那么执着于失去的痛苦，那么他所遭受的痛苦程度就会相对较低。

要有认知的完美，而不是被完美的认知。追求完美是很多人的目标，但我们应该追求的是一种能够灵活、全面看待事物的完美认知。被完美的认知所束缚，意味着我们执着于一种固定的、理想化的认知模式。例如，在艺术创作中，如果被传统的、所谓完美的艺术风格认知所束缚，艺术家就很难创新和突破。相反，拥有认知的完美，是指能够从不同角度、不同层面去理解和欣赏艺术，既能看到传统艺术的美，也能接纳现代艺术的创新，这样的认知才是更有利于我们发展和成长的。

并不是你产生了认知，而是认知产生了"你"。我们通常认为是我们自己产生了对世界的认知，但从更深层次的角度看，是我们所接受的各种认知塑造了我们是谁。从我们出生开始，周围的文化、家庭、社会环境等给予我们的认知信息不断地构建我们的价值观、思维方式和人格特征。例如，在不同文化背景下成长起来的人，会有不同的行为方式和思维模式，这是因为他们所接受的文化认知不同。西方文化强调个人主义，而东方文化注重集体主义，这种文化认知的差异造就了不同文化背景下人们的不同特性。

在我们与世界的互动以及自我成长的过程中，认知扮演着至关重要的角色。首先，要为"想要"的感受匹配认知，而不是经由固定的认知而产生感受。我们常常被固定的认知所左右，例如，在传统观念里，很多人认为稳定的工作就是好工作，这一固定认知可能会让一些人即使在不喜欢自己工作内容的情况下，依然坚守岗位，因为他们依据这个固定认知产生了"应该坚持"的感受。然而，如果我们为自己"想要"的感受去匹配认知，比如当我们内心渴望创新、挑战和自我实现时，我们就会寻找与之相适应的认知，像在新兴行业中工作能带来更多成长机会等认知，这样我们的感受才是基于内心真正的需求，而不是被外在固定的认知所限定。

只是引发思考，不去定格认知，这是一种非常重要的对待认知的态度。在求知和探索世界的过程中，我们不要急于给每个问题一个确定的答案，也就是不让十万个为什么中的每个问题有一个为什么，而是让每一个问题中有十万个为什么。以科学研究为例，对于宇宙的起源这个问题，如果科学家仅仅满足于一种解释，如大爆炸理论，并且将其定格为唯一的答案，那么科学就很难继续发展。但如果科学家们不断对这个问题提出更多的疑问，如大爆炸之前是什么状态、是什么引发了大爆炸等，这种不断追问的态度会促使科学不断探索新的可能性，认知也会在这个过程中不断深化和拓展，而不是被定格在某一个理论之上。

世界不是事物的总和，而是你认知的总和。我们所看到的世界，实际上是经过我们认知过滤后的结果。比如说，同样是一片森林，对于植物学家来说，这片森林是各种植物种类、生态系统的集合，他的认知聚焦于植物的特征、生长规律等；而对于画家来说，这片森林可能是色彩、光影和构图的灵感源泉，他的认知更多地围绕着美学元素。世界在不同人的眼中呈现出不同的样子，这完全取决于每个人的认知体系。这意味着我们所感知到的世界的边界，其实就是我们认知的边界，当我们拓展自己的认知时，我们眼中的世界也会随之变得更加丰富和多元。

如果你不能松动你的认知，你就没有实际意义上的"提升"。很多时候，我们的认知就像一个坚硬的外壳，将我们包裹在里面。例如，在人际交往中，如果一个人始终持有"人都是自私的"这种固定认知，那么他在与他人交往时就会处处设防，难以建立深度的信任关系。这种固定认知限制了他对他人的理解和接纳，也阻碍了他在人际交往能力方面的提升。只有当我们松动这种固定认知，尝试去相信他人的善意，我们才有可能在人际交往中获得新的体验和成长，实现真正意义上的自我提升。松动认知意味着我们要敢于质疑自己已有的观念，接受新的观点和思想，让自己的认知体系保持灵活性和开放性。

## 十七 │ 拓展认知的边界

在这个本质充满不确定性的世界中，人类出于对自身生存、理解世界以及获取安全感的强烈需求，始终渴望能够寻求到事物的某种确定性。在这个过程中，人类通过对自然现象和社会行为等进行观察与总结，进而创造出了所谓的"规律"。规律被视为对事物发展的一种相对稳定的描述与预测方式，它为人类构建了一种认知框架，使得人类能够在一定程度上理解和认识世界。然而，规律并非从一开始就完整地存在，它仅仅是人类由各种有限的认知累积在一起所形成的阶段性总结。

人类的认知受到集体意识、个体经验、感官能力以及知识水平等诸多方面的影响与限制，又通过持续积累这些有限的认知，将不同的观察结果、实验数据以及思考感悟等加以整合，才逐渐形成了被称为"规律"的事物。实际上，规律本身并没有固定不变的规律，它仅仅是由人类有限的认知所产生的线性定义。随着人类认知的不断扩展和深入，旧的规律极有可能被修正、完善，甚至被推翻。同时，由于人类认知存在局限性，规律往往只能反映事物的某些方面或者特定阶段的特征，而无法完全涵盖事物的所有本质和变化。

如今，许多人在生活中热衷于追求艺术，然而，"艺术"这一概念实际上是人们在"意识流"的推动下所产生的一种认知。艺术并无一个客观、固定的本质。它是在人的"意识流",即人的思想、感受、情绪等不断流动变化的心理过程的作用下所形成的认知结果。艺术的概念是主观认可的,不存在一个普遍被认可的、绝对的"什么是艺术"的答案,而取决于每个人自身的认知和感受,即你认为什么是艺术,那它在你眼中就是艺术。所以,并非某种事物天生就是艺术,而是由我们个体的认知和判断赋予了它艺术价值。

同理,对于事物好与坏的判断也没有一个完全客观的标准。不存在一个绝对的"什么是好"的定义,而是完全基于个人的认知和价值观来确定。每个人由于自身的经历、观念、喜好不同,对事物的理解也各不相同。对于事物的好坏评判,并非基于其固有属性,而是源自我们内心的认知和感受。因此,我们所认为的好与坏、善与恶、美与丑等都不是完全客观的实相,它们都是主观意识的投射。

如果有人认为自己已经完全了解了这个世界,或者觉得仅仅因为与某个人相处时间久了就能够透彻地了解对方,那么这个人显然没有真正洞察到世界的本质。这种认知本身具有极大的局限性,因为世界的本质是"时刻全新"的,世间的一切事物都始终处在不断变化的进程之中。没有任何事物是绝对静止不变的,所有的一切都处于持续的流动状态。就连我们自己都无法做到完全了解自己,毕竟我们自身也在不断地发生变化和发展,在这种情况下,又怎么可能真正地了解他人呢?

实际上,就连我们所热爱的事物也同样如此。热爱绝非一种"停滞"的状态,既不存在固定不变的热爱对象,也没有永远恒定不变的热爱方式。热爱会随着时间的推移、经历的丰富以及认知的深化而不断发生改变。今日让我们钟情不已的东西，明日或许就会被我们淡然处之。我们不必抱持着一个顽固不化的认知，而是需要松动我们的观点，因为世界在不断地演变，我们也要和世界一起同步地流转与变化，以更加开放和灵活的心态与这个充满变化的世界达成和解。

从某种角度来讲，当你发现大部分人的认知与你相同的时候，此时恰恰是你应当停下来进行反思的时刻。这是因为如果大部分人的认知和自己一致，那就很可能意味着自己已经陷入了一种群体思维的模式当中。通常情况下，人们非常容易受到他人以及周围环境的影响，从而不自觉地接纳普遍大众的观点和看法。然而，这并不一定表明这些认知就是完全正确或者全面的。一方面，大众的认知或许会受到时代、文化、社会环境等诸多因素的限制，所以存在一定的局限性。倘若自己与大多数人的认知一致，那么很可能也处于同样的局限当中，这样就难以跳出常规的思维框架去深入思考问题。另一方面，独特的见解和创新往往源自与常规不同的思考方式。当发现自己与众人毫无二致时，或许就意味着自己丧失了独立思考的能力，没有去积极探索更多的可能性以及不同的视角。所以，在这种情况下停下来进行反思，能够让我们重新审视自己的认知是否过于随波逐流，是否有更深层次的理解被忽视，是否有新的观点可以挖掘。通过这样的反思，可以促使我们更加深入地思考问题，不断拓展思维的边界，从而拥有更全面的洞察世界的视角。

此外，我们切不可因为自己拥有与众不同的思维和认知，以及为此遭受别人的批判而感到沮丧。要知道，回顾历史，世人如今所广泛接受的常识，在过去都曾是那些被批判的前人所具有的不同于他人的思维和认知。每一个新的观念在诞生之初，往往会面临诸多质疑和反对，但随着时间的推移，其中正确且有价值的部分会逐渐被认可和接纳。许多伟大的发现和进步，皆是由那些敢于冲破常规、秉持独特见解的人推动的。例如，哥白尼提出日心说之时，遭遇了当时主流观点的强烈抵制，但他的理论最终超越了人们对宇宙的传统认识，引领了时代与科学的进步。

因此，我们要勇敢地爱自己所爱的，大胆地做自己喜欢的事情，坚定地成为自己。不要被他人的看法所左右，相信自己的独特视角和内在价值。每个人都是独一无二的存在，我们思维和认知的多样性正是推动社会进步和发展的不竭源泉。我们要不断探索和成长，在这个瞬息万变的世界中绽放出属于自己的光芒。

我们需要深刻地认识到认知存在着局限性。每个人都有其独特的思维和认知方式，我们应当尊重自己以及他人的这种独特性。同时，我们要勇敢地追寻内在的声音，努力成为独立、自由且富有思想的个体。始终以一个全新的视角去理解这个世界，如此才能赋予人生更为深远的意义。让我们在探索与思考的道路上持续前行，不断成就更完整的自己。

## 十八 | 超越问题的表象

我们在生活中常常觉得问题似乎无处不在，然而，这些问题真的如我们所感知的那样真实且不可避免吗？实际上，问题的本质或许仅仅是我们对事物现象的一种定义而已。其存在与否，在很大程度上取决于我们看待它的视角和心态。

比如，再"完美"的事物，只要我们以它是有问题的眼光去审视，都能从中挖掘出所谓的"问题"。但这并非意味着事物本身存在固有缺陷，而是我们的认知和思维模式在潜移默化中影响着我们对事物的评判。一方面，我们可能会过度聚焦于事物的细微之处，从而忽视了其整体所展现的美好与和谐；另一方面，我们常常依据自己主观、有限的标准去衡量事物，却未曾意识到这些标准的局限性。所以，我们有必要深刻反思自己的认知方式，尝试以一种更为客观、全面且包容的视角去洞察世界。

与此同时，我们需要清晰地认识到，很多时候我们所认定的"问题"，实际上是由那些声称要为我们解决问题的人所制造出来的。他们先是在我们的思维中植入"什么是有问题"的概念，然后再提供给我们看似有效的解决方案。然而，这些解决方案往往只是在表面上缓解了问题，却未能触及问题的根本核心，以至于同类问题会循环重复出现。事实上，那些为我们"解决问题"的认知系统，在某种程度上恰恰是在不断地制造新的问题。因为它们大多局限于某种固定的思维范式，无法真正洞悉问题的本质内涵。

那么，究竟怎样才能从根本上解决问题呢？关键在于提升我们自身的思维意识以及拓展我们的心量。当我们的意识层次不断提高，心量变得愈发宽广时，我们看待问题的角度将会更加多元和宽广，问题也会随之显得相对渺小。正如鱼游于海中，海却误将自己视为鱼，海中存在着各种形形色色的生物，而我们本是广袤无垠的大海，但却常常狭隘地认为自己仅仅是其中的某些微不足道的存在。只有当我们真正领悟到自己的无限广阔与包容时，才能以一种更为平和、从容的心态去面对生活中的种种问题。

唯有真正理解了问题的本源，我们才能找到解决问题的根本途径和方法。我们需要拥有一种超脱凡俗的智慧，能够穿透事物的表象，直击其本质核心。当我们能够洞察到其实某些所谓的问题根本就不是个问题时，问题才有可能得到实质性的解决。

此外，一个缺乏"独立思考"能力的人，往往会形成固化的认知模式，甚至盲目遵循某种既定的"文明"准则。这些准则如同无形的枷锁，束缚了我们的思维，使我们难以察觉到问题的多样性和复杂性。而一个具备"独立思考"能力的人，则会拥有自己独特的准则，并且这些准则是松动的以及柔软的。他们能够根据不同的情境和实际情况，灵活地调整自己的思维方式和行动策略，从而更加完整地认识世界。

我们需要学会尊重每个人的独特性，理解并接纳他们的观点和想法，而不是将自己的观念强加于他人。当我们不再固执地试图用自己有限的认知去强行同化他人时，我们会变得更加柔和、宽容，同时也会拥有更强大的内在力量。

当我们能够洞察到事物皆是基于"一切对立"的认知而存在，并且能够无条件地理解这种存在关系，同时给予绝对的信任时，我们便能达到一种全然的境界。这种全然的状态意味着我们能够超越对立和矛盾的表象，深刻领悟到事物的统一性和整体性。我们就会不再仅仅执着于问题的表面现象，而是能够深入问题的内在核心，洞见到事物"虚幻"的本质。

问题的存在与否以及其严重程度，很大程度上取决于我们的认知水平和思维高度。解决问题的关键在于不断提升我们的思维意识，拓展我们的心量，培养独立思考的能力，尊重他人的观点，以及以一种更加豁达、包容的心态去面对生活中的种种挑战。只有这样，我们才能真正实现内心的宁静与和谐，从容应对生活中所遇到的各种境遇。

## 十九 | 关于意识及其相关的概念的思考

意识呈现了"世界"，世界涌现了"意识"。意识，是由"无限个信息叠加态"在无意识状态下产生的。这一过程并非简单的线性组合，而是一种高度复杂、非线性的动态演变，众多微观的信息元素在无意识的深处相互交融、相互影响，最终形成意识。意识是一种高级的心理现象，由丰富多样且处于无限个信息叠加态的元素，在无意识的底层认知过程里，经复杂的交互、整合与涌现逐渐产生。它既包含外部环境的感知信息，又融合内在的情感、记忆、价值观以及生物本能等因素。在无意识状态下，这些信息持续相互作用、碰撞、重组，达到临界状态时便突破到有意识层面，使我们能觉察自身的思维、情感与行为。意识的产生是动态、持续的过程，不断受新信息输入和内部状态变化影响，同时也反作用于我们对外界的感知和行动。意识的形成可视为信息从无意识的多态叠加状态向显意识的单态坍缩的过程。当外部刺激或内部条件满足时，无意识中的信息可能"坍缩"成一个具体的意识状态，这就像量子力学里粒子经测量后从多种可能性中确定一个状态一样，意识也是从无数潜在可能中突然呈现出一个确定的认知或感知状态。这种过程是持续且动态的生成过程，并非一劳永逸。随着"时间"推移，新信息进入无意识并与之叠加，形成新的可能性集合。当新的"坍缩"发生，新的意识状态就产生了。这个过程类似电影逐帧播放，每一帧都从无数潜在帧中选定，这些帧构成了我们连续的意识体验。

关于量子纠缠现象的思考。我认为，不是微观粒子有意识，而是意识造就了微观粒子。这一观点与传统微观粒子认知形成鲜明对比。传统观念里，微观粒子只是物理世界基本构成单元，遵循既定物理规律运动、相互作用，而意识是生物特有的精神现象，与微观粒子毫无关联。然而，这个观点指出意识对微观粒子的存在和表现有根源性作用。这一想法能在科学与哲学的交集处引发一系列深刻思考。从哲学角度看，它不同于物质第一性、意识第二性的传统观念。若意识先于微观粒子存在并成为其产生的前提，那我们对世界本原、存在本质等根本问题都需重新审视。从科学研究角度，量子纠缠现象本身存在诸多难以解释的谜题。微观粒子间存在超距、瞬间关联，这种关联似乎无视空间距离限制，传统物理理论在解释时面临巨大挑战。把意识引入量子纠缠解释框架虽极具争议，但为解决谜题提供了富有想象力的新思路。意识与微观物理世界存在着深层次且尚未被完全理解的联系，这种联系可能不限于量子纠缠现象，或许对整个微观物理构建体系都有深远影响。例如，在量子纠缠实验中，测量纠缠态的一个粒子时，另一个粒子不管相距多远似乎都能瞬间"感知"并做出反应。按照"意识造就微观粒子"的观点，是否可认为意识在测量行为中起了特殊的决定性作用，从而使微观粒子呈现出量子纠缠这种奇特现象呢？这只是一个推测，虽缺目前并没有确凿科学证据支持，但为探索量子世界和意识奥秘展开了一个全新的思考视角。

进一步深入探究，我们会发现一切存在似乎都被卷入一个巨大的"系统"旋涡之中，一切存在都可被视为"系统"的工具。意识，这个看似自主而强大的精神现象，也极有可能是"系统"投射的假象。

这一观点如果被确认，那么我们对自我与世界的关系不得不进行重新思考和定位。与其说"我"在体验这个世界，不如说这个世界在验证"我"。这种观点完全不同于我们习以为常的主客认知模式，将我们从传统的"我"作为主体去主动探索世界的思维定式中拉出来，引导我们认识到"我"与世界之间存在着一种更为复杂、更为隐晦、相互交织且相互作用的关系。在这个关系网中，"我"不再是单纯的探索者，世界也不再是单纯的被探索对象，两者之间的界限变得模糊而富有弹性，最终互为彼此。

我们所看到的世界，看似实在、真切，实则充满虚幻性。呈现在我们视觉中的一切事物，实际上只是人们接受了某些事物观念的暗示和以往的集体意识所策动而投射出来的幻象。这就好比我们每个人都戴着一副由文化、社会、历史等因素共同编织而成的有色眼镜，透过这副眼镜看到的世界已经不是世界的本真模样，而是经过我们主观意识滤镜加工后的影像。我们所感知到的所谓客观世界，在很大程度上是被主观意识塑造和影响的。甚至可以说，一切都是"主观"的，从来就不存在可以独立于你的主观意识之外的客观实相。我们需要松动对世界真实性的固有认知，重新审视我们与周围环境的关系，意识到我们一直以来所坚信的真实可能仅仅是意识精心构建的海市蜃楼。

在个人成长与突破过程中，我们常常陷入一种误区，认为真正需要突破的是那些尚未做到或者不会做的事情。然而，更为深刻的真相是，我们真正要突破的，不是那些具体的行为或者技能层面的欠缺，而是那些还没有察觉并意识到的部分。这就如同在黑暗中摸索前行，我们往往只关注到前方道路上看得见的障碍，却忽略了隐藏在黑暗中的、更为根本的认知局限。意识的觉察在个人发展中具有根本性的重要性，它就像一盏明灯，能够照亮那些隐藏在潜意识深处的角落，只有当我们能够觉察到这些隐藏在深处的意识层面的问题，如同在黑暗中发现了隐藏的陷阱，才有可能实现真正的突破，从而迈向更高层次的自我成长。

当我们对意识进行更为深入、更为细致的探索时，会发现一些饶有趣味且发人深省的现象。当意识到"未知"其实就是"已知"本身时，我们就不会再试图累积已知了。人们在求知的道路上常常像执着的寻宝者，深陷于追寻事物的原因之中，不放过任何一个可能的线索。然而，有时候不去刨根问底，反而就是最好的答案。这就像在茂密的森林中寻找出口，有时候匆忙地寻找路径可能会让我们迷失方向，而适当地停下脚步，放松心态，也许会发现出口就在眼前。我们需要对知识、对未知和已知关系重新的思考，意识在其中起着如同指南针般的关键引导作用，我们也要重新理解获取知识的方式和目的，提醒自己不要被传统的求知模式所束缚。真正的智慧不在于累积更多的知识，而在于洞悉知识与未知之间的深层联系，进而认识到两者其实是同一事物的不同面向。这种理解能够带来一种心灵的解放，使我们不再执着于知识的线性积累，而是关注于对事物本质的领悟。

我们对事物的判断往往是基于"自我维护"而给它贴上的标签，这并非"客观"事实。这种标签就像我们随身携带的标签枪，随时准备给周围的事物打上我们主观认定的标记。而这些标签会随着心境的变化而变化，它是意识的投射，同时又作用于意识。这就形成了一种复杂而微妙的循环关系，我们的意识如同一位技艺高超的画家，根据自己的心境和主观需求描绘出事物的形象，然后又将这个形象作为反馈重新影响自己的意识。这说明我们的意识不仅塑造了我们对事物的看法，而且这种看法又反过来影响着意识本身，就像一个自我循环的旋涡，不断地加深我们对事物的主观认知。

我们所意识到的一切都是虚幻的，但这又是我们真实意识到的。意识本身是真的，然而意识到的东西不是真的，就像梦是真的，但梦里的东西是虚幻的。我们需要深度的思考意识与意识内容之间的区别。意识就像一个舞台，而意识到的东西就像舞台上的演员，演员的表演虽然精彩纷呈，但终究是虚幻的，而舞台本身却是真实存在的。这一比喻帮助我们更加深入地理解意识的本质特性，让我们认识到我们所感知到的世界虽然丰富多彩，但在本质上只是意识构建的一种表象。

　　意识是"整体"，从本质上来说并没有"流动"，但在头脑的推动下却呈现出流动的状态。这一特性就像平静的湖水在微风的吹拂下泛起涟漪，意识原本是一片宁静的整体，如同深不见底的湖水，然而头脑就像那阵微风，给意识带来了看似流动的表象。意识在自然状态和在头脑作用下的会呈现出不同的表现，我们需要用一个全新的视角来理解意识的动态性和稳定性。我们可以想象意识是一个巨大的、静止的能量场，当头脑这个活跃的因素介入时，就像在这个能量场中投入了一颗石子，激起了层层的波动，从而产生了我们所感受到的意识的流动状态。

　　在追求内心平静的道路上，我们常常面临着诸多困惑和挑战。其中，对于平静的理解以及如何实现平静是两个关键问题。在传统观念中，我们可能会认为平静就是从情绪中出离，然而，这只是表面的认知，真正的平静实则是从意识层面的出离。情绪，作为我们对外部事件或内部心理状态的本能反应，具有其独特的本质和特点。它如同海洋表面的波涛，呈现出即时性、波动性和表面性。无论是面对挫折时的沮丧、愤怒、焦虑，还是获得成功时的兴奋和喜悦，这些情绪都是自然而然且迅速产生的。它们受到多种因素的综合影响，包括生理状态、个人经历、性格特点以及当下环境等。例如，一个性格敏感的人更容易因外界负面评价而产生强烈的情绪反应。这种情绪反应机制使得我们在情绪产生时往往难以自控，理性思维也会受到抑制。试图从情绪中出离面临着诸多困难与不足。首先，情绪的产生是不由自主的，当我们处于强烈情绪之中时，很难通过简单的意志努力摆脱其控制。比如愤怒时可能会做出后悔之事。其次，即使暂时压抑或控制情绪，这种出离也只是表面的，情绪可能在潜意识中积累，日后再次爆发。而且，仅仅关注情绪控制无法解决内心深层次的困扰，因为情绪只是内心问题的外在表现。与之相对，意识是一个更为深层次和复杂的心理层面。它涵盖了我们对自我、世界的认知、价值观、信念以及思维模式等内容，犹如海洋深处的暗流，相对平静却更为根本，对我们的行为和情感有着深远影响。意识不仅决定了我们如何感知和解释外部世界，还塑造了我们的情绪反应模式。它包含不同层次，从潜意识中的本能冲动和早期记忆，到显意识中的理性思考和自我认知。许多行为和情绪反应受潜意识因素驱动，我们却并不自知。从意识层面出离需要我们对自我和世界的本质有更深刻的洞察。当我们真正从意识层面出离时，便能超越表面的情绪波动，达到一种更为深层次的平静。这种平静源于对自我和世界本质的理解和接纳，而非压抑情绪。我们便不再被外界所左右，能以更松动、客观的态度看待生活中的一切境遇。

　　"放下"这一概念，在意识的维度下，有着超越常规理解的深刻内涵。我所说的"放下"，并非是那种简单的、将一个事物拿起来之后再去放下的行为层面的操作，这个放下不是拿起的对立面。真正的放下是一种更为深邃、更为本质的精神境界，是结束了拿起与放下之间的分别。当我们深刻地意识到连拿着的那个事物都是虚幻的，当我们的意识穿透了事物表象的迷雾，洞察到事物本质的空性，意识到并没有任何事物需要被放下的时候，这才是真正的放下。这种对"放下"

的理解，如同攀登高峰后的俯瞰，超越了常规的行为层面的二元对立，深入到意识的认知层面，强调了意识对事物本质的敏锐洞察以及这种洞察所带来的心灵解脱。

## 二十 | 关于认知与存在的思考

在生活的长河中，存在着许多值得我们深入探究的理念，这些理念相互交织，共同构建起一种对世界和自我全新的认知框架。

首先，我们需要意识到：所有的经历都是为你而发生的，并非是发生在你身上。就像奇迹，它不是降临在你身上，而是专门为你而来的。这一观点改变了我们看待自身经历的视角，从被动接受转变为主动参与。每一段经历，无论是顺遂还是坎坷，都是一种独特的馈赠，它们都蕴含着对我们个人成长、觉醒有着特殊意义的元素。例如，当我们面临困境时，与其将其视为命运的捉弄，不如看作宇宙为我们精心安排的一次成长契机，一次促使我们深入挖掘自身潜力、重新审视生活的机会。

"经验"与"哲学"之间存在着一种微妙的关系。从某种角度来看："经验"是愚者的"哲学"，"哲学"是智者的"经验"。对于愚者而言，他们可能仅仅依赖过往的经验来应对生活中的各种情况，缺乏对这些经验的深入思考和升华，从而将经验局限在一种简单的、未经提炼的实用层面。而智者则能从众多的现象和经历中提炼出深邃的"哲学"，这种"哲学"并非空洞的理论，而是对生活深刻理解后的智慧结晶，它反过来又成为智者应对生活的更高层次的"经验"。

阅读是我们获取知识与增长智慧的一种重要途径，但阅读的目的并不是累积文字中的认知以及观点，而是借由"阅读"从此触发全新的思考。在信息爆炸的时代，我们很容易陷入对各种知识的堆砌，仅仅满足于知道更多的认知和观点。然而，真正有价值的阅读是能够打破我们固有的思维模式，激发我们对生活、对世界的全新的感悟和理解。例如，阅读一本富有深度的哲学著作，与其只是记住其中的论点和结论，不如通过书中的思想火花，点燃我们内心深处对真理、对人性、对宇宙的重新审视，从而形成自己独特的思考方式与路径。

在看待人类的生存状态时，我们需要关注的并不是如何"生存"，而是在生命过程中如何充满喜悦的"创造"。我们需要突破传统意义上对生存的定义，人们往往将生存视为一种基本的，甚至是有些被动的状态，忙于满足基本的物质需求和应对生活的压力。然而，如果我们将视角转向"创造"，将自己的精力投入到充满喜悦的创造活动中，无论是艺术创作、科技创新，还是在日常生活中创造美好的生命状态与人际关系，我们就会从一种被动的生存模式跃升为一种积极的、富有活力和意义的生活状态。

从某种角度看，路不是你走出来的，"路"是自动延续到你脚下的，其实"你"就是路的本身。我们常常认为人生的道路是由我们的努力、选择和奋斗所开辟的，但如果我们深入思考就会发现，很多时候我们是顺应一种内在的、外在的力量前行。就像我们在人生的旅途中，每一步都像是在与一种看不见的、但又无比强大的力量相呼应，而我们自己本身就是这条道路的体现，是这个人生旅程的一部分。例如，当我们回顾自己的成长历程时，会发现许多机会、转折似乎是自然而然地出现在我们面前，我们只是顺势而为，而这个顺势的过程其实就是我们与生活的一种深度融合。在生命的道路上我们无须因探究路径与方向而迷茫，只需要前行，专注的前行就是最好的方向，路会自动延续到你的脚下，同时你也是路的本身。

"星辰既在你的头上，也在你的脚下。"这是一种充满诗意且蕴含深刻哲理的思考方式。当我们仰望满天繁星时，往往会感受到宇宙的浩瀚和自身的渺小。然而，我们也要想到地球也是宇宙中的星辰，而我们却站立于地球之上。在看待事物时我们需要用一种全新的视角，既可以从宏观的宇宙角度来审视自己的存在，也可以从微观的自身立足之地去理解宇宙的奥秘。这种视角的转换有助于我们建立一种更为全面、更为深刻的世界观，让我们认识到自己与宇宙之间的紧密联系。

在我们追求事物的过程中，我们常常认为是通过努力追寻才获得了某些成果，但其实哪怕那些你认为是努力追寻来的事物，其实也是自然到来的，包括你的努力追寻也是自然的一部分。我们的努力并非是一种孤立的、与外界对抗的行为，而是整个自然进程中的与众多因素同时发生的一个环节。例如，一个运动员通过多年的刻苦训练获得了冠军，看似是他个人努力的结果，但实际上这个过程中包含了许多自然的因素，如他的天赋、成长环境、遇到的教练和机遇等，这些因素共同构成了他成功的整体画面，而他的努力只是其中必然发生的一部分，并且这个结果也是在这个整体的大框架下自然而然地发生的。

人们往往认为自己能够真正意义上明白某些事物，但实际上万物都不是"停滞"的，事物的本质是时刻全新的，它是流动的。我们所认为的明白，只是对流动中某个片刻的解读。这就如同我们站在河边看流水，我们以为自己看到了这条河的全貌，但实际上每一刻的河水都是新的，它一直在流淌、在变化。所以，当我们认为明白了什么的时候，其实只是捕捉到了事物在某一时刻的状态，而真正的智慧在于认识到这种流动性，并且不执着于某一时刻的理解。当你明白了没有什么需要被明白，同时你也什么都不明白，这时你便真的明白了。反之，如果你认为需要去明白什么，同时也明白了什么，那么其实你什么都没明白。这是一种对认知的深层次反思，我们不要陷入自以为是的认知陷阱，而是要保持对事物的松动与全然开放的心态。

我们所认为真实存在的一切事物，本质上并不真实存在，当我们能够看清这个"真相"，欲望自然就被消融了。在日常生活中，我们常常被各种欲望所驱使，追求物质的享受、名誉的获取等。然而，如果我们深入思考就会发现，这些我们所追求的事物在本质上都是一种虚幻的存在。例如，当我们追求财富时，财富本身只是一种社会构建的概念，它的价值是由人们的观念所赋予的。一旦我们认识到这种虚幻性，我们就不会被欲望所束缚，从而能够以一种更为超脱的心态看待生活中的各种诱惑。

虚无是一种真实存在的状态，这种状态什么都没有，但什么可能性都存在。虚无虽然看似难以理解，但它却是一种深层次的存在状态。你无法体验虚无，但虚无本身就是个体验。虚无并非是一种空洞的、不存在的概念，而是一种充满无限可能性的状态。例如，在艺术创作中，有时候艺术家会进入一种看似空白的状态，但正是在这种虚无的状态下，他们能够创造出极具创意和想象力的作品，因为这种虚无为他们提供了无限的创作空间。

在我们获取信息的过程中，重要的不是你听到了什么，以及你看到了什么，而是你从中感受到了什么。在这个信息繁杂的时代，我们每天都会接收到大量的信息，但如果仅仅停留在听到和看到的层面，这些信息对我们来说只是表面的、短暂的。只有当我们用心去感受这些信息背后的情感、意义和价值时，我们才能真正将这些信息转化为对自己有意义的东西。例如，当我们欣赏一幅画作时，不仅仅是看到画面上的色彩和形状，而是要感受到画家通过这幅画所传达的情感、思想和意境，这样我们才能真正与这幅画产生共鸣。

对于一件事物，与其去分析和判断，不如全然投入与如是感知。在现代社会，我们习惯于用理性的分析和判断来对待周围的事物，但这种方式往往会让我们与事物本身产生一种距离感。如果我们能够放下这种分析和判断的习惯，全然地投入到事物当中，以一种直观的、当下的方式去感知它，我们就能更深入地体验事物的本质。例如，当我们欣赏音乐时，如果我们只是去分析音乐的节奏、旋律和和声，我们可能会错过音乐所传达的情感和意境。但如果我们能够放下这些分析，全身心地投入到音乐中，让音乐自然地流淌过，我们就能真正感受到音乐本身的生命力。

对于生活中所发生的一切：只是观察，没有谁在观察，同时也没有什么被观察。这是一种纯粹的观察状态，在这种状态下，观察者与被观察者之间没有了明确的界限。从"只是观察"这一角度出发，它是一种超越主客二分的观察方式。在传统认知里，观察被视为主体对客体的行为，而这里强调的是一种更为纯粹的状态。就如同镜子一般，只是如实反映生活中的各种现象，不夹杂任何个人的偏见、喜好或预设的观念。例如，当我们看到一朵花时，不是从"我喜欢花"或"这朵花应该是某种颜色"的主观视角去审视，而是单纯地关注花本身的各种表象，如它的颜色、形状以及在风中的姿态等，不对其进行评判或赋予额外的意义。这种观察方式让我们能够更加贴近事物的本真，摆脱主观因素对我们认知的干扰。进一步理解"没有谁在观察"，这是对自我主体意识的一种消解。我们通常坚信自己是一个具有独立意志、能够主动观察和理解世界的实体，即"我"这个观察者是真实存在的。然而，深入思考会发现，这个"我"可能是由各种心理、生理和集体意识所构建而成的假象。当我们试图探寻自我意识的根源时，会发现很难找到一个确凿的、独立于各种现象之外的"我"在进行观察。我们的思维、情感和记忆等都处于不断变化之中，并没有一个固定不变的"我"始终在观察生活中的一切。这种对自我主体意识的质疑，促使我们重新审视我们所认为的自我与世界的关系。再看"没有什么被观察"，这并不是说生活中没有事物存在或发生，而是提醒我们所观察到的事物表象可能并非其真实本质。我们通常所认定的被观察对象，实际上可能只是我们的感官和思维所构建出来的一种认知结果。我们不能仅仅局限于表面的感官认知来理解被观察的事物，而是意识到我们所观察到的只是基于自身认知局限的一种相对结果。从更深层次来看，这一观点是对心灵全然自由的一种追求。当我们能够摆脱传统的主客二分的观察模式，消解自我主体意识，重新审视事物本质时，我们的心灵会逐渐从各种束缚中解放出来。我们不再被自我的偏见和对事物表象的执着所困扰，能够以一种更加开放、松动和深刻的方式体验生活，从而实现一种心灵上的自由和成长。

## 二十一 | 完美的秩序与完美的解决

在我们的生活中，存在着许多看似矛盾却又相互关联的现象和理念。就拿偶然与必然来说，我们常常将事件简单地划分为偶然发生或必然发生。然而，深入探究会发现，所有的"偶然"都蕴含着我们尚未意识到的"必然"，而所有的"必然"又总是以看似"偶然"的方式来发生的，但是这并不是那种简单线性的因果关系呈现，一切的发生并不是沿着一条笔直的时间线逐步推进，而是在"瞬间"就同时呈现了。这就好比量子物理学中的一些现象，微观粒子的状态似乎是同时存在多种可能性，而一切发生的事情其实早已注定发生，过去、现在和未来在某种程度上是一种整体的存在，不受我们常规理解的时间顺序的限制。时间可能只是人类为了理解事物发展顺序而创造的概念，在更深层次的存在里，一切都是同时发生的。

真正的思考并非为了寻求答案，而是思考本身，是一种纯然的思考状态。在传统认知模式里，许多人倾向于在线性思维框架下探寻答案。线性思维会把思考过程限定于按部就班、单向度的路径上。比如在解决数学问题时，若仅仅依照线性思维，就会从已知条件出发，按照既定公式和定理逐步推导，直至得出答案。这种思维方式看似严谨有序，实则存在很大局限性，它忽视了思考过程中的诸多其他可能性，如同在复杂迷宫里仅沿着一条通道前行，可能错过无数隐藏在其他岔路中的精彩发现。真正的思考应超越线性思维的束缚，进入更纯粹的境界。在此境界中，不存在明确区分的思考者与被思考对象，思考不再是主体对客体的审视或探究，而是浑然一体的状态。思考宛如自由流淌的意识之流，没有明确的起点和终点，也不存在关于谁在思考什么的明确界定。在这种纯然思考状态下，每个瞬间的思维波动都是思考的一部分，而不是为了达成某个预设目的。这种思考本身就是一个自足整体，其目的不在于得出某个特定结论，而在于思考过程中激发的无限创造力、洞察力以及对世界和自我的深度认识与理解。

真正的发现，其内涵并非仅仅局限于寻求新事物。很多人往往陷入一种误区，认为发现就等同于寻找从未被人知晓的新事物，然而这只是发现的一种表象形式。实际上，更具本质且意义深远的发现，是拥有观察事物的全新视角。全新的视角就像一把开启我们认知世界新大门的钥匙。当我们拥有全新视角时，看待事物的方式就会发生根本性转变。例如，对于一朵花，在传统视角下，我们可能仅关注其颜色是否鲜艳、形状是否美观、香气是否宜人。但从生物学视角看，我们会看到花蕊结构、花瓣细胞组成、繁殖方式以及它在生态系统中的作用等特性；从文化视角出发，这朵花在不同文化中有不同象征意义，在某些文化里代表爱情，在另一些文化里可能象征纯洁或吉祥。正因为拥有这些全新视角，我们就能发现事物更多可能性。一朵花不再只是简单的观赏对象，而是蕴含着丰富科学知识和文化内涵。这种对事物可能性的深度挖掘，使我们的认知不再局限于表面和单一的层面。当我们可以用一个全新的视角观察世界，不断挖掘事物更多可能性时，我们对世界的认识就会得到极大的拓展和深化，就会发现一个全新的世界。

人与人之间的距离，并非取决于他人与你之间的客观间隔，而是由你与他人之间的主观关系所决定。实际上，距离更多的是一种内心的界定和分别。在日常生活中，我们常常以自我为中心构建起一种认知模式，在这种模式下，"我"与他人被划分开来，于是便产生了距离感。例如，当我们内心对某个群体存在偏见或者抵触情绪时，即便实际上彼此的物理距离很近，我们也会感觉与他们相隔甚远；相反，当我们对某些人持有好感或者认同感时，即使地理上相距遥远，也会觉得心理上很亲近。然而，如果我们能够摒弃这种以"我"为中心的、带有分离性的认知模式，就会发现我们与大家本质上是一体的。我们同处于一个整体中，彼此相互依存、相互影响。虽然各自都有着独特的属性，但却共同构成了一个完整的整体。当我们不再执着于自我与他人的分别时，那种人为制造的距离感就会逐渐消失，取而代之的是一种和谐、融洽的整体感。

要想了解光，你要成为光；要想了解爱，你要成为爱。这一理念强调了实践和体验在理解抽象概念中的重要性。对于光和爱这样的抽象事物，我们不能仅仅停留在理论上的认知。只有当我们亲身去实践，将自己融入这些概念所代表的行为和情感中，我们才能真正理解它们的本质。比如，要理解爱，我们需要在生活中去关心他人、付出爱，并且成为爱本身，通过这些实际行动，我们才能感受到爱的力量和温暖，真正明白爱的内涵。

当你置身于"不确定"的情境之中，却能够感受到一种舒适自在时，那么你内在深处所潜藏的"确定"便开始悄然绽放了。要知道，在生活里，我们常常会遭遇诸多的不确定因素，这是不可避免的。然而，当我们能够与这种不确定达成一种和解的状态，能够在未知的状况下安然自处时，我们内心深处的那份确定就如同花朵盛开一般展现出来了。并且，在这个时候，我们也就不再像以往那样迫切地去寻求来自外界的确定性了。因为此时我们已经从自身内部找到了一种稳定的力量源泉，这种力量足以让我们在面对外界的变幻莫测时，依然保持从容淡定，不再依赖于外界给予的确定性来给予头脑获得安全感。

你所能"见到"的所有事物，其实都深植于你自己的内在世界当中。我们的眼睛看似在捕捉着周围的一切，无论是山川河流、日月星辰，还是形形色色的人。然而，这一切的感知，不过是我们内心世界的一种映射。从本质上来说，你从来没有在真正意义上"见到"过那些被认为是自身之外的其他存在。我们的视觉、听觉、触觉等感官所获取的信息，在进入大脑后会经过复杂的处理和解读。这个过程并不是简单地对外部事物的如实反映，而是受到我们内心诸多因素的影响。我们的价值观、信念、过往的经历、当下的情绪状态等，都会像层层滤镜一样，改变我们对外部事物的认知。比如，同样是一片落日余晖，乐观的人可能看到的是希望与美好，而悲观的人看到的或许是时光的消逝与落寞。这就表明，我们看到的并非纯粹的外部世界，而是我们内心世界与外部信息相互作用后的结果。所以，那些我们自认为看到的外部的东西，其实都在我们的内在有着相应的根源，我们并未真正地、纯粹地看到独立于我们自身之外的其他事物。

当你全心全意地相信那些尚未发生的事情时，就会发生你所深信不疑的事情。这背后其实蕴含着深刻的哲理。在我们的生活里，很多时候外在事物的呈现方式，并不是一种偶然或者单纯的外界因素所决定的，而是由我们内在的信念所显化的。我们的内在信念就像是一个无形的模具，它在默默地塑造着我们所看到的外部世界。每一个人的内心都藏着各种各样的信念，这些信念犹如灯塔，在我们的意识海洋里发挥着引导的作用。当我们对某件还没有发生的事情持有一种强烈的信念时，我们的思维模式、情感状态以及行为方式都会受到这种信念的深刻影响。比如说，一个创业者如果坚定地相信自己的创业项目会取得巨大的成功，尽管在创业初期面临着资金短缺、市场竞争激烈等重重困难，但这种积极的信念会促使他不断地寻找解决问题的方法。他会以乐观的态度去看待每一个挑战，将其视为通往成功的阶梯。他的这种积极态度会感染身边的人，吸引志同道合的伙伴加入，从而逐渐汇聚更多有利于项目发展的资源。从这个角度来看，他内心的信念在不断地促使外在环境朝着有利于实现他创业成功这个目标的方向发展，也就是他的信念在逐渐显化为外在的成功景象。我们的信念就像是一种能量场，它会对外界的能量产生吸引或者排斥的作用。如果我们的信念是积极的、充满希望的，那么我们就更容易吸引那些积极的外在因素，比如机遇、贵人相助等；反之，如果我们的信念是消极的，充满怀疑和恐惧的，那么我们可能就会吸引更多消极的事物。我们内在的信念在很大程度上决定了外在事物的呈现，我们需要重视和培养积极的内在信念，以此来塑造我们所期望的外在世界。

当下是"你"唯一真实存在的地方。我们常常会沉浸在对过去的回忆或者对未来的憧憬之中，然而，实际上过去与未来都仅仅只存在于我们的头脑里。过去，不过是一系列已经发生过的事件在我们记忆中的留存。那些曾经的经历、情感、人和事，都已经成为不可更改的历史，它们只以记忆的形式存在于我们的大脑之中。我们可能会常常回味过去的美好时光，或者为过去的遗憾而懊恼，但无论如何，过去的一切都已经消逝在时间的长河里，除了在我们脑海中的记忆碎片外，并不具有实际的当下的存在性。未来同样如此，它是我们基于现在的认知、经验、期望所构建出来的一种想象。我们会对未来有所规划、有所期待，也会充满担忧或者憧憬。然而，未来还没有真正到来，它只是我们头脑中的一种构想，一种尚未成为现实的设想。而时间，这个我们习以为常用来衡量事物发展顺序的概念，其实并不真实存在。我们习惯了用时间来划分白天和黑夜、春去秋来，用秒、分、时、日、月、年等单位来标记事件的先后顺序。但从本质上讲，时间可能只是人类为了方便理解世界而创造出来的一种工具。

然而，时间又是同时发生的。这看似矛盾，实则蕴含着深刻的哲理。在某种超越我们常规理解的层面上，所有的事件可能是同时存在的。过去、现在和未来或许就像是一幅巨大画卷上的不同部分，它们同时存在于某个更高维度的空间里，只是我们人类以线性的、有先后顺序的方式去感知和体验它们。例如，在物理学的一些前沿理论中，如相对论和量子力学的某些解释中，就有类似打破我们常规时间观念的观点，暗示着时间的非绝对性和事件的同时性。

我们要意识到只有"当下"是你唯一的真实"存在"之处，而不被仅仅存在于头脑中的过去和未来所过度干扰，并且过去现在与未来也并不真实存在，但是在这个"当下"它们又同时发生了。

一切经历，毫无例外，都是整体不可或缺的一部分。在生活的长河中，我们会遭遇各种各样的境遇，无论是喜悦的、悲伤的、顺利的还是坎坷的。然而，无论你正在经历着何种事情，请务必相信，所有的事物都在一种完美的秩序中发生着。这个世界就像是一个巨大而精密的机器，每个部件、每个环节都有着它独特的意义和作用。每一个看似偶然的事件，每一次不期而遇的挑战或者机遇，都是这个整体秩序中的一环。就如同在一个复杂的生态系统里，每一个物种的生存、繁衍、灭绝都遵循着一定的自然规律，看似杂乱无章，实则有着内在的完美秩序。并且，这些事物都会自行完美地解决。这并不是一种盲目乐观的说法，而是基于对事物发展规律的一种深刻信任。当我们遇到困难时，往往会急于寻找解决方案，想要立刻改变现状。但实际上，事物本身就有着一种自我修复、自我调整的能力。就像身体的自愈机制一样，当我们受伤时，身体会自动启动一系列的生理反应来修复伤口，而在生活中，许多事情也有着类似的机制。也许在当下，我们会陷入困境，觉得迷茫无助，但只要我们给予足够的耐心，相信事物发展的内在秩序，就会发现，那些困扰我们的问题最终都会以一种我们意想不到的方式得到完美的解决。无论是人际关系中的矛盾、工作上的难题，还是生活里的种种烦恼，它们都会遵循这种内在的完美秩序，找到自己的解决之道。所以无论遇到任何境遇，都要相信一切事物都在完美的秩序中发生着，并且它们都会自行完美地解决……

## 二十二 | 生命中的热爱与选择

在生命的过程中，每个人都具有独特性。我们身上都存在着自己既有的属性和天赋，但是它们并不是一成不变的，而是处于持续更新和演进的状态中。这一事实告诉我们，不要以一种固定不变的视角看待自己。生命就像一条奔腾不息的河流，是一个动态的过程，其中蕴含着无数种可能性。也许在当下，我们在某个领域的表现并不出众，但随着时间的推移以及各种新经历的累积等，很可能就会在这个领域挖掘出令人意想不到的潜力。

我们常常习惯性地将自己擅长的事情仅仅归结为努力的结果。然而，仔细思考就会发现，这些擅长之处更多是源于内心深处的热爱以及本身所具备的天赋。例如那些对舞蹈充满热爱的人，他们的身体仿佛天生就对节奏和韵律有着特殊的感应能力。当他们开始跳舞的时候，他们并非是在痛苦地努力去完成每一个舞蹈动作，而是全身心地沉浸在舞蹈的世界里，尽情享受着舞蹈带来的愉悦。在这种状态下，"努力"这个概念似乎变得若有若无，甚至完全消失不见。他们的舞蹈动作就像是在一种自然的状态下达成的，不需要刻意地去用力或者强迫自己。

从另一种角度去看，也可以说"努力"是从整体分离出来的"我"

与整体的对抗。当我们处于因热爱和天赋而产生的享受状态时，一种巨大的创造性就会被激发出来。拿写作来说，写作者沉浸在文字的海洋里，享受着用文字构建不同的世界、表达丰富情感的过程。在这个过程中，他们的思维不会受到常规的束缚，创造力如同泉涌一般源源不断。他们不会被传统的写作模式所局限，而是勇于尝试新的叙事结构、独特的语言风格以及富有深度的思想表达。通过这样的创作过程，他们创造出具有想象力和感染力的作品。

这种创造性并不仅仅局限于写作或者舞蹈这样的特定领域。在科学研究方面，科学家们对探索未知有着强烈的渴望，当他们沉浸在研究的过程中并享受其中时，就很有可能突破传统的思维定式，进而提出全新的理论或者发现未曾被人知晓的科学现象。对于艺术家们而言，他们热爱通过各种各样的艺术媒介来表达自己对世界的独特理解。在创作的过程中，他们处于享受的状态，这时就可能创造出前所未有的艺术形式，从而为整个艺术领域的发展开辟新的道路。我们需要认识到自身属性和天赋的动态特征，去发现自己内心深处真正热爱的事物。当我们投身于这种热爱之中，并且以一种享受的态度去对待各种事物的时候，我们就能够充分发挥出自身的潜力，释放出巨大的创造性，从而让自己的生命绽放出属于自己的光芒。

我们常常认为自己在主动地选择前行的道路。然而，事实或许并非如此。看似是我们凭借自己的意志做出了选择，比如说在职业选择上，我们决定成为一名医生、教师或者艺术家，但深入思考就会发现，实则是道路选择了我们。我们自身的性格、成长环境、天赋以及过往的经历等诸多因素，就像一只无形的手，在冥冥之中引导我们走向某条特定的道路。我们与自己所踏上的道路从本质上来说从未分离，两者仿佛是一体的。就如同河流中的水滴，水滴沿着河道流淌，水滴是河流的一部分，而河流也定义了水滴的轨迹。

　　进一步说，我们并没有真正意义上像我们想象的那样自主地选择过自己的道路。很多时候，我们只是跟随着一种"选择"的感觉在前行。每一个选择都不是孤立存在的，它是一个复杂的整体的一部分。每一个选择中都蕴含着拒绝，这是一个容易被忽视的真相。当我们选择了某一个方向，比如说选择了去大城市打拼，那就意味着我们同时拒绝了在小城市安稳度日的可能性。从一个更为宏观的角度来看，如果把自己视为一个整体，一个与周围环境、命运等紧密相连的整体，那么我们又如何去做那种纯粹的、孤立的选择呢？在这种情况下，我们必须达到一种"无选择"的境界。但这里的"无选择"并不是说我们放弃做出选择，而是一种更为超脱的态度，是可以与选择并肩同行的。比如在面临生活中的各种选择时，我们既可以积极地去应对选择，又不会被选择所带来的结果过度困扰，能够坦然接受各种可能性。

　　既然如此，我们不必"担心"任何事情的发生。在生活这个宏大而复杂的体系中，很多事情是超出我们的控制范围的。那些我们自认为是自己经过深思熟虑所选择的事物，在更深层次上其实都是一种"无选择"的状态。甚至包括我们此时内心的担心这种情绪，它也是一种"无选择"的状态。担心往往是一种本能反应，但它并不能改变事情发展的轨迹。所以，无论处于何种境遇之中，我们都要学会安住在其中，以一个旁观者的视角去看待自己所经历的一切。就像在观看一场电影时，我们看着屏幕上的角色（也就是自己）在不同的场景中穿梭，不被情绪过度左右，而是让一切自然地发生。

　　在面对生活中的各种决策时，我们只需听从自己内在的声音就好，不需要去四处寻找"权威"来给予我们建议。因为不同的"权威"，由于他们各自的立场、经验、价值观的差异，可能会给出完全相反的建议。例如，在投资领域，一位资深的金融专家可能建议买入某只股票，而另一位同样权威的专家可能却持相反的观点。这种情况下，寻求外部权威的建议反而可能让我们陷入迷茫。其实"未来"已经在当下存在了，只是我们的意识常常会使我们的头脑进入一种线性的幻象中，从而产生"时间"的感受，让我们觉得未来是遥远的、尚未发生的。我们的本质是"无选择"的，这一本质能让我们以一种更加从容、豁达的态度去面对生活中的种种境遇，在接纳和顺应的过程中实现内心的平静与成长。

## 二十三 ｜ 自我与世界是一个整体

在我们的认知世界里，存在着一个极为深刻且耐人寻味的观念，那就是每个人和每件事物本自具足。这一概念意味着，无论是人还是事物，其自身就天然地拥有一种完整性，它们内部蕴含着足够丰富的内涵与能量，无须从外界获取额外的补充或者经历外在的改变来达成所谓的圆满状态。

当我们心中萌生出想要帮助他人的想法时，这背后隐藏了微妙的一种心理状态。这种看似善意的念头的出现，实际上是我们内心深处产生了对立和分别意识的一种表现。我们在潜意识里可能会不自觉地判定对方正处于某种不如人意的境地，从而觉得对方需要我们伸出援手给予援助。然而，深入探究就会发现，这其实是我们自己内心存在缺失的一种投射。我们将自己内心未被满足的部分，以一种看似乐于助人的方式投射到他人身上。即使他人确实从我们所提供的帮助行为中获得了实际的益处，那也并不能真正将功劳归于我们。这一过程更像是他人自身智慧在合适的时机自然地彰显，以及他们对外在事物积极接纳态度的一种呈现结果。

从更深层次的层面进行剖析，并不存在一个孤立出来专门去帮助他人的"我"，同样也不存在一个孤立的、等待着被"我"帮助的"他"。

在本质的意义上，"我"与"他"之间的是相互依存的，甚至二者是一体的，我们人类与整个世界从最根本的存在性来讲本就是一个不可分割、紧密相连的整体。这种一体性彻底打破了我们在传统认知里所形成的个体之间清晰的界限概念。

进一步深入地去探究世界的本质属性，我们会惊讶地发现，一切事物虽然在我们日常所感知到的时间的长河里貌似有着发展、变化、演进的动态过程，但从更为深邃、更为本质的角度去看待的话，一切仿佛都已经"结束"了。这是因为，这些在我们日常生活中所认为的事件的发生以及各种变化，在最真实、最纯粹的存在层面上并未真正意义上地发生过。我们所能够感受到的所有存在，不管是我们身边的物质实体，还是我们所经历的各种事情，都不过是我们认知体系中的存在，而并非是在绝对意义上独立于我们认知之外的真实存在。我们所生活于其中的这个看似实实在在的世界，极有可能仅仅是我们通过自己的思维、想象、认知等主观因素构建出来的一个存在于我们意识之中的世界。这也就意味着，我们一直以来所认为的客观世界，在很大程度上是受到我们自身主观意识的深刻影响并且是由我们的主观意识构建而成的。并且，在秉持这种观念的视角之下，我们会发现没有什么是能够被实际地、从本质上改变的。所有我们所认为的发生，无论是在过去、现在还是未来，包括我们此刻正在经历的所谓的改变，从某种特定的意义上讲都是早已发生的事情。这种观点完全颠覆了我们在日常生活中对改变和发展所秉持的常规性理解。我们平常所认为的变化，比如个人成长、社会变革等，在这种哲学视角下都有着不一样的解读，它们更多的是一种我们认知中的既定呈现。

我们需要深刻地意识到这个世界是由"你"创造的梦。这里的"你"并不仅仅局限于个体的、生理意义上的自我，更是一种涵盖了我们的意识、思想、情感等多方面综合的存在主体。我们每个人在某种意义上都是自己世界的创造者，我们通过自己的思想观念、认知体系、情感体验等多方面的因素共同构建出了这个我们所感知到的世界。同时，我们也要清楚地明白，梦中的一切，也就是这个我们所构建出的世界中的每一个元素，无论是人、事、物还是各种关系，都在不断地塑造着我们，与我们相互交融，成为我们自身存在不可或缺的一部分。这一系列的观点如同一种强大的思想启示，促使我们以一种全新的、充满哲学深度的视角去重新审视自我、他人以及整个世界之间的关系，从而让我们在面对生活中的种种现象和问题时，能够有更深刻、更全面的思考和应对方式。

## 二十四 | 个体与整体中的感受与决策

在深入探讨个体与整体的关系时，我们会触及一种颇为深邃的观点：你并不在整体之内，而是整体在"你"之内，这无疑是一种主动且充满力量的生命状态。为了更透彻地理解这种关系，我们不妨从概念与"我"的关系入手。当我们想象"我"置身于概念之内时，概念就像一个无形的笼子，将"我"紧紧围困。例如，社会中存在的各种身份概念，像"员工""学生"等，如果我们仅仅将自己局限在这些概念定义的范围内，那么我们的行为、思维都会受到极大的束缚。我们会遵循这些概念所附带的各种规则和期望，而失去了自我突破和创新的可能。

然而，当概念在"我"之内时，情况就截然不同了。此时，概念就如同我们手中的工具，成为我们构建生活大厦的基石。以"梦想"这个概念为例，当我们把"梦想"融入自己的内心，它不再是一个遥不可及的抽象概念，而是成为我们生活的驱动力。我们可以根据自己内心对梦想的理解，运用与之相关的各种理念、知识等，来塑造自己的生活路径，为实现梦想而努力奋斗，在这个过程中，概念是为我们的生活提供支撑的有力工具。

其实"你并不在整体之内，而是整体在'你'之内"。这也是一种状态以及思维方式。当我们具备这样的状态时，内心会涌起一种全新的感悟与指引。我们会默默告诉自己："我不要活在意义里，而是要意义活在我的生命里……"生活中，我们常常被外界赋予的各种意义所左右，忙碌于追求那些看似宏大却可能与我们内心真正渴望相背离的目标。然而，当我们转换视角，让意义从生命的深处自然流淌而出时，每一个微小的瞬间、每一次真挚的情感交流、每一次为梦想付出的努力，都成了意义的源泉。我们不再是机械地遵循他人定义的意义路径，而是让生命本身绽放出属于自己独特的光彩，让意义成为生命旅程中如影随形的伴侣，丰富着我们的每一段经历。

"我不要活在完美里，而是让完美活在我的生命里……"在这个追求卓越的时代，完美似乎成了一种高悬的标杆，让我们不断地逼迫自己去迎合。但真正的完美并非是毫无瑕疵的表面状态，而是在接受生命不完美的基础上，让那种对美好的追求和对自身成长的渴望融入生命的每一个细胞中。我们在挫折中学会坚韧，在错误中汲取智慧，让每一次的不完美都成为走向更接近内心完美的垫脚石。当我们以这样的心态面对生活时，完美不再是遥不可及的虚幻目标，而是化作生命中一个个温暖而真实的瞬间，那些努力奋斗的日子、那些自我超越的时刻，共同构成了属于我们自己独特的完美画卷。

"我不要活在时间里，我要让时间活在我的生命里……"时间，这个无情的流逝者，常常让我们感到焦虑和无奈。我们总是在与时间的赛跑中疲惫不堪，担心错过机会，害怕虚度光阴。然而，当我们拥有了这种全新的思维方式，我们开始意识到时间并非是我们的主宰。我们可以精心规划每一刻，让时间为我们的梦想服务，为我们的成长助力。我们可以在繁忙的生活中停下脚步，欣赏一朵花的绽放，感受一次日落的壮丽，让这些美好的瞬间成为时间长河中璀璨的明珠。我们不再是被时间驱赶着前行，而是成为时间的驾驭者，让时间在我们的生命中留下深刻而有意义的痕迹，让每一段时光都成为我们生命故事中精彩的篇章。

这种独特的状态和思维方式，会引领我们超越常规的认知局限，让我们更加深入地理解生命的本质。它使我们以一种更加主动、积极和富有创造性的态度去拥抱生活，去探索生命中无尽的可能性。在这个过程中，我们不再是被动的接受者，而是成为生命的创造者和主宰者，用我们独特的方式书写属于自己的辉煌人生，让生命在这种深度的认知和体验中绽放出最为绚烂的光彩。

整体与个体之间还存在着一种微妙而神奇的动静关系。整体以个体运动的方式静止着，这一表述看似矛盾，实则蕴含着宇宙间的大道理。每个个体都在不停地运动、变化，就像宇宙中的繁星，各自有着独特的运行轨迹。然而，从整体的视角来看，所有这些个体的运动却构成了一种相对的静止状态。比如，在一个生态系统中，无数生物个体在进行着觅食、繁殖、迁徙等活动，但整个生态系统却在这些纷繁复杂的个体活动中保持着一种平衡与稳定，这种稳定就是一种特殊的静止状态。

进一步探究这种动静关系，我们会发现一种令人惊叹的同步性。当静止越来越趋向于极致的静止时，流动也会越来越趋向于极致的流动，它们就像一对孪生兄弟，同步、同体地发生着。这就如同在物理学中的某些现象，当一个系统在某一方向上达到极限状态时，在另一个看似相反的方向上也会出现相应的极限状态。在生活中，我们也能找到类似的例子。比如在艺术创作中，当创作者内心处于一种极度的宁静时，他笔下的线条、色彩或者文字往往能够流淌出最灵动、最富有激情的表达，这种宁静与灵动的完美结合，正是静止与流动同步同体的体现。

在我们的生活体验层面，每一种感受都是大自然赋予我们的独特馈赠，它们是自然且合理的。无论是快乐、悲伤、愤怒还是惊喜，这些感受就像四季更替一样自然地发生着。它们如同流星划过夜空，只是瞬间的存在，我们不需要过度地纠结于去关注或者处理它们。因为很多时候，这些感受本身就是一种体验，是生活的一部分。比如，当我们在欣赏一场美丽的日落时，内心涌起的那种宁静与喜悦，它不需要我们刻意去分析或者改变，仅仅是去感受那一刻的美好就足够了。同时，这些瞬间的感受还可能蕴含着深刻的启示。就像一次失败带来的沮丧感，在我们坦然接受这种感受之后，它可能会促使我们反思自己的行为，从而为我们未来的生活提供宝贵的经验教训。

再深入思考我们做决定的过程，会发现这与我们传统的认知有着很大的差异。一个明确的决定并非是由某些原因或理由逐步催促成的。实际上，往往是我们先有了一个决定的意向，然后才会在大脑中为这个决定寻找匹配的、充分的原因和理由。在日常生活中，我们的思维习惯常常是要为自己的行动找到合理的依据。例如，当我们决定换一份工作时，我们可能会先有了这个想法，然后才会去列举诸如当前工作没有发展空间、薪资待遇不理想等理由。这是因为我们的头脑渴望一种确定性，需要用理由来证明自己的决定是正确的、合理的。这种对决定形成机制的深入剖析，让我们看到了人类思维和行为背后隐藏的复杂而微妙的逻辑关系，也让我们对自己的决策过程有了更加清晰的认识。

## 二十五 ｜ 生命与真理的沉思

生命，是一个奇妙而神秘的旅程，没有明确的起点与终点。在这无尽的过程中，我们常常被头脑的线性思考所局限，认为终点是固定的、可触及的，但实际上，终点是全新的、流动的，甚至是虚无的。它仅仅是为了配合生命的过程而存在，从更高的角度审视，生命是一个流动的整体，过程的认知也不过是我们思维的一种局限。

真理，它无法被叙述，因为凡是能被叙述的都不是真正的真理。真理并非一个固定且具象的存在，若将其视为具象之物，那便可以说并没有真理。真理是整体性的，时刻保持着全新的状态。当我们刻意去寻求真理时，周围的一切似乎都伪装成真理的样子，但那终究不是真理本身。就如同在生命的旅途中，我们执着地追寻着某个看似确定的目标，却往往迷失在虚假的表象之中。

然而，当我们放下对真理的执着，结束这无尽的寻求时，"真理"却又呈现为一切出现在我们面前。那时，一切也都是真理。生命中的每一个瞬间、每一个经历、每一个存在都蕴含着真理的光辉。没有任何路径可以通往真理，因为真理并非一个可以通过努力到达的目的地。当我们结束对路径的执着，不再苦苦追寻时，真理就会自动向我们走来。

在生命的长河中，我们需要超越线性的思考，感悟生命的整体性和流动性。不被虚假的终点所束缚，不执着于寻找那个遥不可及的真理。而是以一颗松动、平和的心去体验生命的每一个过程，接纳生命中的一切。当我们放下执着，真理便会在不经意间与我们相遇，如同生命的奇迹一般，展现出它无尽的魅力。

在生命的奇妙旅行中，我们在其中不断探索、成长。每一次的经历都是一次宝贵的学习机会，让我们更加深入地理解生命的意义。而真理，是我们生命前行的力量，引导着我们前进。当我们用心去感受生命的每一个细微之处，倾听内心的声音时，或许就能触摸到真理的边缘。

我们常常在忙碌的生活中迷失了自己，忘记了生命的本质和真理的存在。我们追逐着功名利禄，被物质的欲望所驱使，却忽略了内心的宁静和真正的幸福。然而，当我们停下匆忙的脚步，静下心来反思自己的生活时，我们会发现，真理其实一直就在我们身边。它可能是清晨的第一缕阳光，可能是夜晚的点点繁星，也可能是朋友的一个微笑，家人的一句关怀。生命与真理相互交织，共同构成了我们丰富多彩的人生。我们在生命的过程中不断追寻真理，而真理也在生命的每一个角落支撑着我们前行。

## 二十六 ｜ 不完美恰恰是完美的设定

从我们"存在"的那一刻起，我们与世界的一切本就是完美的。然而，在生命的旅程中，我们常常陷入一种误区，认为只有当事物按照我们"想要"的方式去运行与发生时，才感到是完美的。但实际上，这只是我们对完美的狭隘认知。真正的完美并非意味着没有残缺，而是能够接纳残缺的呈现。

我们总是习惯于用自己的标准去衡量世界，渴望一切都符合我们认知与内心的期望。当事情的发展不如我们所愿时，我们便会感到失望、沮丧，甚至开始怀疑世界的完美性。然而，世界运行的本质就是流动与变化的，并不会按照我们的意愿运转。每一个生命、每一个事件都有其独特的轨迹和意义，它们共同构成了这个丰富多彩的世界。

在这个世界上，一切事物本身并没有任何固定的属性。我们所看到的、感受到的事物的属性，往往是我们对其进行的认知与解读。并不存在一个绝对真实完美的事物，因为完美是一种主观的感受和认知。当我们以不同的视角去看待事物时，它们所呈现出的完美程度也会有所不同。实际上并没有一个完美的事物，只有对一个事物完美的解读。比如，一幅被认为是杰作的绘画，在某些人眼中可能存在瑕疵；一场被视为精彩的演出，在另一些人看来可能还有改进的空间。完美并非是一个绝对的标准，而是因人而异的感受。我们每个人都有自己独特的价值观和审美观念，因此对于完美的定义也各不相同。

其实，不完美恰恰是一个很完美的设定。一切本就是完美的，而不完美也恰恰是完美的一种呈现方式。就如同一幅美丽的画卷，可能会有一些看似不完美的笔触，但正是这些不完美的地方，赋予了画卷独特的魅力和深度。生命也是如此，我们的经历中可能会有挫折、失败和遗憾，但正是这些"不完美"的部分，让我们的人生更加丰富多彩，更加真实而有意义。

挫折让我们学会坚强，失败让我们懂得反思，遗憾让我们珍惜拥有。这些不完美的经历塑造了我们的性格，丰富了我们的情感，让我们成为更加完整的人。如果人生只有一帆风顺，没有任何挑战和困难，那么我们的生命将会变得平淡无奇，缺乏成长和进步的动力。

当我们学会接纳不完美，我们就能够以更加平和的心态去面对生活中的种种发生。我们不再过分追求事物的完美呈现，而是珍惜每一个当下，用心去感受生命的美好。我们会发现，即使是那些曾经被我们认为是不完美的事物，也有着它们独特的魅力和意义。在一个宁静的夜晚，我们仰望星空，可能会看到一些闪烁的星星被云层遮挡，但这并不影响星空的美丽。那些若隐若现的星星，反而增添了一种神秘的氛围。同样，在我们的生活中，那些不完美的瞬间也如同被云层遮挡的星星，虽然不那么耀眼，但却有着自己独特的光彩。

在这个缤纷多彩的世界里，让我们放下对什么是完美的定义和执着，学会用一个完美的视角去看待生命中的一切事物与发生。这时我们就会发现生命中的一切事物，以及每一个瞬间的发生都是完美的，一切都是完美的，同时你也是一切。

## 二十七 | 拥抱生命的本真

在生命的长河中，我们常常陷入对时间和永恒的思索。每一个刹那，看似转瞬即逝，却又蕴含着永恒。然而，所谓永恒，并非存在于时间的永续之中。当我们结束了对时间的分别，当头脑不再被线性思维所束缚，时间的概念便悄然消失，永恒也不再遥不可及。

我们习惯了以时钟的滴答声来度量时间，习惯了将生命划分为过去、现在和未来。但在这看似清晰的划分背后，我们却常常迷失在时间的洪流中。我们为过去的遗憾而懊悔，为未来的不确定而焦虑，却忽略了当下这个最具力量的时刻。当我们放下对时间的分别，我们会发现，每一个刹那都是独特而珍贵的，都承载着生命的全部意义。

"没有分别"，是生命中的一种状态，并不是单纯的思维标准。一旦将其作为思维标准，便陷入了新的分别，即"没有分别"与"分别"之间的巨大分别。真正的"没有分别"，是超越思维的藩篱，是心灵的一种宁静与平和。在这个状态下，我们不再区分美丑、善恶、高低，而是以一颗包容的心去接纳一切。每一个生命、每一个存在都有其独特的价值，都在共同编织着生命的绚丽画卷。

同样，"没有对立面"也并非头脑能够理解的认知。它不是通过思考便能抵达的境界，而是当我们全然"放下"头脑时所产生的一种奇妙状态。在日常的生活中，我们习惯了用头脑的线性思维去抓取确定性，于是便有了各种对立与参照系。我们区分黑与白、对与错、成功与失败，在这些对立中不断挣扎。然而，这些不过是思维的产物，并非生命的本真。当我们放下对立，我们会发现，生命是一个统一的整体，每一个部分都相互依存、相互成就。

我们常说要"安住"在不确定中，可如果"安住"仅仅成为一种动念，那便与真正的"安住"背道而驰。真正的"安住"是一种自然而然的状态，是在面对生命的起伏与变幻时，内心的那份笃定与从容。生命充满了不确定性，我们无法预测未来会发生什么，但我们可以选择以怎样的心态去面对。当我们学会安住于不确定中，我们不再被恐惧和焦虑所左右，而是以开放的心态去迎接生命的每一个挑战。

当我们学会超越头脑的局限，放下对时间的分别、对对立的执着以及对动念式"安住"的追求，我们便能触摸到生命的本真。在这个状态下，每一个刹那都绽放着永恒的光芒，没有分别的宁静弥漫在我们的周围，没有对立面的和谐成为生命的底色。我们不再被思维所困，而是在生命的流动中，尽情感受着那份纯粹与美好。我们可以在清晨的第一缕阳光中感受生命的温暖，在鸟儿的歌声中聆听大自然的旋律，在与他人的微笑中传递爱的力量。每一个瞬间都是生命的馈赠，每一个经历都是成长的机遇。让我们努力摆脱头脑的束缚，去体验这超越思维的奇妙境界，拥抱生命的本真，在不确定的世界中找到属于自己的安宁与永恒。让我们以一种松弛状态珍惜生命中的每一个刹那，让生命在爱与和谐中绽放出最绚烂的光彩。

## 二十八 | 解析认知中的情绪与命运

在我们的生活与认知世界的广袤疆域里，隐藏着诸多深邃且值得细致探究的现象与错综复杂的关系。

当我们对发生的事情存在先入为主的认知时，就仿佛是在无形之中给自己套上了枷锁，不可避免地陷入对立与分别的泥沼。这种先入为主的认知，是我们基于过往的经验、既定的观念以及有限的知识所构建起来的一种思维定式。比如说，我们在心中预先设定了某件事应该遵循特定的模式或者达到某种预期的结果。一旦现实中的情况与我们的预设出现偏差，内心的抗拒情绪便会油然而生。我们会觉得事情脱离了正轨，从而产生不满或者想要强行改变的冲动。然而，如果我们能够与"发生"达成一种深度的和解，就会惊异地发现，其实世间万物的发展本不需要我们去刻意干预，所有的一切都在整体这个宏大的架构中自然地流淌着。这种和解并非是一种浅层次的妥协，而是一种从根本上的出离，是从每一个念头以及每一个经验的定义与分别中彻底地超脱出来。我们不再用狭隘的眼光去评判这件事是糟糕的，而那件事是美好的，而是以一种更为豁达、包容的态度去认识到所有的事情都是在自然的秩序下发生，如同星辰的运行、四季的更迭，它们依照着宇宙的规律，不受我们主观意愿的左右，就像那奔腾不息的河流，不管遇到何种地形，始终顺势而为，不曾有过刻意的改变或者无端的抗拒。

痛苦和喜悦、期待和恐惧、光明与黑暗、生与灭、得到与失去，这些看似泾渭分明、相互对立的元素，实则一直是同步并相互依存的关系。它们犹如一个紧密交织的整体，不可分割，这便是完美的本质所在。就如同太极图所展示的阴阳关系一样，阴与阳相互环抱、相互渗透，两者之间的界限并非绝对。痛苦与喜悦并非单独存在的两极，痛苦的存在为喜悦赋予了更为深刻的内涵，使喜悦不仅仅是一种简单的情绪体验，而是在与痛苦的对比之下，显得更加珍贵、更加令人向往。同样地，黑暗的存在也并非毫无意义，它如同一个背景板，更加鲜明地凸显出光明的价值与力量。期待和恐惧也是如此，它们相伴而生，对某件事物的期待往往伴随着对失败的恐惧，这种矛盾的心理状态是人类情感的一部分。生与灭、得到与失去亦是如此，它们是生命循环和物质转换的必然过程，没有生就无所谓灭，没有得到也就不存在失去。我们不能片面地去追求其中一种状态而忽视它们之间的紧密联系，这种整体性是宇宙万物运行的一种内在逻辑。

命运，从本质上讲，和"自我"本身并没有直接的关联。它是头脑线性运动下的自我认知与其事物发展相互碰撞而产生的关联反应。我们的头脑在日常生活中习惯于按照一种线性的思维模式去认知世界，这种思维模式基于我们所积累的知识、经验以及社会文化的影响。当这种由头脑构建的自我认知与外界事物的发展轨迹相遇时，就像是两条相交的线，在这个交点处便产生了所谓的命运轨迹。例如，一个人基于自己对职业发展的认知，选择了某个行业，在这个行业中他会遇到各种各样的人和事，这些人和事与他的自我认知相互作用，共同塑造了他在这个行业中的命运走向。然而，这个过程并非完全可预测或者可控制的，因为其中涉及太多的变量和未知因素，这也正是命运的神秘之处。

缘分，这一独特的现象，宛如一团迷雾，是一种无法解释的毫无规律的"规律"现象。它的出现似乎不受任何常规逻辑的约束，却又在冥冥之中似乎有着某种内在的联系。"珍惜缘分"这个行为本身也可以理解为是一种缘分。缘分的到来就像是一阵无形的风，轻轻地将某些人、事、物带到我们的生命之中，有时是一场美丽的邂逅，有时是一次偶然的机遇，又或者是一段深刻的情感连接。它的存在形式多种多样，而且难以捉摸。当我们试图去把握缘分的时候，却往往发现它像沙子一样，握得越紧，流失得越快。它似乎有着自己的节奏和安排，不受我们主观意志的干扰，就像那些在命运长河中偶然交汇的星辰，它们的相遇充满了偶然性，却又似乎蕴含着某种难以言说的必然性。

我们所看到的一切都是基于"你"而呈现的幻象。这里的"你"并非是一个简单的个体概念，而是由我们从出生以来所积累的所有认知所构成的总和。我们的认知就像是一个巨大的过滤器，它决定了我们看待世界的视角和方式。我们所接受的教育、经历的事情、阅读的书籍以及与他人的交往等，所有这些因素共同塑造了我们的认知体系。这个认知体系就像一副有色眼镜，让我们只能看到与我们认知相匹配的事物，而那些超出我们认知范围之外的事物，就如同隐藏在黑暗中的宝藏，我们根本无法察觉。这也意味着我们所感知到的世界其实是一个被我们的认知所局限的世界，它并非是一个完整的、客观的世界，而是一个带有我们主观色彩的投影。

当我们不对情绪有好坏对错的分别时，我们就如同打破了一道无形的枷锁，从而能够摆脱头脑中的恐惧与期待，进而体验到更为纯然的感受。在日常生活中，我们往往会根据社会的价值观和自身的经验，给情绪贴上各种各样的标签，将烦恼视为不好的、消极的情绪，而将快乐视为值得追求的、积极的情绪。然而，当我们摒弃这种简单的分类方式时，就会发现情绪其实只是一种自然的生理和心理反应。就像我们不会因为天空中有乌云（烦恼）而感到额外的烦恼，乌云只是天气的一种自然现象；我们也不会因为阳光（快乐）的存在而感到特别的快乐，阳光也是自然的一部分。我们会烦恼，但不要因为有烦恼而烦恼；我们会快乐，但不要因为有快乐而快乐。这种状态让我们更加贴近情绪的本质，使我们能够以一种更为平和、淡定的心态去面对生活中的各种境遇，无论是风雨还是晴空，我们都能坦然接受，不再被情绪的起伏所左右，而是以一种观察者的姿态去体验情绪的流动，从而在内心深处获得一种真正的宁静。

## 二十九 │ 探寻爱的真谛

　　爱是一种独特且深邃的状态，它宛如一颗神秘的星辰，游离于已知的边界之外，与未知同频同在。在我们的日常认知里，爱常常被框定在熟悉的情感模式和经验范围内，然而，这仅仅是对爱的一种狭隘理解。真正的爱，超越了我们现有的知识体系和常规感知，它像一阵无形的风，穿梭于未知的广袤天地间。同时，爱的反面并非不爱这种简单的对立概念，而是结束了爱与不爱之间的分别。这种对爱的理解颠覆了传统的二元思维模式，让我们意识到，爱不是非黑即白的选择，而是一种超越对立的存在状态。

　　真正的爱，没有喜欢的成分，它不属于任何一种情绪。我们平常所体验到的喜欢，往往伴随着情绪的起伏波动，是一种基于外在因素或个人喜好的情感反应。比如，我们可能因为某人的外貌、才华或者某个瞬间的感动而产生喜欢的感觉，这种情感是易变的，会随着时间、环境或者对象的变化而改变。然而，真正的爱却截然不同，它是平静中的一种涌现。它如同静谧的深海，表面看似平静无波，深处却蕴含着无尽的力量。这种平静并非冷漠或无感，而是一种源自内心深处的宁静与力量的结合，它不受外界干扰，不随情绪的浪潮而起伏，有着一种深远而持久的影响力。

爱是"自性"的彰显，它没有任何特定的目标，也没有任何层面的意图。就像那高悬于天空的太阳，只是自然而然地给出自性的光芒与能量。太阳日复一日地升起，它的明亮给予世界光明，温暖驱散寒冷，而它与万物之间恰好的距离，使得万物得以在适宜的环境中生长。这一切都是如此自然地与世间万物共融相生，没有丝毫的刻意与做作。真正的爱亦是如此，它不是为了达成某个目标而存在，不是为了满足某种私欲或者实现某种计划。它像阳光一样，没有分别地洒向每一个角落，不求回报，不期待感恩，只是纯粹地存在并给予。

我们所热爱的事物，与热爱我们的事物，都只不过是一个会随时坍塌的程序。在这个瞬息万变的世界里，一切都处于不断的流动和变化之中。我们所热爱的东西，可能是一份工作、一个爱好或者一段关系，它们看似稳定，实则脆弱。就像一座看似坚固的建筑，随时可能因为各种内在或外在的因素而崩塌。也许是社会环境的改变，也许是个人内心的转变，原本热爱的事物可能瞬间失去吸引力，而曾经热爱我们的人或事物也可能在不经意间离去。这提醒我们，不要将情绪过度地寄托在这些不稳定的事物之上，因为它们的易变性可能会让我们陷入失落与痛苦之中。

爱只是给予和付出，它没有任何层面的期待与索求。当我们找到可以给予爱的人和事物时，更大程度上反而是他们的存在成就与滋养了我们。例如，当我们投身于公益事业，去关爱那些需要帮助的弱势群体时，我们怀着一颗给予爱的心去行动。然而，在这个过程中，那些受到我们帮助的人的存在，他们的故事、他们的坚强或者他们的感激之情，都像涓涓细流，滋润着我们的心田，让我们感受到自己生命的价值和意义。这种滋养并非我们预先期待的，但却在给予爱的过程中自然而然地发生。然而，当我们意识到自己在奉献爱的时候，就已经偏离了爱的本质。真正的爱是一种自然而然的行为，如同呼吸一般，不需要刻意去觉察自己是在吸气还是呼气。一旦我们将奉献爱变成一种有意识的行为，并且在这个过程中带有自我认知的标签，那么这种爱就掺杂了其他的因素，不再是纯粹的爱了。

爱真的存在吗？在现实生活的复杂表象下，人们常常只是以爱的名义占有，只是以爱的名义索取，只是以爱的名义寻求确定，只是以爱的名义消除自己的恐惧与迷茫。在很多感情关系中，我们可以看到这样的现象。有些人声称爱对方，但实际上是想通过控制对方来满足自己的占有欲；有些人在爱情里不断地索取，希望从对方那里得到物质上的满足或者情感上的慰藉；还有些人在爱情中寻求一种确定感，害怕失去，于是用各种方式去束缚对方，以此来消除自己内心的不安和迷茫。这些行为都不是真正的爱，而是被私欲和恐惧所扭曲的情感。

真正的爱不需要任何目的，也没有任何原因，它是一种无时无刻散发着自性的喜悦与平和。这种爱不是因为外在的诱惑或者利益而产生，也不是为了弥补内心的空缺或者实现某个梦想而存在。它就像一朵盛开的花朵，散发着淡淡的芬芳，不为吸引谁的注意，只是自然地散发着自身的美好。它源自内心深处的一种本真状态，这种状态充满了喜悦与平和，如同清晨第一缕阳光洒在平静的湖面上，没有波澜壮阔的景象，却有着一种宁静而深远的美。这种爱弥漫在我们的生活中，不需要任何理由，只要我们能够放下心中的杂念，回归到内心的本真，就能感受到它的存在。

## 三十 | 爱与人际关系的深度剖析

在对爱的深邃探索之旅中，我们逐渐触及一个极为深刻且超凡的境界：当你对爱不需要一个目标的时候，你就已经成为爱，或者说你就是爱本身。在日常生活的认知框架里，爱往往被赋予了各种各样的目标和期望。我们习惯性地在爱中寻求安全感、认同感，或者将爱视为满足自身情感与物质需求的途径。例如，在爱情关系中，很多人期待从伴侣那里得到无微不至的关怀、忠诚的陪伴以及对自身价值的肯定；在亲情关系里，也可能存在着对长辈的财产继承或者晚辈的养老送终等方面的潜在期望；友情中同样可能会涉及互相利用对方的资源或者人脉等目的。然而，这种将爱与具体目标捆绑的做法，实际上是对爱的一种狭隘理解。真正纯粹的爱，如同那浩渺宇宙中永恒存在的星辰之光，它超越了所有的功利性目的。当我们放下心中那些对爱的索取和期待，不再将爱作为达成某种目的的手段时，爱就不再是一种外在的追求，而是从我们内心深处自然流淌出来的本质属性，如同阳光从太阳内部源源不断地散发出来一样，我们自身就成了爱的源泉。

爱是有回应的，但这并非我们常规理解的回报，它是为了整体去平衡，而非以个体的方式去呈现。在复杂的人际关系网络和社会结构中，爱就像一股无形却强大的力量，悄然发挥着作用。以一个充满活力的社区为例，社区中的每一个个体就像是这个生态系统中的一个元素。当其中一个人秉持着爱的态度去对待他人时，他的善意和关爱就如同投入湖中的一颗石子，会泛起层层涟漪，在整个社区中产生连锁反应。这种反应可能表现为他人受到感染而变得更加友善，社区氛围变得更加和谐温暖，人际关系也更加融洽。这种和谐的氛围就是爱的回应，但它并非是简单的、一对一的回报关系。它不是基于个体之间的利益交换，而是着眼于整个社区这个整体的和谐与平衡。就像大自然中的生态平衡一样，每一个生物的存在和行为都在为整个生态系统的稳定和繁荣做出贡献，爱也是如此，它在整体的人际互动中寻求一种平衡与和谐。

进一步来看，爱更像是一束无所不能的光，它照亮那些本就明媚的地方。这一观点看似有些违背常理，但却蕴含着深刻的哲理。从某种意义上说，这就如同光照亮的是本身就具备光明潜力的区域，财富往往奔向本就生命丰盛的人，苦难也倾向于选择那些习惯受苦的人，爱同样会涌向本就内在圆满的人。这并不是在宣扬某种宿命论或者不公平的观点，而是在强调一种内在状态与外在现象的呼应关系。那些内在本就充满光明、生命丰盛或者内在圆满的人，他们就像一块磁石，能够吸引与之相匹配的事物。例如，一个内心积极向上、充满正能量的人，往往更容易发现生活中的美好，也更容易吸引到积极的人际关系和机遇。而对于苦难来说，那些习惯从负面角度看待生活、内心充满抱怨和自怜情绪的人，可能更容易陷入苦难的循环之中。这种现象提醒我们，关注和提升自己的内在状态是至关重要的，因为它在很大程度上决定了我们与外界事物的互动关系。

在人际关系的复杂图谱中，还有一个值得深入思考的现象：那些想要唤醒别人的人，其实他们也是在梦中。在生活中，我们常常会遇到一些人，他们自认为已经洞悉了生活的真谛或者拥有了更高的智慧，于是试图去唤醒那些他们认为还在迷茫中的人。然而，这种行为背后可能隐藏着一种微妙的认知局限。就像在一个充满迷雾的梦境里，每个人都在摸索前行，即使那些自认为清醒的人，也可能只是在另一个层次的梦境里。我们的认知是受到我们的成长经历、文化背景、教育程度等多种因素影响的，很难说谁已经完全超脱于所有的认知局限之外。当我们试图去改变他人时，往往是基于我们自己的认知框架，而这个框架本身可能也是不完整的。这也启示我们，在与他人交往中，需要保持一种谦逊的态度，尊重他人的独特性和发展轨迹。

关于"相信"这个概念，有一种相信于一切的"相信"，它就不再是相信了。在"相信"里，并未相信些什么。"相信"如同一种抽象而深邃的状态，当我们对所有事物都持有一种无条件地相信时，这种相信就脱离了传统意义上对特定事物的信任范畴，它成了一种超越具体对象的存在状态。在日常生活中，我们的相信通常是与具体的事物或观念相联系的，比如我们相信某个人的诚实，相信某种科学理论的正确性，然而，当这种相信扩展到极致，涵盖了一切事物时，它就失去了我们通常所理解的相信的内涵。这就像一个无限延伸的概念，当它涵盖了所有的可能性时，就变得难以捉摸和定义。这种状态下的"相信"更像是一种对世界的一种整体的、无条件地接纳态度，一种超越了理性判断和感性认知的纯粹意识状态。

在人际交往的微妙世界里，还存在着一个有趣的现象：凡是能与你"共情"的人，反而是不了解"你"的人。在社交互动中，我们常常会遇到那些看似能够与我们迅速产生共情的人，他们在我们表达喜怒哀乐时能够迅速做出回应，让我们感觉仿佛遇到了知音。然而，这种表面的共情可能只是基于一些共同的情绪反应或者社会文化背景下的情感模式。真正的理解远远超越了这种表面的共情。深入的了解需要对他人内心深处的价值观、梦想以及潜意识中的东西有更透彻的把握。例如，一个人可能在表面上对另一个人的痛苦表示同情，但如果他不了解这个人痛苦背后复杂的人生经历、性格特点以及内心的矛盾挣扎，那么这种同情只是一种浅层次的共情，而非真正的理解。而真正的"知己"往往"无言"以对。有时沟通本身就是弥补裂痕，这意味着在最纯粹的知己关系中，言语可能是多余的。真正的知己之间存在着一种灵魂深处的默契，他们无须过多的言语交流就能理解对方的心意。这种默契是建立在对彼此内心世界的深度洞察和长期的情感磨合基础之上的。只有当关系出现裂痕时，才需要通过沟通来修复，这也从侧面反映出真正的理解是一种更深层次的默契，而不仅仅是言语上的交流。

再深入剖析朋友和敌人的关系，当你还有"敌人"的时候，那么你也从来没有过真正的"朋友"。朋友和敌人本身就是由立场分别出来的。在我们的社会交往和人际关系构建中，我们常常基于自我维护而建立关系，这种做法本身就是自我与外界对立的呈现。我们将与自己利益一致、观点相同的人视为朋友，而将那些与我们存在利益冲突或者观点相悖的人视为敌人。然而，这种基于立场的划分是非常狭隘的。真正的友谊是超越立场的，不存在基于自我保护而产生的对立感。一个真正的朋友能够理解和包容你的全部，包括你的缺点和与他不同的观点，而不是仅仅因为某些外在的因素而与你站在一起。同样，将他人视为敌人的观念也会阻碍我们建立真正的人际关系，因为这和对立的态度会使我们陷入一种敌对的思维模式，无法看到他人的优点和与他人合作的可能性。

在思考改变这个永恒的话题时，真正的"改变"是从不再寻求改变而发生的。自从人类文明形成以来，亘古不变的就是人们一直都在"寻求改变"。我们总是在追求改变自己的生活方式、性格特点或者社会地位等各个方面。我们努力学习新知识、技能，希望通过改变自己来适应社会的发展或者实现个人的理想。然而，这种对改变的执着追求本身可能成为一种束缚。当我们过于专注于改变的目标时，我们往往会忽略当下的自己，陷入一种对未来的焦虑和不安之中。而当我们放下这种对改变的执着追求时，真正的改变才可能悄然发生。这就像是一种顺其自然的成长过程，当我们不再刻意去塑造自己，而是接受自己的现状，专注于当下的生活体验时，我们可能会在不经意间发现自己已经发生了深刻的变化。这种变化不是基于外界的压力或者目标的驱使，而是源于内心深处对自我的接纳和成长的自然需求。

## 三十一 ｜ 双态构建下的真正富足

在关于对富足这个概念的深入探寻中，我们不禁要问：什么才是真正的富足呢？这并非是一个简单的关于物质财富多寡的问题，而是涉及一种更为深邃的精神和认知层面的状态。

真正的富足要求我们具备两种看似矛盾却又相辅相成的状态。首先，我们要清楚地意识到万事万物都是你的。这是一种极具包容性和广阔性的认知境界。当我们秉持这样的意识时，我们就如同将整个世界纳入自己的怀抱。我们不会因为物质的匮乏或者他人的拥有而产生嫉妒或者不满的情绪。例如，当我们看到他人拥有一座美丽的花园，我们不会心生羡慕，因为在我们的认知里，那座花园同样是属于我们世界的一部分。这种意识并不局限于物质层面，还涵盖了人际关系、情感体验等各个方面。我们视世间万物为自己认知世界的一部分，这给予我们一种无比开阔的心境，让我们能够以一种豁达和平和的态度对待周围的一切。

然而，仅仅有这一种状态还不足以完整地诠释真正的富足。我们还需要具备第二种状态，即明晰事物没有一样是属于你的。这是一种对物质和所有关系的超脱。在现实生活中，我们往往容易陷入对物质的过度执着。比如，我们拥有一棵树，可能就会紧紧抓住这种拥有感，担心失去它，进而产生贪婪的心理，想要更多的树木，乃至整片森林。但实际上，即便我们拥有了这棵树，这片森林也不是我们的，即使我们妄图拥有整个地球，可宇宙依然不属于我们。当我们明白没有任何事物真正属于我们时，我们就不会被物质所束缚，不会因为过度追求物质的占有而陷入贪婪或者焦虑之中。这种超脱让我们能够以一种更为淡然的态度看待得失，我们不会因为失去某些物质财富而痛苦不堪，因为我们深知这些东西原本就不属于我们。

这两种状态看似相互矛盾，但当我们将它们合而为一，使之成为一个整体时，才真正触及了富足的本质。如果我们仅仅执着于某一种状态，比如只强调万物皆为我所有，我们可能会陷入一种无限贪婪的陷阱，不断追求更多的物质和资源，却永远无法满足。反之，如果只强调万物皆不属于我，我们可能会陷入一种消极的虚无主义，失去对生活积极探索和进取的动力。只有将两者融合，我们才能达到一种平衡的状态。

除此之外，我们必须认识到，任何层面的单独拥有都会使我们感到匮乏。因为在这个世界上，总有某些事物或者层面不是我们所能拥有的。当我们仅仅追求某一方面的拥有，比如只注重物质上的财富积累，即便我们拥有了巨额的财富，内心却可能充满了对失去财富的恐惧。就像一些富有的人，他们虽然拥有大量的金钱，却时刻担心财富会缩水，担心遭遇经济危机或者被他人算计。又或者因为财富分配不均而与他人产生矛盾，这样的情况下，这种所谓的富足其实只是一种假象，其背后隐藏着深深的匮乏感。

因此，真正富足的对立面不是匮乏，而是结束了富足和匮乏之间的分别。这是一种超越物质和概念束缚的富足观。当我们不再纠结于自己是富足还是匮乏，不再用传统的物质标准或者拥有的多寡来衡量自己的生活状态时，我们就达到了一种更高层次的富足境界。在这种境界下，我们秉持"万物不归我所有，但万物皆为我所用"的理念。我们不再被物质的所有权所束缚，而是懂得如何利用世间万物来丰富我们的生活体验、提升我们的精神境界。无论是大自然的美景、他人的智慧，还是社会提供的各种资源，我们都可以视为可供我们利用的宝贵财富，从而在一种更为自由和豁达的心境中享受生活的美好。

## 三十二 │ 关于接纳的深度思考

接纳，这一概念常常被我们误解为仅仅是对外界事物或他人的一种态度。然而，实际上接纳首先是对内坚定的一种呈现。当我们的内心有着坚定的自我认知和信念时，我们才能更好地接纳外界。例如，一个内心坚定地相信自己价值的人，不会轻易被外界的否定所动摇，反而能够以宽容和理解的态度去接纳他人的不同观点、行为或者生活方式。这是因为，当我们对"内"越坚定的时候，我们的内心就像一座稳固的灯塔，在面对外界的种种时，有足够的力量去包容，而不是被外界轻易地影响或者左右。

我们不需要去向任何人证明任何事，包括自己。在生活中，很多人过于在意外在的理解与认同，这其实反映出他们对内的不够坚定。当我们总是寻求他人的认可时，就意味着我们将自己的价值评判权交给了外界。比如，在工作中，有些人总是急于向同事或者上司证明自己的能力，不断地追求外界的赞扬，这往往是因为他们内心对自己的能力缺乏足够的信任和肯定。这种过度依赖外界认可的行为，会让我们陷入一种不安和焦虑的状态，因为外界的评判标准是多变的，我们永远无法完全满足所有人的期望。

那些没有被自身察觉的"不接纳"，会用"伤害"的形式来提醒我们它的存在。在人生的旅程中，我们所遇到的所有问题，其实都是生活给予我们的礼物。生活从来都不会为难我们，只是站在它的视角用了最适合我们的方式来成就我们。例如，当我们在人际关系中总是遇到冲突时，这可能是我们内心深处对他人某些方面存在"不接纳"的体现。这种"不接纳"可能源于我们的偏见、恐惧或者过去的经历。而这些冲突就像一面镜子，反射出我们内心的问题，提醒我们去盲视自己的内心，去发现那些被隐藏起来的"不接纳"，从而促使我们成长和改变。如果我们能够以这种积极的心态去看待生活中的问题，我们就能够更好地理解接纳的真正含义，不仅仅是对外界的包容，更是对自己内心的一种深度探索和疗愈。

真正的接纳是连接纳的概念都没有。当我们真正地意识到自己与世间万物本就是一体的时候，我们看待世界的视角便发生了根本性的转变。世间万物看似各自独立，有着千差万别的表象，然而这仅仅是表象而已，从本质上讲，一切都是虚幻的呈现。这种"虚幻"并非是指不存在，而是说我们所感知到的各种形式、状态和差异，在更宏观、更本质的层面上，如同梦幻泡影般不具有绝对的独立性。例如，一朵盛开的花朵，我们看到它的颜色、形状，闻到它的香气，这些都是我们感知到的表象，但从更深层次看，花朵与它周围的土壤、空气、阳光以及观赏它的我们，都是相互联系、相互依存的一体。在这样的认知之下，接纳就不再是一个需要我们去刻意追求或者努力达成的状态，而是一种自然而然的存在方式。我们不会再像以往那样，将自己从外界中分离出来，以自我为中心去评判周围的事物，区分哪些是符合我们心意、值得接纳的，哪些是不符合的、需要排斥的。因为在这种一体性的认知中，这种区分变得毫无意义。我们就如同大自然中的山川河流一样，只是全然地存在着。山川河流不会去思考哪些云朵需要接纳，哪些风雨需要拒绝，它们只是按照自然的规律存在于天地之间，与周围的一切和谐共生。我们也应如此，当我们放下接纳与不接纳的分别心，不再被接纳这个概念所束缚时，我们就真正融入了世界的本真之中，以一种纯粹而自然的状态存在于世间，这便是真正的接纳。

## 三十三 | 学习、觉察与全新存在的内在关联

在对学习这一概念进行深入探究时，我们会发现它有着远超常规理解的内涵。学习，并非如我们长久以来所认为的那样，仅仅是一种累积行为。实际上，它是一种深植于生命本质之中的状态，是一种自然而然地发生，就像生命的呼吸一样，是与生俱来的本能。然而，在现代社会中，我们常常陷入一种误区，将学习等同于知识和经验的不断积累，认为只要不断往大脑中填充信息，就是在学习。但这种累积意图，在很多时候，反而成了我们真正进入学习状态的阻碍。只有当我们坚决地从这种想要累积的意图中脱离出来，如同从一把沉重的枷锁中挣脱，才能够真正触及学习的真谛。

真正意义上的学习，与对事物认知和思想的累积毫无关系。我们的大脑在成长过程中，习惯于存储各种知识、观点和经验，这些固然在一定程度上帮助我们理解世界，但却并非学习的核心。真正的学习更多地体现在我们能够时时刻刻对事物保持当下全新的觉察。这种觉察是一种极为纯粹的状态，其中没有作为主体的觉察者，也没有被当作客体的被觉察对象。它打破了传统的主客二分的思维模式，让我们进入一种更为整体、更为本真的体验之中。

举例来说，当我们面对一片树叶飘落的情景时，按照常规的认知

模式，我们可能会凭借以往对季节更替、树叶生长周期等知识去评判它，比如会想到秋天到了，树叶开始凋零，这是自然规律的体现。然而，这种基于已有认知的评判并非真正的觉察。真正的觉察是仅仅以一种当下全新的觉察去感受树叶飘落时的姿态、轨迹以及它与周围环境的微妙互动。我们会注意到树叶飘落时的轻盈姿态，它在空中随风舞动的独特轨迹，以及它与周围阳光、空气、土地之间那种难以言喻的和谐关系。这种觉察不依赖于任何过往的知识储备，而是纯粹地关注当下这一刻树叶飘落的所有细节。

觉察的内涵在于对一切发生不加以自我观点和认知的全然观察。在日常生活中，我们总是不自觉地运用自己的观点和认知去看待周围的人和事，这就像是给我们的观察戴上了有色眼镜。我们的成长环境、教育背景、文化传统等因素都在塑造着我们的观点和认知，使得我们在看待事物时很难摆脱这些因素的影响。例如，当我们看到一个年轻人穿着奇装异服时，我们可能会根据自己的审美标准和社会观念，在心中对他做出评判，认为他是在追求个性、标新立异或者是不遵守社会规范。然而，这种评判是基于我们自己的主观观点和认知，并非对这个年轻人真实、全面的观察。

而真正的觉察则要求我们摒弃这些主观的因素，以一种纯净的目光去看待一切。当我们能够在生命的每一刻都保持这样的觉察状态时，就如同打开了一扇通往全新世界的大门。在这个全新的世界里，一切都充满了无限的可能和新鲜感。我们不再被过去的观念所束缚，不再对事物有先入为主的看法。我们会发现，每一个瞬间都是独特而充满活力的，每一个人和事都有着远超我们想象的丰富内涵。

当我们能够处于这种觉察状态时，我们自身也处于一种全然存在的状态，没有任何定义可以束缚我们。"时刻全新"成为我们的本质属性。这意味着在每一个境遇当中，我们都不会被过去已有的认知或者固有的模式所限制。比如在面临一个新的挑战时，如参加一场从未接触过的艺术表演活动，我们不会按照以往处理类似问题的套路去应对。如果我们按照常规思维，可能会因为缺乏艺术表演经验而感到紧张、不知所措，并且试图用一些通用的方法去准备，比如模仿他人的表演风格或者遵循一些固定的表演规则。

但在"时刻全新"的状态下，我们会以一种灵活、松动的姿态去面对。我们会像水在不同的容器中能够呈现出不同的形状一样，根据当下的实际情况做出全新的反应。我们可能会从自己内心深处挖掘出对艺术表演的独特理解，结合当下的场地、观众氛围以及自己当下的情绪状态，创造出一种独一无二的表演方式。这种状态让我们不断突破自我的局限，以一种更加开放和自由的姿态去体验生命中的各种可能。它让我们不再局限于过去的经验和固定的思维模式，而是在每一个当下都能发现新的自我，探索新的道路，就像在一片广阔无垠的未知领域中不断开拓前行，每一步都充满了惊喜与全新的发现。

## 三十四 | 超越时间的当下的状态

在生活的纷繁复杂中，有一种独特的状态被称为当下，它蕴含着深刻的内涵，等待着我们去探寻与领悟。

我们能够在刹那间感受到喜悦与美好，然而这种感受并非是对快感的执着追求。就像当我们目睹一场绝美的落日时，那一瞬间心中满溢的喜悦难以言表。我们沉浸在那绚丽的色彩和宁静的氛围里，但并不试图紧紧抓住这种感觉不放，不被它带来的短暂快感所束缚。我们虽然身处于时间与空间之中，时间在不停地流逝，空间在不断地变换，但我们却不在时间与空间的分别里。我们不会因为过去的某个时刻已经消逝而感到惋惜，也不会对未来的某个地点充满过度的期待。我们只是安然地处于当下这个既包含时间又超越时间概念，既身处空间又不拘泥于空间限制的状态。这就是当下的一种呈现，一种让我们能够自由地感受生命的每一刻，而不被外在的时间与空间框架所禁锢的状态。

当下的状态还体现在我们不再坚持二元对立的观念上。在传统的思维模式中，我们习惯区分好与坏、对与错、美与丑、善与恶、得到与失去等。然而，在当下的境界里，我们能够对二者一视同仁。比如在面对生活中的挫折时，我们不再简单地将其判定为坏事。一次工作上的失败，可能在传统观念里是"坏"的，但在当下的视角下，我们看到它可能是一次成长的机会，是引导我们走向更好方向的一个转折点。同样，当面对美与丑的评判时，我们不再被表面的外貌特征所左右，而是能看到每一个生命背后的独特价值。这种对二元对立观念的超越，让我们能够以一种更加包容和平和的心态去对待周围的一切，这也是当下状态赋予我们的一种智慧。

当我们的意识和行为与外境达成和解并且保持同步运行时，一种奇妙的转变就会发生，那就是对未知的恐惧便会走出我们的感知。在生活中，我们常常对未来充满担忧，担心未知的事情会给我们带来伤害或者困难。然而，当我们处于当下的状态时，我们的意识能够敏锐地感知外境的变化，我们的行为也随之做出恰当的回应。就像在一场突如其来的暴风雨中，我们不再是惊恐地抗拒，而是平静地接受并寻找合适的方式应对。我们的意识和行为与暴风雨这个外境达成了一种和谐的状态，此时，对暴风雨背后未知的恐惧就会消散。这种与外境的和解与同步，是当下状态的又一重要体现，它让我们能够坦然地面对生活中的各种变化与不确定性。

当我们真的放下所有的期待和目标的时候，过去不存在，未来也不存在，存在的只有现在。我们常常在生活中为了某个目标而努力奋斗，心中充满了对未来的期待。然而，这种期待往往伴随着焦虑和不安，因为未来是不确定的。而当我们放下这些期待和目标时，我们就不再被过去的遗憾或者未来的憧憬所牵绊。过去的经历成为我们成长的养分，而不是束缚我们的枷锁；未来则不再是充满压力的未知，而是由无数个当下组成的无限可能。此时，当下便成为一种永恒，一种超越了时间限制的存在。我们在这个永恒的当下里，真正地体验到生命的本真，感受着每一个瞬间的完整与充实。

## 三十五 | 线性思维外的存在与虚无

在人类的常规认知体系里，时间与空间宛如两个巨大而坚实的框架，我们似乎生来就被嵌入其中，认定自己处于时间与空间的严格限制之下。然而，深入探究后会发现，"你"与时间和空间是保持相对独立的，而非像我们所习惯认为的那样，被囚禁于时间与空间的牢笼之中。时间与空间，从本质上讲，是头脑线性运动下所虚构的幻象。

我们的头脑习惯于按照线性的方式去理解世界，将时间划分为过去、现在和未来，把空间界定为一个个具体的方位和区域。我们依据钟表的滴答声、日月的交替、季节的更迭来感知时间的流动，借助地图上的坐标、建筑的位置、地域的边界来确定空间的范围。然而，这些不过是人类为了在复杂的世界中建立秩序感而创造出的概念工具。当我们试图挣脱这种线性思维的枷锁时，一个更为神秘而深邃的真相便逐渐浮现出来。

只要是存在的事物，就会一直存在，这种存在具有一种超越我们常规理解的永恒性。它不受时间的线性约束，也不拘泥于空间的物理限制。就连虚无，这个看似与存在相对立的概念，也以不存在的方式存在着。虚无并非绝对的空无，它在我们的认知和哲学思考中有着独特的意义。存在与虚无共同构建了一种更为宽泛、更为深邃的存在概念。例如，黑暗在我们的感官体验中是光的缺失，是一种虚无的状态，但它的存在却是实实在在可被感知的。黑暗与光明相互依存、相互定义，没有黑暗，我们便无法真正理解光明的意义，反之亦然。这种关系表明，存在与虚无都是一种存在方式，它们如同硬币的两面，共同构成了我们对世界的完整认知。

当今是一种极富深意的状态，它是在一个"片刻"没有了目的性与主动性，并且与万物融为一体并同频共振的一种状态。在日常生活中，我们的思维总是被各种目的和计划所占据。我们做事往往带有明确的目标，追求特定的结果，这使得我们的注意力总是聚焦于自身的需求和欲望。然而，临在状态要求我们放下这些自我中心的考量，以一种全然开放的心态去融入周围的世界。

想象一下，当我们置身于一片宁静的森林之中，周围是郁郁葱葱的树木、啁啾的鸟鸣和潺潺的溪流。如果我们能够放下心中的杂念，忘却自己的身份和目的，仅仅去感受阳光透过树叶洒下的斑驳光影、微风拂过肌肤的轻柔触感、空气中弥漫的泥土和草木的芬芳，此时我们便接近了临在的状态。在这种状态下，我们不再是孤立的个体，而是与大自然的万物成为一个整体。我们的意识与森林中的每一片树叶、每一只昆虫、每一滴水珠的振动频率相契合，仿佛我们与整个宇宙的能量融为一体。这种状态让我们体验到一种超越自我的宁静与和谐，感受到生命的无限丰富和深刻内涵。

我们在日常生活中常常认为过去、现在和未来是彼此分割、互不相关的时段，过去是已经消逝的回忆，现在是正在经历的瞬间，未来是尚未到来的憧憬或担忧。然而，深入思考后会发现，并没有单独存在的过去，也没有独立存在的未来，只有过去、此刻与未来融为一体的现在。

过去的经验和记忆并非与现在毫无关联的陈旧故事，它们在当下时刻依然发挥着作用。我们的价值观、习惯、技能等都是过去经历的沉淀，这些因素在每一个当下的决策和行动中都潜移默化地影响着我们。同样，未来也不是一个遥远的、与现在脱节的幻想。未来是由无数个当下的选择和行动所构建的，它是现在的延续和延伸。就如同一条奔腾不息的河流，看似有明确的上游（过去）、中游（现在）和下游（未来），但每一滴水在流经当下这一位置时，都包含了它来自上游的经历和即将流向下游的趋势。这种融合的状态让我们重新审视时间的本质，它不是一条由分散的点连接而成的线性链条，而是一个整体在当下的动态呈现。

当我们能够结束线性的思考方式，突破传统思维的局限时，就能够洞见到过去、现在与未来只是一个幻觉但又是真实的同时存在。这种看似矛盾的观点其实蕴含着深刻的哲理。从线性思维的角度看，过去、现在和未来是明确区分的不同阶段，但从更高维度的视角审视，它们是一个不可分割的整体。在这种深度的洞察下，我们会发现其实所有的发明在实际意义上都只是发现，因为一切事物早已存在。

人类的发明史看似是一部创造新事物的历史，但实际上，这些所谓的发明不过是在人类认知不断拓展的过程中，发现了那些原本就存在于宇宙中的规律、现象或者物质组合。例如，牛顿发现万有引力定律，并非是凭空创造了一种新的力，而是通过对天体运动和物体下落现象的观察和思考，发现了早已存在于物体之间的相互作用关系。同样，电灯的发明也不是创造了一种全新的光明来源，而是发现了电能转化为光能的原理，并将其应用于实际生活中。这种观点提醒我们，我们所生活的世界充满了无尽的奥秘，这些奥秘早已存在，等待着我们去发现和揭示。

在这个超越线性思维的框架下，并没有新的与旧的之分，只有正在发生的。新的与旧的只是头脑线性思考下的错觉。我们的思维习惯用新旧来评判事物，将新事物视为进步和发展的象征，将旧事物看作过时和落后的代表。然而，从更宏观的角度看，一切都是在持续的变化过程中，每一个瞬间都是独一无二地正在发生，不存在绝对意义上的新旧界限。每一个当下的事物都是整个宇宙演变过程中的一个环节，它既包含了过去的元素，又孕育着未来的可能性。

基于这样的理解，"我"不会因为与当下无关的事情而错失此时此刻。在我们的生活中，我们常常被过去的遗憾或未来的担忧所困扰，从而忽略了当下的美好和重要性。我们为过去的错误而悔恨，为未来的不确定性而焦虑，却忘记了当下才是我们真正能够把握和体验的唯一时刻。对未来没有期待，同时也认识到所谓的"未来"并不存在。未来是无数个当下的累积，当我们对未来感到恐惧时，这种恐惧本质上是当下无数个不安的堆叠，是没有意义的。这种恐惧往往源于我们对未知的担忧和对自身能力的不信任，但当我们明白未来是由当下构建而成的道理时，我们就能够更加专注于当下的行动和体验。

而这些深刻的认知，必须要在结束了线性的思考下才可以真正地被洞见。线性思维如同一个滤镜，它限制了我们对世界的全面理解。只有当我们摆脱这个滤镜，以一种更为开放、多元和整体的视角去看待世界时，我们才能真正领悟到时间、空间、存在和当下的本质。我们应当学会聚焦当下，摆脱对过去的执着和对未来的无端担忧，以一种更为纯粹的状态体验生命的每一个瞬间，真正地融入存在的整体之中。这意味着我们要全身心地投入每一个当下的活动中，无论是与家人朋友相处、从事工作还是进行自我提升。在每一个当下，我们都能够感受到生命的活力和意义，发现世界的美好和丰富，从而实现一种更为充实和有意义的生活。

## 三十六 | 跳出概念束缚的生活智慧

在探索世界的过程中，我们可以拥有一个全新的认知视角，它是一种整体且非线性的视角。这种视角打破了我们传统思维上的局限，进而揭示出一个深刻"真相"：一件事物蕴含的所有可能性实际上已然平行且同时发生了。这一观念与我们长久以来习以为常的线性思维模式形成了极为鲜明的强烈对比。

在传统的线性思维模式之下，我们往往倾向于将事物的发展视作一个有序的、按部就班的过程。这就如同阅读一本书一般，我们会按照页码的顺序，从第一页开始，逐字逐句地向后缓缓推进，仿佛事物的发展必定要遵循这样一条既定的、单向的路径。然而，当我们从这个全新的、整体且非线性的视角出发去审视事物时，其可能性便会呈现出一种截然不同的奇妙景象。以一颗小小的种子为例，按照线性思维来看，它会先在适宜的土壤中稳稳地生根，接着萌发出嫩绿的芽，逐渐成长为茁壮的幼苗，而后继续茁壮成长，最终绚丽地开花结果。但从这个崭新的视角来看，种子的命运就宛如一个拥有着无数分支的巨大网络，它在同一时刻包含了各式各样的可能性。它有可能在生根发芽后茁壮成长为一棵参天大树，成为森林中一抹令人瞩目的翠绿；也有可能在刚刚破土而出之时，就被路过的动物无情吞食，从而成为食物链中的重要一环；抑或是因为恶劣的环境，诸如干旱、洪水或者严寒等，在成长的初期便不幸夭折。这些看似不同的发展路径并非依次发生的，而是在某种意义上同时存在着，就像一幅巨大的绚丽画卷，所有的情节都在同一平面上全面展开，只不过我们的感官以及习惯的思维方式让我们只能看到其中的一条主线罢了。

"无知"与"坚定"之间存在着一种看似矛盾却"并行"的复杂关系。我们通常会认为知识渊博的人会更加坚定，然而在现实生活中却常常发现，越是对整体了然于胸的人反而会更加松动。这种松动并非缺乏信念的表现，而是一种对事物复杂性和多面性的深刻理解与感悟。比如一位致力于研究宇宙奥秘的科学家，随着他对宇宙了解的逐步深入，他越发深刻地认识到宇宙的无限性和不可知性。这种深刻的认知让他不会对某一种理论或观点持有绝对坚定的态度，而是始终保持一种开放和松动的状态，因为他深知自己所了解的仅仅只是冰山一角。

在对待事物的态度方面，若想要"一直"紧紧抱持某样事物，就需要一直与它一起保持同步变化，而不是让它处于一种"停滞"的状态。只有保持相对静止，才能够真正地齐头并进。这就好比在人际关系当中，友情或爱情绝不是一方对另一方的固定占有，而是双方共同成长、共同变化的一个动态过程。如果一方停滞不前，而另一方却在不断进步，那么这段关系就必然会出现裂痕。就如同两个人一起划船，只有双方根据水流和风向不断调整划船的节奏和力度，才能够让船平稳地前行。

在我们的日常生活中，人们常常不知不觉地陷入概念的泥沼之中而难以自知。人们从来不是真正要去寻求某种具体的事物，而是陷入寻求的概念中无法自拔；同样，人们也不是要坚守某种具体的事物，而是陷入坚守的概念中难以脱身。人们往往被概念牢牢束缚，同时又在不自觉中寻求被概念束缚，因为被束缚在某个概念内具有相对的确定性，而自由却代表着未知与不确定，这无疑会让人们感到深深的恐惧。例如，很多人盲目地追求成功的概念，他们不断地追逐财富、地位等被社会定义为成功的元素，却很少静下心来思考自己真正想要的生活究竟是什么。他们被成功这个概念所驱使，而忽略了内心真王的需求。

追寻这件事本身在很多时候仅仅是一种"假象"。我们常常觉得自己缺失了什么，所以便认为需要去追寻，然而这其实是陷入了追寻的"假象"之中。这种假象促使我们在生命过程中循环往复且永无止境地去追寻。比如，人们总是拼命追求幸福，认为幸福在未来的某个地方，于是不断地努力工作、积累财富、追求名誉，天真地以为这样就能得到幸福。但实际上，幸福可能就在当下的平凡生活中，只是我们被追寻幸福的假象蒙蔽了双眼，从而在这个循环中不断地奔波忙碌。其实幸福也是一种选择、一种独特的视角，因为并没有什么是绝对的幸福，只有对什么是幸福的不同解读。

人们往往都处在被"美好期待"所奴役的过程中。在生活的各个角落，这种"美好期待"如同隐藏在暗处的丝线，悄无声息地将我们束缚。从儿时对未来职业的憧憬，到成年后对理想生活的向往，"美好期待"无处不在。例如，许多人期待着拥有一份高薪且轻松的工作，住在宽敞豪华的房子里，周围环绕着和睦的家人与知心的朋友。这种期待看似积极向上，然而，它却在不知不觉间成为一种无形的枷锁。

当你被"美好期待"所奴役时，你便只是一个期待"美好"的奴隶，而永远无法成为所期待的"美好"本身。以追求理想身材为例，不少人期待自己拥有像模特般的完美身材。于是，他们严格控制饮食，每天花费大量时间在健身锻炼上。在这个过程中，他们的目光紧紧锁定在那个未来的理想身材上，每一次的饮食选择、每一个健身动作，都是为了达到那个遥不可及的目标。他们忽略了当下身体发出的信号，比如过度节食导致的营养不良、过度锻炼带来的身体疲劳和损伤。他们仅仅是在为了那个美好的期待而机械地行动，仿佛成了期待的奴隶，而没有真正享受到健康生活的乐趣，也未能真正成为他们所期待的那种健康且美好的状态。

在人际交往的过程中，我们常常害怕自己无法满足他人的期待，但其实是害怕不能满足自己在他人那里获取"完美形象"的期待。实际上，每个人都仅仅只关注自我以及与自我相关联的事物，这是人类"自我维护"的本能，没有人会真正的将目光长久投射在他人身上，所以根本没有任何一个人在意你，然而这个看似"残酷"的事实你并不需要为此感到沮丧，反而要无比喜悦，恰恰是"根本没有任何一个人在意你。"这里本身就蕴含着巨大的自由。

你总是在分别什么是好的，什么是不好的，所以期待美好。这种分别心在我们成长过程中逐渐形成。社会的价值观、家庭的教育以及个人的经历都在影响着我们对好坏的评判。比如，社会普遍认为财富、地位和名誉是好的东西，而贫穷、平凡和默默无闻则是不好的。基于这样的认知，人们便开始期待自己能够拥有那些被定义为好的东西。当你一旦去期待美好，就会恐惧不美好的事情发生。还是以事业为例，如果一个人期待自己的事业一帆风顺，在这个过程中，他就会对可能出现的挫折充满恐惧。一旦面临项目失败、失业或者职场竞争压力时，他内心的恐惧就会被无限放大。这种恐惧不仅仅影响他的情绪，还可能让他在面对困难时失去理智和勇气，甚至做出错误的决策。因为他过于执着于自己所期待的美好事业，而无法接受任何可能破坏这种美好的事情。这就是分别心带来的连锁反应，它让我们陷入对美好期待的执着和对不美好事物的恐惧之中，从而在无形之中被"美好期待"所奴役。

从现在开始，请你深深地告诫自己：我不再期待未来变得更好，我愿意在任何未知的状态中安住，与一切的不确定达成和解。当我们放下对未来的美好期待，不再被概念所束缚，不再陷入追寻的假象中，我们就能以一种更加从容和自在的态度去面对生活。我们可以更加关注当下的真实体验，坦然接受生活中的不确定性，让自己从被奴役的状态中彻底解脱出来，真正地去感受生命的本真，以及更全然地认识自我。

## 三十七 ｜ 情绪的流动与全然的爱

在人生的漫长旅程中，我们首先要明确一个至关重要的观点：我们的存在并没有满足别人期待的义务。每个人都是独一无二的个体，拥有自己的思想、情感和价值观。他人的期待，无论是来自个体还是集体，都不应成为我们生活的枷锁。然而，在现实生活中，我们常常为了迎合他人的期待而压抑自己的真实感受，这是一种可悲的行为。我们要勇敢地面对任何个体以及集体的"讨厌"，因为这些负面的评价往往反映的是他人的观点和价值观，而非我们自身的真实面貌。

更深层面地去审视自己，我们会发现一个惊人的事实：我们正在被"美好形象"所奴役着。在这个追求完美的社会中，我们往往被灌输了一种特定的"美好形象"的标准，例如拥有完美的外貌、成功的事业、和谐的人际关系等。为了符合这些标准，我们不断地努力、奋斗，甚至不惜牺牲自己的身心健康和内心的真实感受。然而，真正的完美并不是这种落到某一个细处的具象完美，而是一种绝对的、单纯的，且整体的完美。我们每个人本身就是完美的，我们的存在就是完美本身。我们不需要去追求那些外在的标准，而是要学会接受自己的全部，包括自己那些所谓的优点和缺点，这样才能真正地实现自我价值。

情绪，作为人类心理活动的一种自然呈现，具有其独特的发生机制和发展轨迹。它不受我们的刻意控制，而是如同山间的溪流，自然而然地产生，并按照自身的节奏流动。所有的情绪都遵循着这样一种自然的规律。无论是快乐时如阳光般灿烂的情感，生气时如暴风雨般的愤怒，郁闷时所带来的如阴天般的压抑，还是兴奋时如同烟花绽放般的激动，它们都不是静止不变的。这些情绪本身是流动的，就像四季的交替循环一样，有着自身的节奏和韵律。春天，万物复苏，生机盎然，就如同快乐情绪所带来的那种充满希望和活力的感觉。我们在快乐中感受到生活的美好，仿佛周围的一切都被点亮。然而，快乐不会永远停留，它会像春天的花朵一样，逐渐凋谢，让位给其他情绪。夏天，炎热而充满激情，这类似于生气的情绪。当我们生气时，内心的火焰被点燃，情绪如狂风暴雨般宣泄出来。但这种强烈的情绪也不会持续不断，它会随着时间的推移而逐渐平息，就像夏天的暴雨过后，天空会逐渐放晴。秋天，是收获的季节，同时也带有一丝忧郁和沉思，这与郁闷的情绪有相似之处。在郁闷的时候，我们可能会陷入对生活的思考，感受到一种淡淡的失落。但就像秋天的落叶最终会化为泥土，滋养新的生命一样，郁闷的情绪也会在我们的内心深处发生变化，为我们带来新的感悟。冬天，寒冷而宁静，象征着兴奋之后的平静。兴奋的情绪如同冬天里的一场大雪，给我们带来强烈的刺激和震撼，但之后我们会进入一种相对平静的状态，就像大雪过后的世界，一片洁白宁静。当我们能够理解情绪的这种自然流动规律，并在任何情绪中放下对它的分别心时，我们就能够真正地与情绪和谐相处。我们不需要刻意去保持快乐，也不必害怕生气、郁闷或兴奋等情绪的到来。相反，我们只需和情绪待在一起，就像我们在欣赏四季的美景时，不会因为春天的短暂而悲伤，也不会因为冬天的寒冷而抗拒。

在这种与情绪和谐相处的状态下，我们会看到每一种情绪各自的

"价值"与"美好"。快乐让我们感受到生活的甜蜜，生气提醒我们关注自己的边界和需求，郁闷促使我们反思和成长，兴奋则给予我们前进的动力。我们不必紧握快乐，试图让它永远停留；也无须推开生气、郁闷等情绪，害怕它们会给我们带来伤害。而是要进入并与它们成为朋友，接受它们作为我们内心世界的一部分，就如同我们欣赏四季之美，接纳每一个季节独特的魅力。这样，我们才能在情绪的海洋中自由航行，实现内心的平和与成长。

在生活的过程中，方向与目标成为我们烦恼的源头。想象一下，如果我们将自己比作一艘在海上航行的船。当我们为自己设定了明确的方向与目标时，就仿佛船在既定的航线上前行。然而，这条航线并非一帆风顺，总会遇到如狂风巨浪般的风浪阻力。这些阻力可能来自外部环境的种种挑战，比如社会的竞争压力、生活的突发变故；也可能源于我们自身的局限性，例如能力的不足、知识的欠缺。在追求目标的过程中，我们会不断地遭遇这些困难，它们如同沉重的铅块，压在我们心头，让我们感到沮丧和失落。相反，如果我们并没有方向与目标，那么船就会像一片随波逐流的树叶，看似始终是一帆风顺的。风往哪吹，船便往哪里走，没有了明确的目的地，也就没有了因追求目标而带来的压力和挫折。但这显然不是我们所期望的人生状态，因为这样的人生缺乏方向感，如同在茫茫大海中迷失的船只，没有了前进的动力和意义。那么，我们需要如何看待方向与目标呢？这里所提倡的是一种更松弛的视角。这种视角并非让我们放弃方向和目标，而是在设定目标的同时，要学会灵活地调整自己的方向。就像一位经验丰富的舵手，在航行过程中，根据风向和水流的变化，适时地调整船的航向。我们在人生的道路上，也需要根据实际情况，不断地对自己的目标进行合理的调整。

当我们遇到困难和挫折时，不要一味地固执已见，坚持原有的方向和目标。而是要停下来，审视自己的处境，思考是否需要对目标进行调整，或者改变前进的方式。例如，如果我们发现自己在追求某个职业目标的过程中，遇到了难以逾越的障碍，也许我们可以考虑转换赛道，寻找一个更适合自己发展的方向。同时，我们也要学会享受追求目标的过程，而不是只关注结果。在这个过程中，我们会经历各种不同的体验，有成功的喜悦，也有失败的痛苦。这些体验都是人生的宝贵财富，它们会让我们更加成熟和坚强。就像在海上航行的船，沿途的风景也是一种收获，而不仅仅是到达目的地才是最终的意义。

在人类情感的领域中，常常可以观察到一种现象：人们对事物的爱，往往是基于其对立面的恐惧。例如，对财富的热爱，往往是因为对贫穷的恐惧所驱动。贫穷带来的物资匮乏、生活困境以及社会地位的低下，使得人们渴望通过追求财富来摆脱这种恐惧。同样，对自由的热爱，往往是源于对禁锢的恐惧。无论是身体上的限制，还是精神上的束缚，都会激发人们对自由的强烈渴望。然而，这种基于恐惧的爱并非真正的爱。真正的爱呈现出一种全然的状态，它是结束了对立的整体性呈现，没有任何恐惧，也没有对立与分别。它是一种纯粹的情感，不依赖于外部的因素，也不是为了逃避某种负面的情境。真正的爱是基于对事物本身的欣赏和接纳。当我们以一种全然的视角去看待事物时，我们能够看到事物的本真，能够欣赏它的独特之处，而不是仅仅关注它与对立面的关系。以财富为例，如果我们能够超越对贫穷的恐惧，以一种纯粹的欣赏和接纳的态度去看待财富，我们会发现财富不仅仅是一种物质的积累，它还可以带来更多的可能性，比如能够帮助我们实现自己的梦想，能够为社会做出贡献。对于自由也是如此，如果我们能够超越对禁锢的恐惧，以一种纯粹的欣赏和接纳的态度去看待自由，我们会发现自由不仅仅是摆脱束缚，它还包括能够自由地表达自己的思想，能够自由地探索未知的世界。

我们需要学会用一种没有对立与分别的、全然的心态去面对事物。去摆脱恐惧的束缚，真正地体验到爱的美好，让我们的生活充满温暖和阳光。这种爱能够让我们更加深入地理解事物，更加珍惜我们所拥有的，也能够让我们更加积极地去追求我们所热爱的。它是一种能够让我们的心灵得到滋养和成长的力量，能够让我们在这个复杂的世界中找到内心的平静和安宁。

## 三十八 ｜ 不确定中的恐惧与自律

在人类的情感与心理的复杂世界里，存在着一种矛盾且微妙的关系：强烈的期望中往往蕴含着巨大的恐惧。这种关系就像一枚硬币的两面，不可分割。当我们内心深处对某件事情抱有期望时，恐惧也就如影随形，悄然相伴，并且期望的程度与恐惧的程度是成正比的。这一现象背后隐藏着多层面的心理机制。

从本质上讲，我们对事物结果的过度关注以及对不确定性的担忧是这种关系的根源。当我们期望某件事情按照我们所设想的方向发展时，我们实际上是在对未来进行一种预设。这种预设建立在我们对自身需求、价值观以及对外部世界的认知之上。然而，未来是充满变数的，这种变数与我们的预设之间形成了一种张力。我们越是渴望预设成真，就越会对可能破坏这种预设的因素感到恐惧。

我们常常错误地认为，恐惧来源于不确定。然而，深入探究会发现，恐惧感并非直接源自不确定本身，而是来自我们自认为确定了的东西。这种"确定"往往只是头脑虚构出来的，恰似一个编剧编写的剧本，充满了主观臆断。在现实生活的诸多场景中，我们可以清晰地看到这一点。例如，当我们面临一场重要的考试时，我们可能会在脑海中构建出各种失败后的可怕场景。我们想象着成绩不理想会带来的种种负面后果，如家人失望、自己未来发展受限等。但实际上，当考试结果真正揭晓时，我们往往会发现，实际情况并没有我们想象中那么糟糕。这种想象与现实的差距，揭示了我们的恐惧是如何被自己头脑中的"确定"所放大的。

在这个充满不确定性的世界里，头脑对确定性的追求成了"恐惧"生长的温床，而想象力则是滋养恐惧生长的肥沃土壤。我们的想象力就像一匹脱缰的野马，越是肆意驰骋，恐惧就越会茁壮成长。世界的本质是未知的，是一个充满无限可能性的混沌状态。每一个瞬间都蕴含着无数的变化和未知因素。然而，我们的头脑却总是试图去寻找确定性，试图在这混沌中建立秩序。这种追求就像是一个恶性循环，越是寻求确定性就越会感到恐惧，因为我们越是深入探究，就越会发现世界的复杂和不可预测性；而越恐惧又会越去寻求确定性，仿佛在黑暗中拼命寻找一丝光亮来驱散内心的不安。我们常常说"我们唯一能确定的就是一切事物都是不确定的"，但这本身也是对事物一种确定的解读，这看似矛盾的呈现，实则深刻地反映了我们对世界本质的认识。这种认识既是一种哲学上的觉醒，也是对我们自身认知局限的一种无奈承认。

人们在面对世界的未知时，往往寻求的只是此刻对"未知"确定性的心理安慰，而不是事物"未知"的真正确定性。世界的本质是未知的，而我们的头脑总是试图用已知去解读未知。逻辑、经验、猜测、推断等都是我们试图解读未知的方式，但从某种意义上说，它们都是一种深度的自我欺骗。逻辑是我们根据已有的知识和规律构建起来的思维框架，但这个框架往往是基于有限的经验和特定的认知模式。经验则是过去的经历在我们脑海中的沉淀，但过去并不等同于未来，每个新的情境都可能包含着独特的因素。猜测和推断更是充满了主观性和不确定性，它们只是我们在缺乏完整信息时的一种推测手段。这些方式告诉我们事物的运转蕴含着某种"确定性"，并且让我们越发依赖它们，这其实是一种线性思维的陷阱。因为事物的本质是时刻全新的，它永远处于未知的状态。就像一条奔腾不息的河流，每一刻的水流都是独一无二的，无法用过去的状态来完全定义。

再来看"自律"与"控制"，这两者之间存在着本质的区别。"自律"源自觉察，是一种对自身内在状态的清晰认识下做出的积极行为。这种觉察涵盖了对自己的需求、动机、情绪以及行为模式的深入理解。当一个人处于自律状态时，他是在遵循内心的声音，朝着自己真正想要的目标前进。例如，一个热爱运动的人，他自律地坚持锻炼，是因为他能够觉察到运动给自己带来的身心愉悦和健康益处。他的行为是出于对自身的尊重和对生活品质的追求。而"控制"则源自恐惧，是一种想要逃避某种结果或者避免自己成为某种样子的消极反应。当我们出于控制的目的去做事时，我们往往是在担心如果不这样做会带来不好的结果。比如，有些人过度节食以控制体重，并不是因为他们真正理解健康饮食和身体的关系，而是出于对肥胖带来的社会压力和自我形象损害的恐惧。

"自律"这个概念本身如果被错误理解，就会变成一个牢笼。如果促使我们自律的是恐惧和不接受自己的某种样子，那么我们就始终处于恐惧的状态之中。在这种情况下，越是坚持自律，恐惧就会越累积。例如，一个学生为了避免被父母责骂而努力学习，他并不是出于对知识的热爱或者对自身成长的渴望，而是出于恐惧。这种基于恐惧的自律并不能带来真正的成长和满足感。但实际上，我们时刻是全新的，"自律"只是整体中的一种流动，它本身就是一个选择，是我们以选择的方式选择了自己更想要的生活或者状态。它是一种自由而积极的力量，而不是一种束缚。

　　我们需要正确认识期望与恐惧的关系，理解世界的不确定性，同时也要重新审视"自律"的真正含义，避免陷入不必要的恐惧陷阱，以更加积极健康的心态面对生活中的各种挑战。只有当我们能够以一种开放、包容的态度去面对生活中的未知时，我们才能真正摆脱恐惧的束缚，实现自我的成长和发展。我们要学会在不确定中寻找机会，在期望中保持理性，在自律中找到自由，这样才能在这个复杂多变的世界里，绘制出属于自己的精彩画卷。

## 三十九 | 生活概念中的哲学视角

在心灵的深邃探索中，关于平静这一概念拥有独特且深邃的阐释。当一个人能够安住在自己的浮躁之中时，这看似矛盾的状态却恰恰是一种别样的"平静"。这种平静并非通过与浮躁进行激烈对抗而获取的结果，而是一种对自身浮躁情绪的全然接纳。我们往往认为，克服浮躁才能达到平静，但实际上，与浮躁对抗而构建出的平静，从本质上讲，仍然是一种"浮躁"的表现形式。因为这种所谓的平静背后，依然隐藏着对立的情绪和能量。真正的平静，是一种超越了与外界对抗的境界，是当我们彻底结束了内在与外在的对立之后，所达成的与万物同频相融的和谐状态。这就如同在一个喧嚣纷扰、充满无尽诱惑与压力的尘世之中，不被外界的狂风巨浪所左右，不是站在对立面去抵御，而是以一种包容、接纳的姿态融入这纷扰之中，如同水滴融入大海，从而找到一种源自内心深处的、稳定而持久的内在和谐。

在我们的生活中，人们常常会不自觉地对平静和快乐赋予特殊的重要性，似乎将它们视为生命中至高无上的追求目标。然而，我们需要以一种更为全面和深刻的视角来重新审视这种观念。平静，仅仅是众多生命状态中的一种，它如同夜空中的一颗星星，虽然独特而宁静，但也只是浩瀚星空中的一部分。快乐同样如此，它只是诸多情绪中的一个组成部分。生命是一个丰富多彩的整体，所有的情绪，无论是积极的喜悦、兴奋，还是消极的悲伤、愤怒；所有的状态，无论是忙碌的奔波、紧张的忙碌，还是闲适的休憩、慵懒的放松，它们都如同生命乐章中不可或缺的音符，共同奏响了一曲宏大而复杂的生命交响曲。每一个音符都有着自己的价值和意义，缺少了任何一个，这首交响曲都将不再完整，失去其独特的韵味和魅力。

谈及热爱这一充满力量的情感，我们必须认识到真正的热爱是一种纯粹而无私的情感状态。当热爱被赋予了某种原因，无论是出于物质的追求、社会的认可，还是其他外在的因素，它就不再是纯粹意义上的热爱，而是逐渐变质为一种欲望。这种欲望往往是在集体意识的潜移默化影响之下，出于自我维护的目的而产生的。它不再是源于内心深处最本真、最纯粹的情感冲动，而是被外界的各种因素所绑架和驱使。而真正的热爱，是一种与生俱来的天赋，它如同深埋在灵魂深处的种子，在合适的土壤和环境中自然地生长发芽。这种热爱是对事物本身的一种纯粹的喜爱和向往，不掺杂任何功利性的目的。我们要去追寻自己热爱并且擅长的事情，让"真诚"和"爱"等美好的品质如同清泉一般，自然而然地从内心深处流淌出来。当我们以这种方式去生活、去行动时，我们才是真正遵循了内心的真实声音，而不是被外界的种种诱惑、压力或者所谓的标准所左右，从而能够在生活的舞台上跳出属于自己的独特舞步。

商业，作为现代社会中一个庞大而复杂的领域，其本质也隐藏着许多值得我们深入挖掘的内涵。从表面上看，商业活动似乎是围绕着满足人们的需求而展开的，各种产品和服务的提供都是为了满足消费者的某种需求。然而，当我们深入探究其核心时，会发现商业的本质并非仅仅是需求，而是恐惧。恐惧是需求的内在激发源，从某种意义上讲，那些看似以满足需求为目的，实则通过各种营销手段"贩卖"需求的商业行为，实质是在制造恐惧。商业世界中的广告、营销活动常常利用人们内心深处的恐惧，如对衰老的恐惧、对贫穷的恐惧、对不被认可的恐惧等，来创造出一种需求的假象。这种恐惧不仅催生了需求，还如同毒瘤一般滋生了攀比心理。在商业的浪潮中，我们看到无数的广告宣传不断地向人们灌输着一种观念：你需要更多、更好的东西才能跟上时代的步伐，才能获得他人的尊重和认可。于是，人们在这种恐惧和攀比心理的驱使下，不断地追求更多的物质财富、更高的社会地位，从而陷入了一个永无止境的消费旋涡之中，不断地为商业的运转提供动力。

孤独与繁华之间存在着一种充满诗意和哲理的奇妙联系。有些人会坦然地表示自己喜欢孤单，但却并不感到孤独。这种看似矛盾的感受背后，隐藏着对孤独与繁华这两种状态更深层次的理解。繁华，在常人眼中是热闹、喧嚣、充满活力的象征，然而在某种程度上，它也是孤独的一种表现形式。当繁华达到极致时，人们往往会在那看似热闹非凡的喧嚣之中，感受到一种深深的孤单。这种孤单并非是因为缺少陪伴，而是一种在人群中的心灵孤独。就如同在一场盛大的狂欢派对中，每个人都沉浸在自己的世界里，看似与他人共享欢乐，实则内心深处有着无法言说的孤独。相反，当孤单到了顶点时，又仿佛能感受到繁华的存在。这种繁华不是外在的热闹，而是内心世界的丰富与充盈。就像快乐与悲伤之间的关系一样，快乐的极致之处往往隐藏着"悲伤"的影子。当我们沉浸在极度的快乐之中时，可能会突然意识到这种快乐是如此短暂，从而引发一种淡淡的悲伤情绪。同样，局限与自由也是如此，最局限的地方蕴含着"自由"的影子。当我们身处极度的局限之中时，也许会更加深刻地理解自由的珍贵，从而在内心深处激发出对自由的强烈渴望。这是一种充满浪漫与深刻哲理的意识状态，它揭示了事物之间对立统一、相互转化的关系，如同阴阳两极，相互依存，缺一不可。

在对待时间和事物变化的观念上，我们常常被教导要"快"点，这反映了现代社会对效率、进步和发展的追求。然而，与此同时，我们又被要求要"慢慢"地去做事情。这种看似矛盾的要求，实际上蕴含着深刻的智慧。当我们慢到近乎停止的时候，我们就融入了整体，这个"慢"下来的过程也是我们变得"强大"的过程。在快节奏的现代生活中，我们总是忙碌地追逐着一个又一个目标，却很少停下来思考自己真正的方向。而"慢"下来则给予我们机会去深入观察、思考和感受，让我们能够更好地理解事物的本质，从而在内心深处积累力量。而且，我们眼中那些慢慢发生变化的事物，实际上都是瞬间发生的。只是由于我们头脑中线性思维的局限，产生了"等待"的概念。线性思维使我们习惯于按照先后顺序去看待事物的发展，认为事物是从一个状态逐渐过渡到另一个状态的。然而，事实上，一切的发生早已发生，所有的事物都是在刹那间瞬间涌现的。这就如同宇宙中的万事万物，在更高维度的视角下，它们的存在和发展是同时进行的，没有先后之分。这种观点挑战了我们传统的认知模式，促使我们从更宏观、更深刻的角度去理解世界的运行规律，让我们认识到我们所感知到的时间和变化，可能只是一种表象，而背后隐藏着更为复杂和神秘的宇宙秩序。

## 四十 | "虚度"时光与时刻学习

在现代社会的快节奏生活里，我们常常被各类事务和目标驱赶着不断前行。不过，有一种独特的状态值得我们细细品味，那便是能在时间的"流逝"中毫无顾忌地"虚度"。这种"虚度"并非消极的沉沦，相反，它蕴含着一种别样的浪漫。想象一下，在一个阳光慵懒的午后，你只是静静地坐在窗前，什么也不做，看着光影在地面上移动，思绪在脑海中自由飘荡。如果在这样虚度时光时你能感受到快乐，那么最有"意义"的并非仅仅是快乐的感受本身，恰恰是这种虚度时光的状态。这种状态打破了我们对"有意义"的常规定义，它并非建立在完成任务、达成目标或者获得物质收获的基础之上，而是一种对自我与时间关系纯粹的重新审视。

与之相对，在现代社会体系下，我们很多人一旦"一事不做"就会感到彷徨不安，这其实是一种被"驯化"的表现。我们被灌输了太多有关效率、成就和价值的观念，以至于停止忙碌时，内心就会涌起莫名的焦虑。就像在一个巨大的工厂里，我们被训练成按照特定节奏和模式运转的机器，一旦脱离这种运转模式，就仿佛失去了存在的依据。这种被"驯化"的状态让我们丧失了享受纯粹闲暇的能力，也难以真正理解那些看似"虚度"时光背后的价值。

从更深层次来讲，我们生活中的很多概念都是这样构建起来的。世上不存在完美的实体等待我们去发现，所谓的完美不过是我们对存在的完美诠释，是我们通过自己的认知、情感和价值观赋予周围事物完美的意义。同样，没有客观存在的奇迹现象，那些被我们称为奇迹的事情，实际上是我们对现象的奇迹诠释，比如一个普通的自然现象或者一个人的幸运经历，当我们以充满惊叹和敬畏的眼光看待时，它就成了奇迹。再者，没有固定不变的正确定义，只有对定义的正确诠释，像对错、善恶、美丑等概念，其界限会随着时代发展、个人信念等因素不断被重新诠释。这种对概念的重新诠释能力，是我们重新理解生活、打破被"驯化"状态、发现"虚度"时光价值的关键。

当我们认识到这些，或许就能在忙碌与闲适、被驯化与自由之间找到一种新的平衡。既能在必要时积极投身事务，又能在适当的时候毫无愧疚地享受虚度时光的浪漫，并用自己独特的视角去诠释生活中的各种概念，而非被既有观念束缚。

在渴望知识与学习成长的生活中，出现了很多人热衷于寻找优秀的老师来指导自己学习，这种现象非常普遍，大家似乎都认为有一位好老师是走向成功、获取知识的捷径。与此同时，也有不少人或机构试图定义什么样的老师是优秀的，或者传授寻找好老师的方法。例如，有人觉得学历高、教学经验丰富的老师就是好老师；有些机构会列出教学方法独特、善于因材施教等一系列标准。

然而，这种思维方式存在偏差。与其费尽心思寻找外在的老师，不如审视自己，问问自己能否始终保持一颗学习的心。这是一种极为关键的内在品质。当你真正拥有一颗时刻保持学习的心时，会惊奇地发现生活就像一个巨大的课堂，万事万物都在以自己的方式教导你。

无论是大自然中的山川河流、花鸟鱼虫，还是日常生活中的琐碎小事，都蕴含着无尽的智慧和启示。

如果仅仅把某个人或者某个特定的体制当作自己的老师，就很容易陷入局限的境地。因为一旦将某一事物视为权威，它往往带有排他性，这会限制你的视野，使你只能看到该权威倡导的观点和方法，而忽略其他同样有价值的知识和经验。但如果内心是开放且时刻准备学习的，就不会被这种局限束缚。你的心，一颗时刻保持学习与敞开的心，才是你真正独一无二的老师，它能接纳来自各个方面的信息，无论是新的还是旧的，无论是传统的还是创新的，都能成为你成长和进步的养分。

## 四十一 | 关于创新的思考

关于创新这个在现代社会不断被提及的概念，其内涵实际上比我们通常所理解的更为复杂。

从表面来看，多数被视作"创新"的情况表现为对"已知"的延伸与累积。这就如同搭建积木，使用的都是已存在的积木块，只是拼接方式有所不同。在这种情形下，创新似乎是对"过去事物"的抄袭，或者说是对旧事物的重新排列与组合。例如，在艺术领域，许多现代绘画风格是在传统绘画技巧和表现形式的基础上发展起来的，画家们把过去的色彩运用、构图方式等元素重新组合，创作出看似新颖的作品；在科技行业，新的电子产品往往是整合已有的芯片技术、软件功能等，从而形成新的产品形态。这些看似是创新，但从根本上说，仍然是在既有元素的范畴内进行操作。

然而，真正意义上的创新远非如此简单。真正的创新只有在对"已知"完全结束依赖时才会发生，这要求我们摆脱习惯性的思维路径和已有的知识框架。当我们过度依赖"已知"时，就像是在迷宫里沿着前人留下的标记前行，虽然可能找到出路，但很难发现全新的、未曾被探索过的路径。例如，爱因斯坦提出相对论时，跳出了经典物理学的限制，不再依赖传统的绝对时空观，这种创新并非是对已有物理知识体系的小修小补，而是对整个传统认知的彻底颠覆，从而开辟了物理学的新纪元。

深入探究创新的本质，我们会发现，要达成真正的创新，需要打破的并非仅仅是某一个固有的认知，而是头脑中支持这个认知的"系统"。每个认知都嵌于一个复杂的系统之中，这个系统包含文化传统、社会价值观、思维模式以及行业规范等诸多因素。以传统绘画艺术为例，如果想要实现绘画艺术的创新，仅仅改变绘画的风格或者技巧（某一个固有认知）是远远不够的。整个绘画艺术背后有着庞大的支持系统，包括传统艺术教育体系对绘画风格的传承、画廊和博物馆等艺术机构对绘画价值的评判标准，以及观众对绘画艺术的审美习惯等。只有全面打破这个系统，例如在现代艺术运动中，艺术家们挑战传统的艺术表现形式，打破画廊对艺术作品的单一展示模式，引导观众接受全新的艺术审美观念，才可能实现绘画艺术的颠覆式创新。而这种颠覆式的创新才是真正的创新，它能够彻底改变一个领域的发展方向。

但是，创新的道路布满了隐藏的陷阱。当我们意识到不能守旧并积极追求创新时，却很容易陷入新的"守旧"状态。这是因为在追求创新的过程中，我们往往会形成新的思维模式、行为规范或者技术路径依赖。例如在互联网行业，社交媒体在兴起之初是创新的社交模式，但随着时间推移，各个社交媒体平台逐渐形成固定的功能框架、用户交互模式和盈利模式。新的创业者如果只是模仿这些现有的模式，而没有深入挖掘用户新需求或者突破技术瓶颈，那么看似在追求创新，实则陷入了新的"守旧"。这表明创新不是一次性的行为，而是一个需要时刻反思和突破自我的持续过程。

值得关注的是，当我们处于自由且松弛的状态时，创新会自然地发生。在这种状态下，人们不会有刻意去"创新"的意图。此时，个体仿佛消融于整体之中，与周围的环境、文化、社会等元素融为一体，并且时刻处于一种全新的状态。在这里，创新不再是一种孤立的、需要努力达成的事件，而是自然地成为整体存在中的一种状态。这就好比在大自然中，生态系统的自我进化和发展，各种生物在生态系统中相互依存、相互影响，它们的变化和适应并非出于刻意的创新目的，而是在整个生态系统的动态平衡中自然地发生着。这种自由状态下的创新提醒我们，创新不仅仅是一种人为的、有意识的创造活动，还可以是一种与整体和谐共生、自然而然的存在状态。

创新是一个多维度的概念。我们既要突破对"已知"的依赖，打破支持固有认知的系统，避免陷入新的"守旧"，又要思考在松弛和自由状态下创新的特殊意义。这有助于我们在各个领域中更全面、更深入地理解和实践创新，从而为人类社会的发展带来更多的可能性。

## 四十二 | 多元生活中的人性矛盾

在人类的精神和情感世界里，存在着许多饶有趣味且充满矛盾的现象，这些现象揭示了人性的复杂与生活的多元性。

首先，人们对待"受苦"与"幸福"的态度呈现出鲜明的反差。人们对"受苦"往往抱有一种坚定不移的态度，似乎受苦是生命中一种既定且必然的经历。这是因为"受苦"在某种程度上更利于"维护自我"，在苦难的磨砺中，人们能够更加深刻地感受到自我的存在。每一次与苦难的对抗，都是对自我边界的一次探索和确认，让自我在困境中得以凸显。大部分人凭借自身的毅力能够克服困难，然而，当面对"幸福"时，人们却总是感到彷徨不安。幸福的降临打破了人们习惯的应对模式，它的易逝性和不确定性使人们内心充满担忧。在苦难中，人们习惯了通过奋斗来定义自己，而幸福的安逸往往让人们失去这种明确的自我认知方式，从而难以尽情地享受幸福。

人们对永恒和事物的始终持有一种矛盾的想法。人们总是向往永恒，永恒代表着一种理想的、永不消逝的状态。这种向往可能源于人类对稳定、不朽和终极美好的追求。无论是对爱情的期许，希望与爱人相伴永远；还是对生命意义的探索，渴望找到一种永恒不变的价值，永恒的概念在人类的精神世界里占据着重要的位置。然而，与此同时，人们却又期待事物有始有终。这一期待给生活带来了秩序感和节奏感。例如，我们希望一场旅行有明确的出发和到达，一个项目有开始的规划和最终的完成，一个故事有开头、发展和结局。如果所有事物都是永恒的，没有起点和终点，生活可能会变得单调、混乱且失去方向，就像一首没有节奏的乐曲。这种对永恒的向往和对事物有始有终的期待之间的矛盾，体现了人类内心对生活的复杂需求，既渴望持久的美好，又需要有序的变化。

同样，在人际交往中也存在着类似的矛盾心理。人们期望在别人身上看到真实和坦诚，真实和坦诚是建立深度人际关系的基石。我们希望与真诚的人交往，因为这样的交往能让我们感受到信任、理解和真正的情感连接。当他人展现出真实的一面时，我们会觉得他们更加可亲、可信。然而，矛盾的是，我们自己却害怕以真实与坦诚面对外界时不被喜欢。在社会交往中，我们常常担心自己的真实想法、情感或者缺点暴露后，会遭受他人的否定、批评或者排斥。所以，我们可能会隐藏自己的一部分，戴上各种面具来迎合他人的期待。这种矛盾的心理反映出人类在社交中的脆弱性和对他人认可的强烈渴望。一方面，我们追求真诚的人际关系；另一方面，我们又因为害怕失去他人的喜爱而不敢展现自己的真诚。

"如果没有影子，也就没有了世界"，这一观点蕴含着深刻的哲理。影子是世界的一部分，它与光明相对，象征着事物的另一面。有世界就必然存在影子，这意味着我们必须接纳那些生命中的"影子"，也就是生活中的负面部分。痛苦与快乐、失败与成功如同影子与光明一样相伴而生，只有接纳这些负面元素，我们才能完整地理解生活的全貌。拒绝承认影子的存在，就如同拒绝承认生活的多样性和完整性。

事物本质上不存在形式上的高低之分，差异只在于理解与诠释上的不同。不同的文化背景、个人经历和价值观会导致人们对同一事物产生截然不同的理解。例如，不同的艺术形式在不同的人眼中有着不同的价值评判，这并非是因为艺术本身有高低贵贱之分，而是由于人们的理解和诠释角度不同。我们需要以包容的心态以及更全然的视角看待多元的世界，接纳与我们不同的观点和不同的认知方式。

能全然接受被"帮助"是一种强大的表现，这一行为背后还代表了自己对外界的全然信任和敞开。在社会的普遍认知中，人们往往强调独立自主，将接受帮助视为一种软弱的表现。然而，真正强大的人明白人与人之间是相互依存的关系。接受帮助并非意味着自身的不足，而是一种积极利用外部资源、融入社会关系网络的智慧。当我们能够坦然接受他人的帮助时，我们展示出对他人的信任，也表明我们对自己与外界关系的积极态度，这种敞开的态度能够让我们更好地在社会中生存和发展。

不要仅仅执着于眼前的事物，而是要看见"看不见的"，这并非仅仅出于好奇，而是深度存在的需要。现代社会的快节奏和物质化倾向使人们往往将注意力集中在眼前的利益和具体事务上。然而，人类的精神世界有着对深度存在的追求，那些"看不见的"东西可能是生命的意义、精神的寄托或者是宇宙的奥秘。探寻这些深层次的内容，能够让我们超越表面的生活，使生命获得更为深刻的意义。

这些对人性与生活的思考，有助于我们更深入地理解自己和周围的世界，促使我们以更加包容、智慧的态度去面对生活中的各种境遇，在矛盾中寻找平衡，在复杂中发现智慧。

## 四十三 ｜ 人类发展中观念现象的思考

在人类发展的漫长进程中，存在着诸多微妙且深邃的现象与观念，它们如同繁星点点，散布于我们认知的苍穹之中，其中"无可取代"与"停滞"的辩证关系便值得让人思考。当一个人凭借自身的能力、经验或者成就，在某个领域或者某种状态下成为"无可取代"的存在时，表面上看这无疑是一种非凡的成就。例如那些在特定行业达到顶尖地位的精英，他们凭借专业知识、技能或者独特见解在同行中脱颖而出，成为众人仰望的对象。然而深入探究就会发现，这种"无可取代"可能潜藏着"停滞"的危机。一旦被贴上"无可取代"的标签，此人可能会陷入自我满足的陷阱，就像装满水的杯子，水满则溢，再也没有空间容纳新事物，无论是新知识、创新思维方式还是不同观念都会被拒之门外。而在这个瞬息万变的时代，知识不断更新、技术日新月异、市场需求变幻莫测，一旦停止接纳新事物，就等同于与进步绝缘。所以，我们必须时刻警惕这种危险，永远把自己当作"空杯子"，保持谦逊、求知若渴的态度。

"故事"这一古老且充满魅力的元素贯穿人类社会始终，在我们的生活中扮演着独特而复杂的角色。自人类文明曙光初现，故事就是传承文化、传递价值观的重要载体。对于"智者"而言，故事是他们手中锋利且灵活的工具。智者仿若技艺精湛的工匠，善于从故事中挖掘各种元素，通过巧妙组合和创新解读，创造全新模式来解决问题或引导事物发展。比如古代有些思想家，常引用历史故事或民间传说并赋予其新时代意义，从而激发人们的斗志，引导人们朝积极方向前进。而对于"愚者"来说，故事却成为禁锢思想的牢笼。愚者往往缺乏独立思考和批判性思维能力，对故事中的模式深信不疑，习惯按故事设定的框架思考问题、做决策并行事。他们没意识到每个故事都是特定历史时期和文化背景下的产物，盲目遵循故事模式就像列车在预设轨道行驶，永远无法偏离去探索新领域，最终被困在这种被创造的模式里，错失诸多发展机会。

在我们的生活中，累积是常见行为。人们往往倾向于积累各种物质财富，如金钱、房产和各种奢侈品，似乎拥有越多越有安全感。同时在精神层面，我们也热衷于积累知识、经验和荣誉。但我们必须清醒地认识到，所有会累积的东西都难以逃脱腐朽的命运，试想如果全世界都是你的，你还会有累积的意图吗？当你试图累积，本身就是与整体的分离。物质财富会在时间侵蚀下逐渐失去价值，房产可能因城市规划改变或自然环境破坏而贬值，奢侈品会随时尚潮流更迭被淘汰。在精神层面，过度积累的知识若不更新运用就会陈旧僵化，经验可能因环境变化不再适用，荣誉也只能代表过去的成就。而且，当我们从某个特定地方或方面过度累积时，就会在这个源头陷入匮乏状态。例如一个人若只专注于积累金钱，可能会忽略健康、人际关系和个人成长等重要方面，最终导致这些方面的匮乏，这不仅是物质或精神上的缺失，更是对生活全面性的破坏，使我们陷入失衡状态。

在探索自身与外界的关系时，如何处理自己的状态与外境发展之间的关系是一个至关重要的命题。外境的发展犹如汹涌澎湃、奔腾不息的河流，涵盖生活环境的变迁、科技的进步、文化的交融等诸多方面。而我们自身的状态就像河面上的一叶扁舟，需要在湍急河流中找到合适的位置和方向。当我们能够让自己的状态与外境发展达成和解并保持相对静止时，就达到了一种微妙且高级的平衡。这并不意味着停止成长或对变化无动于衷，而是要在内心深处建立一种稳定秩序，以应对外界的动荡不安。当达到这种状态时，对未知的恐惧就会像晨雾在阳光照耀下渐渐消散。我们不再被未知带来的不确定性困扰，因为已在内心与外界互动中找到和谐节奏，能从容不迫地面对新事物和变化，无论是新技术、新文化的冲击还是生活环境变迁带来的种种不安与恐惧，都能泰然处之。

　　"链接"这一概念在现代社会被广泛提及，在人际关系、社会结构和信息传播等方面扮演重要角色。然而深入剖析会发现，"链接"是一种更深层次的分裂。表面上，链接是积极行为，能让我们通过社交网络、商业合作或文化交流与他人建立联系，我们以个体为依托，伸出触角连接其他个体或群体，形成庞大的关系网络。但这种看似紧密的连接背后隐藏着分裂本质。因为我们本就是一个整体，人类社会是有机整体，自然界也是完整的生态系统。当强调个体间的链接时，实际是在强化个体存在，将整体分割成看似独立的部分。整体可自然分解出局部，如大自然划分不同生态区域、人类社会划分不同行业和群体，但局部要回归整体却困难重重。局部在强化自身链接过程中逐渐形成独特利益、观念和行为模式，这些因素使局部与整体产生隔阂，难以真正无缝对接。这种矛盾现象提醒我们，在追求链接的同时，要时刻保持对整体的敬畏和关注，避免过度追求个体链接而破坏与整体的和谐关系。

　　欲望，这一源于人性深处的力量，如同熊熊燃烧的火焰存在于我们的生活中。欲望与放下欲望都是一种状态，它们之间的关系复杂而微妙。"放下欲望"并非轻而易举之事，不是简单靠自我强迫就能实现的。许多人试图放下欲望时往往陷入误区，以为靠意志力压抑欲望就能达到目的，事实却恰恰相反，越是强迫自己放下欲望，欲望就像被压抑的弹簧反弹得更厉害。真正的"放下欲望"是一种由内而外的自然发生，就如同花朵在自然季节凋谢、落叶在秋风中飘落，是顺应自然规律的过程。当我们能以敏锐感知看到欲望正在呈现时，就能以更平和、自然的态度对待它，不再与欲望激烈对抗，而是静静观察、理解其内心根源，此时放下欲望就会成为自然而然的过程，像水流经山谷顺势而下，毫无勉强之感。

在人类的生命旅程中，追求是永恒的主题。无论追求物质财富、精神满足还是社会地位提升，我们总是在追寻的道路上不断前行。然而在人类的观念里，似乎没有真正意义上的"到达"终点，只有不断地"更到达"。这就像在没有尽头的道路上奔跑，目标似乎永远在远方，永远无法真正触及。但如果能以满足为基底去追求，这种追求就会更有力量。这里的满足不是消极地安于现状或对现状的妥协，而是对当下生活的珍惜。当我们在追求过程中能充分享受每个小成就以及每次进步，就能在这个基础上更从容地面对未来的挑战，不再被看似遥不可及的目标压迫，而是以积极乐观的态度拥抱追求过程，这种以满足为基底的追求就像一艘在茫茫大海中航行的船，即使面对汹涌波涛也能坚定前行，因为其根基稳固、动力源源不断。当我们可以用满足的状态融入追求之路上坚定前行，就能在路途中感受幸福的同时也追求卓越，平衡内心与外界，积极且有智慧的全然生活。

## 四十四 ｜ 对生命中诸多现象的深思

在生命的广袤领域里，存在着许多深邃而微妙的概念，值得我们深入探究。

首先，"能够偏离的是诠释，而不是发生"，这一观点指出发生是一种纯粹的客观存在，它独立于我们赋予的任何定义。发生只是发生，就如同时间的流淌，它不受我们主观诠释的左右，以一种自然而原始的状态存在着。例如，一朵花的盛开与凋零，这是一种发生，它不会因为我们如何定义它的美或凋零的哀伤而改变自身的进程。

生命中的一切发生都构成了一个相互辩证且有机的循环。"会过去的、会到来的、会拥有的、会离别的；从未过去、不曾到来、从未拥有、不曾离别。"这就像四季的更迭，春天的到来意味着冬天的过去，但从另一个角度看，冬天的气息似乎从未真正消逝，它的寒冷依然留存于记忆之中，而春天的生机也仿佛一直潜藏在大地之中，未曾有过真正的"到来"。我们对自身状态或者信念的感受也是如此，"是孤单的或自由的，是隐入尘埃的或充满宇宙的"，这种状态并非绝对的，而是在不同的情境和心境下相互转换的。

"信息没有保质期，永远是新鲜的，无论你何时收到它，都是整体此刻要让你知道的。"在当今信息爆炸的时代，我们常常担忧错过某些信息，但其实生命有着它独特的安排。每一条信息在它被我们接收的那一刻都是全新的，都带有当下这个整体想要传达给我们的意义。就像有时候我们偶然看到一本书中的某个句子，虽然它可能早已存在，但在那个瞬间却给我们带来了前所未有的触动，这就是信息在当下的新鲜性，也意味着生命中没有真正意义上的"错过什么"，一切的相遇都是恰到好处。

再看那些志向在宇宙之巅的人，"不会流连于路途中的奇妙星辰，他的目标坚定，宇宙之巅！"他们有着明确而宏伟的目标，在追求的道路上，不会被途中的小诱惑所干扰。然而，"宇宙之巅"在某种程度上也可视为"虚妄"，当一个人越是深刻地洞见这种"虚妄"，他反而越能无所畏惧地勇敢前行。这就如同在追求梦想的过程中，我们明白最终的目标可能只是一种理想的概念，但这恰恰会使我们向着它更为勇敢且坚定地迈进。

"我早已是漂泊本身，所以从未感到漂泊。"这是一种独特的生命状态，当我们将自己与某种状态融为一体时，就如同漂泊者与漂泊的生活合二为一，就不会再有漂泊的感觉。这种状态同样适用于悲伤、冲击、动荡等感受，当我们接受并成为这些感受的本身时，我们就超越了对这些感受的常规体验。

"我没有'享受'的意愿，但我有享受的状态。"这体现了一种超脱于刻意追求的自然状态。就像在生活中，我们可能没有预先设定去享受美食或者美景，但当我们置身于美食的品尝或者美景的欣赏之中时，仍然能够沉醉其中。这种享受是一种自然而然地发生，不需要有强烈的主观意愿去驱动。

"虚幻不能出离虚幻，认知不能脱离认知，自我又如何能释放自我？那么，就让虚幻来累积虚幻，用认知来定义认知，使自我来打破自我。"这是一种对自我和世界的深刻反思。在我们的认知体系中，往往陷入一种循环的困境，但如果我们换一种角度，利用这种循环的特性，让虚幻、认知和自我在内部进行一种特殊的运作，那么原本隐藏在背后"整体"的状态就会在这种看似矛盾的"返寻"过程中展现出来并绽放光彩。

"发生是头脑的效应，消融是累积的归宿。"每一个发生都在我们的头脑中产生影响，而我们在生活中不断累积的各种东西，无论是物质还是精神层面的，最终的归宿可能是消融。就像我们积累的知识，如果不加以运用和更新，最终可能会在时间的长河中渐渐失去其原本的意义，走向消融。

最后，"人们只是借由某个事物而产生贪恋，并不是贪恋这个事物，只是贪恋贪恋本身"。这揭示了贪恋这种情感的本质，它并非基于事物本身的属性，而是源于我们内心贪恋这种情感的倾向。同样，"伟大与渺小、幸福与困苦、瞬间与永恒，都只是在你的感受里"。这些看似对立的概念，其实并没有绝对的标准，它们的界定取决于我们内心的感受。例如，对于一个满足于简单生活的人来说，微小的事物中也能体会到伟大；而在困苦的环境中，若能保持乐观积极的心态，也能感受到幸福的瞬间。

通过对这些概念的剖析与思考，我们能更深刻地理解生命的本质以及我们与周围世界的关系，从而在生活的洪流中找到属于自己的平衡与方向。

## 四十五 | 对生命与存在的深度思考

生命，其实是一个复杂概念，在我们的认知中有着独特的内涵。"生命是由局限的认知所产生的感受的叠加"，我们对生命的理解往往受限于自身的认知范围。每个人的认知就像一个独特的滤镜，透过它，我们感知到的世界以及自身在世界中的存在都是经过这个滤镜加工后的结果。例如，一个在艰苦环境中成长且知识获取有限的人，他对生命的感受可能更多地与生存的挣扎相关；而一个生活优渥且接受过丰富知识熏陶的人，可能会从艺术、哲学等层面去构建对生命的感受。这些不同的感受层层叠加，共同构成了我们所认为的生命。

同时，生命也是"用一种认知去颠覆另外一种认知，并由此循环往复的过程"。人类的认知并非一成不变，随着我们的成长、学习和经历，新的认知不断涌现，挑战并改变旧有的认知。就像科学的发展历程，从地心说到日心说，从经典力学到相对论，每一次都是一种新的认知对旧认知的颠覆。在个体生命中同样如此，我们可能曾经坚信某些价值观，但在经历一些特殊事件后，这些观念发生了翻天覆地的变化，然后又在新的认知基础上继续发展，不断循环。

而所谓"命运"，它是"人类在头脑线性运动所产生'时间'的感受下，基于所累积认知总和的意识投射"。我们的头脑习惯以线性的方式去理解时间，从过去到现在再到未来，在这个过程中，我们根据自己积累的所有认知，在内心投射出一种对命运的感知。从线性的角度看，生命中的一切似乎都会过去，就像时间的长河中，每一个瞬间都转瞬即逝。然而，从整体的角度"看"，生命并不真实存在。这是一种极为抽象却又发人深省的观点。如果将生命看作一个整体，不局限于时间的线性流动，我们会发现生命就像一幅巨大的画卷，没有明确的开始和结束，所有的经历、感受、认知都是这幅画卷中的一部分，而所谓的实体感只是我们基于认知习惯所赋予的一种错觉。

"奇迹的并不是你如何存在，而是你竟然存在"，这是对存在本身的一种惊叹。在宇宙的浩瀚之中，人类的存在看似渺小而偶然。从宇宙的诞生到生命的演化，无数的巧合与条件相互作用，才使得我们能够存在于这个世界上。这一事实本身就充满了奇迹的色彩，让我们不禁对生命的存在意义进行更深入的思考。而"存在本身就是你生命的答案"，这一观点进一步强调了存在的重要性。与其苦苦追寻生命的意义，不如将目光回归到存在本身，珍惜当下的每一个瞬间，感受生命的真实与虚幻。

"恐惧"，在生命的诸多情绪中有着特殊的地位，它被视为"生命运动的第一驱动力"。恐惧源于我们对未知的担忧、对生存的本能保护以及对自身存在可能受到威胁的警觉。例如，原始人类对猛兽的恐惧促使他们寻找安全的住所、发展武器和防御工具，从而推动了人类社会的发展。从个体角度看，对失败的恐惧可能驱使我们努力学习和工作，以避免不良后果。然而，恐惧并非完全消极的，它在一定程度上是生命活力的一种体现，促使我们不断适应环境、改变自身。

快乐以及烦恼都是"生命中一种自然的情绪流动，并没有任何定义，也没有任何分别"。在生活中，我们常常追求快乐，逃避烦恼，但实际上，它们都是生命情绪的一部分。快乐可能源于一次小小的成功、与朋友的欢聚，烦恼可能来自工作的压力、人际关系的矛盾。然而，这些情绪并没有本质上的高低贵贱之分，它们只是在生命的长河中自然地流淌。如果我们能够以一种平等的心态去看待它们，不被快乐冲昏头脑，也不被烦恼所困扰，就能更好地体验生命的完整。

"每个人都活在相同物质世界中的不同精神空间里"。尽管我们共享着同一个物质世界，如共同的地球环境、相似的社会结构等，但每个人的精神世界却千差万别。这取决于我们的个人经历、文化背景、教育程度等因素。例如，艺术家可能生活在充满想象和创造力的精神空间里，他们对世界的感知更多地与美和艺术表达相关；而科学家可能更多地沉浸在逻辑推理和对自然规律探索的精神空间中。这种差异使得每个人对生命、命运和情绪的体验都独具特色。

在生活的过程中通过关于对生命、命运和情绪的观点的深入探讨与思考，我们能够更加全面地理解人类自身的存在以及生命的本质，从而以更加豁达和智慧的态度面对生活中的种种境遇与一切发生。

## 四十六 | 不被完美羁绊的生命之旅

生命，犹如一场没有明确方向的旅行。它不像一场规划好路线的自驾游，有着精确的导航和清晰的目的地。它更像是漫步在一片广袤无垠、充满未知的荒野，每一步都可能通往截然不同的方向，每一个转角都隐藏着意想不到的惊喜或者挑战。如果有一个神奇的按钮，能让我回到生命的起点重新再来一遍，我会毫不犹豫地再次踏上这相同的旅程。这并非是一种盲目的固执，而是对生命独特体验的深刻领悟与珍视。每一个在记忆中深刻的地方，无论是跌倒的角落还是流连的美景，都像是生命这本书里不可或缺的章节。那些曾经让我跌倒的地方，是生命给予我的特殊磨砺。每一次的跌倒，都伴随着疼痛与挫败感，就像在黑暗中突然掉进了深坑，一时间找不到方向。但正是这些跌倒，让我学会了如何在困境中寻找支撑，如何在迷茫中重新审视自己的步伐。再次选择同样的旅程，就意味着我愿意再次面对那些摔倒后的疼痛，因为我深知，每一次从跌倒中站起来，我都变得更加坚韧，更懂得如何应对生活中的坎坷。这就如同凤凰涅槃，在烈火的洗礼下重生，变得更加璀璨。而那些让我流连的地方，是生命中的温柔港湾。或许是一片宁静的花海，微风拂过时花朵轻轻摇曳，散发出醉人的芬芳；或许是一个古老的小镇，青石板路诉说着岁月的故事，街边的小店弥漫着温暖的烟火气。在这些地方，时间仿佛凝固，我沉醉在美好的氛围中，心灵得到了片刻的宁静与滋养。我愿意再次在同样的地方流连，去重新感受那份美好，去重温那些让灵魂得到慰藉的瞬间。在这场独特的生命之旅中，我会继续坚定地前行。哪怕前方依旧是迷雾重重，哪怕不知道下一个路口会通向何方，我都不会停下脚步。因为生命的意义不在于到达某个预设的终点，而在于途中的经历与成长。每一次的跌倒与流连，都是旅程中的宝贵财富，它们构成了我生命的丰富画卷，让我成为独一无二的自己。

在生命的旅程中，我们不要被所谓"虚假"的完美所羁绊。真正的生命就是要肆意且勇敢地奔向"错误"。这种"错误"并非真正意义上的错，而是打破常规、挑战既定认知的勇敢尝试。如果总是追求那看似完美无缺的路径，我们就如同被圈养在精致笼子里的鸟儿，失去了探索广阔天空的自由。你看那飞蛾扑火，在大众眼中那是一种错误，但对于飞蛾而言，那是它对生命极致绚烂的追求。飞蛾若是害怕那火焰，不敢纵身涌入，又怎能让自己短暂的生命绽放出惊心动魄的绚丽呢？这便是一种对生命极致的追求，一种抛开虚假表象的真实。我们也要有这样的勇气，摆脱虚假完美的束缚，去经历那些不被看好却充满无限可能的事情。

我们的内心世界有着一种独特的运行机制，那就是人们往往只是被他们自认为能够治愈自己的事物所"治愈"。这一现象的背后，是我们的观念在起着主导作用。拿阅读这件事来说，有些人觉得在一本好书的世界里遨游能够治愈自己内心的疲惫与迷茫。书籍本身只是由纸张、文字组成的一种载体，然而当人们翻开书页，沉浸其中时，仿佛进入了一个全新的世界。这是因为他们内心秉持着一种观念：书籍中蕴含着智慧、力量和情感慰藉，可以启发自己、舒缓压力。正是这种观念让他们在阅读过程中感受到治愈，并非书籍本身有什么超自然的魔力，而是观念赋予了阅读这种治愈的效果。从更广泛的角度看，世间万物，无论是一次温暖的拥抱、一次美丽的旅行，还是一顿丰盛的美食，它们之所以能成为"治愈"的元素，都是因为人们的观念将其视为治愈的来源。所有的这些发生与存在，不过是观念的载体罢了。同理，人们也只是被自己认为能够阻碍自己的事物所"阻碍"。在追求梦想的道路上，很多人会觉得外界的批评是一种巨大的阻碍。可实际上，批评只是他人表达的一种观点。有些人能把批评当作成长的动力，而那些觉得被批评阻碍的人，是因为他们内心存在一种观念：批评意味着否定，否定意味着失败的前奏。于是，这种观念使得批评成为他们前进道路上难以跨越的障碍。再比如，在学习一门新语言的过程中，有人觉得缺乏语言环境是最大的阻碍。然而，许多人在没有理想语言环境的情况下通过各种方式也学好了语言。所以，并非缺乏语言环境本身阻碍了学习，而是他们心中将语言环境视为不可或缺的成功要素这一观念造成了阻碍。

观念如同一个滤镜，决定了我们如何看待世界。如果我们能觉察到观念对我们的影响，积极调整那些可能限制我们的观念，那么我们就有可能重新定义那些所谓的"治愈"和"阻碍"。

## 四十七 │ 关于生命观点的沉思

在生命的漫漫征途中，无数人在内心深处都设定了一个方向或者憧憬着一个期待的结果。他们从生命的起点毅然出发，目光坚定地望着那遥远的终点，就像航海者望着海平面上若隐若现的陆地。然而，在这从起点奔赴终点的漫长过程里，迷茫如同阴影般悄然笼罩着他们。这种迷茫并非毫无缘由，他们常常在前行的道路上不知所措，不清楚到底该采用何种方法、遵循何种路径才能顺利抵达目的地。而且，他们内心深处还时刻潜藏着对能否到达目的地的怀疑，这种不确定性就像一片阴霾，使得他们在生命的旅程中举步维艰。

这就好比一个行者站在错综复杂的迷宫入口，虽然心中有一个明确的出口方向，但面对迷宫中无数条看似相似的通道，却陷入了两难的境地。每一条通道都充满了未知，也许其中一条通向目标，也许会在中途陷入死胡同。这种对未知路径的恐惧和对能否成功的担忧，让他们在生命的进程中不断徘徊、犹豫，消耗着自己的精力和热情。

然而，与这种普遍的迷茫不同，有智慧的人呈现出一种全然的迷茫状态。这是一种超越常人理解的境界，这种迷茫并非源于对未知的恐惧或者对方向的迷失。恰恰相反，正是因为他时刻保持着全新的状态，他的心灵如同澄澈的湖水，每一刻都能映照出世界最真实的模样。

他不会被过往的经验所羁绊，过去的成功或失败在他眼中不过是过眼云烟，不会成为他判断当下的依据。他也不会被既定的观念所束缚，不会固执地认为事情就应该按照某种模式发展。

他像是一个永远的探索者，在生命的每一个瞬间都像初次踏入这个世界一样充满好奇。他对周围的一切变化都保持着开放的态度，无论是突如其来的机遇还是意想不到的挑战，他都欣然接受。他不会按照预设的剧本去生活，而是让生命自然地流淌，每一个新的时刻对他来说都是一次重新开始的机会。这种看似迷茫的状态，实际上是一种对生命最深层次的领悟和接纳，是一种超越常规认知的智慧。

生命就像是一场梦，这个比喻充满了神秘而深邃的哲理。梦是一种虚幻而又无比真实的存在，它的边界模糊不清，充满了无限的可能性。在生命的这个宏大梦境里，我们可以尽情肆意地去体验。每一个场景、每一个情节都是生命给予我们的独特馈赠。我们可以在这个梦中感受到爱情的甜蜜，如同置身于繁花似锦的花园，每一朵花都散发着醉人的芬芳；我们也能体会到友情的温暖，就像在寒冷的冬夜，与友人围坐在炉火旁分享故事的温馨。

而且，我们不必担忧在这个梦中会遭受真正的损失。因为梦终究是梦，当我们从睡梦中醒来时，我们依然完好无损。同样，当我们从生命这场大梦中醒来，无论是曾经经历的痛苦磨难，还是那些令人陶醉的欢乐时光，都不会给我们带来实质性的伤害。它们只是生命旅程中的一个个印记，是我们灵魂成长的见证。所以，我们可以放下心中的重重顾虑，像一个无畏的冒险者一样，全身心地投入这场生命之梦中，去勇敢地追逐每一个瞬间的美好与感动。

生命还是一场"感受的游戏"。在这个独特的游戏里，得失的概念常常像幽灵一样缠绕着我们。一旦我们认可了其中的得失，就如同给自己的生命套上了沉重的枷锁。比如，当我们过度在意得到的物质财富时，我们会为了追求更多的财富而疲于奔命。我们可能会为了保住已经得到的财富而变得小心翼翼，生怕失去一丝一毫。我们的内心被对财富的渴望和担忧所填满，从而忽略了生命中其他更重要的东西，如健康、亲情和内心的宁静。

同样，当我们对名誉地位的得失耿耿于怀时，我们的心灵也会被这种情绪所束缚。我们会为了维护自己的名誉而压抑自己的真实感受，为了追求更高的地位而不择手段。一旦失去名誉或者地位，我们可能会陷入深深的痛苦和绝望之中。这种对得失的过度关注，让我们的生命变得狭隘而沉重。

然而，如果我们能够把生命看作一场纯粹的感受游戏，不被得失所左右，那么我们就能够以一种更加轻松自在的态度去面对生命中的各种境遇。无论是得到一份意外的惊喜，还是遭遇一次意想不到的挫折，我们都能坦然接受。得到时，我们感恩生命的馈赠，把它当作一次美好的体验；失去时，我们也不抱怨，而是把它视为生命给我们的又一次成长机会。在这个游戏里，我们的关注点不再是结果的得失，而是过程中的感受，每一种感受都是生命的一部分，都值得我们去珍惜和品味。

这三个关于生命的观点，从不同的维度向我们揭示了生命的本质。我们需要学习有智慧的人的那种全然的迷茫，以一种空灵而开放的心态去面对生命中的未知；尽情地在生命之梦中体验，不被恐惧和担忧所束缚；并且摆脱得失对我们的枷锁，以一种更加豁达、自由的态度去对待生命，去感受生命中的每一份馈赠。只有这样，我们才能真正领悟生命的真谛，在生命的旅程中找到属于自己的方向，实现灵魂的成长和升华。

## 四十八 | 与未知共处的智慧

在生命的漫漫长路中，我们每一个人都无可避免地被外界的"期望"和内心深处的"恐惧"所羁绊，仿佛被重重的"生命枷锁"捆住了手脚，失去了自由舒展的可能。这些外界的期望，可能来自家庭、社会或者文化的传统观念，它们如同一张张无形的网，将我们笼罩其中，让我们在不知不觉中按照别人设定的模式去生活。而内心的恐惧，像是隐藏在暗处的幽灵，随时可能跳出来吞噬我们的勇气，它可能源于对失败的担忧、对改变的抗拒或者对未知的莫名害怕。然而，在这样的困境下，我们必须鼓足勇气，像勇士一样去冲破这些枷锁。

生命恰似一场波澜壮阔的游戏，而勇敢就如同我们在这场游戏中的坚实"载体"。在这个游戏世界里，布满了形形色色、难易各异的关卡，这恰似生命旅程中遇到的各种挑战与机遇。有的关卡看似简单，实则暗藏玄机；有的关卡困难重重，仿佛难以逾越的高山。我们需要勇敢地去面对每一个关卡，不逃避、不退缩。而且，我们还要学会以一种松弛的游戏状态来对待生命。这种松弛并非漫不经心或者不负责任，而是一种超脱于紧张与焦虑之外的豁达。在游戏中，我们不会因为一次失败就放弃整个游戏，同样，在生命里，我们也不要因一时的挫折而一蹶不振。

有一种勇敢，是毅然决然地抛弃对已知的所有依赖，坚定地朝着未知的前方大步迈进，不再频频回顾过去。过往的经验、习惯的模式、既得的成果，这些已知的东西就像温暖的港湾，给予我们安全感，但也可能成为我们前进的羁绊。很多时候，我们因为对未知充满恐惧，所以总是拼命地在已知的范围内寻找安慰。我们害怕一旦离开熟悉的领域，就会陷入茫然失措的境地。然而，真正的成长与突破恰恰在于勇敢地离开这个舒适区，向着未知的广阔天地进发。就像探险家离开熟悉的陆地，驶向茫茫大海，虽然前方充满了不确定性，但也正是这种不确定性蕴含着无限的可能。

　　真正的勇敢并非仅仅是有胆量去对抗前方看似的"危险"，它有着更为深刻的内涵。勇敢是要超越线性思考的狭隘模式，不再局限于单一的因果关系或者固定的思维路径。我们需要从整体上去了知事物，如同站在高山之巅俯瞰大地，将万事万物视为一个相互关联的整体。当我们能够这样做时，我们就能全然地与未知和平共处，达到一种内心淡然的境界。在这种境界里，未知不再是令人恐惧的黑暗深渊，而是充满希望与惊喜的神秘宝藏。

　　"永远"不会有人能够完全了解你，这是一个深刻而又略带孤独的事实。即使是与我们朝夕相处的亲人、朋友，他们所看到的也只是我们的一部分。而我们自己，尽管与自己相处的时间最长，但也无法彻底洞悉自己内心深处的每一个角落。生命的本质是"时刻全新"的，每一个瞬间都是独一无二的，我们的思想、情感和经历都在不断地发生变化。这就意味着我们永远无法确凿无疑地说出自己真正想要的是什么。今天我们渴望的东西，明天可能就会变得索然无味；曾经视若珍宝的事物，在经历了一些事情之后，可能就会被我们轻易地放下。这种不确定性虽然会让我们感到迷茫，但也正是生命的魅力所在。

生命犹如一曲动人心弦的"赞歌"，每个人的生命都有着独属于自己的律动旋律。这旋律是由我们的性格、价值观、梦想以及无数的生活经历共同谱写而成的。它可能是激昂澎湃的，如同汹涌的海浪冲击着礁石；也可能是轻柔舒缓的，恰似微风轻轻拂过平静的湖面。我们在自己的旋律中舞动，每一个音符都是生命的印记。

　　当我们深入思考生命的"意义"时会发现，任何生命的"意义"都是基于过往的"已知"构建起来的"概念系统"。这些概念系统就像一个个框架，将我们对生命的理解限制在一定的范围内。哪怕那些看似更为先进的观点，也不过是另一个"概念系统"罢了。从这个角度看，生命的历程仿佛是从一个定义奔向另一个定义的过程。我们在不同的阶段，根据自己的认知和体验，赋予生命不同的意义。然而，在这个过程中，我们不能被这些概念系统所束缚，要勇敢地挣脱束缚，以开放的心态去接纳未知。只有这样，我们才能让自己的生命之歌更加丰富多彩，让每一个音符都跳跃着自由与活力的火花，让我们的生命在勇敢的探索与追求中绽放出最绚烂的光彩。

## 四十九 | 从有意义到有趣的生命旅程

生命，这个宏大而神秘的概念，一直是人类不断探索和思考的主题。在深入探究的过程中，我们不得不直面一个极具颠覆性的观点：生命本身是没有意义的。这一观点挑战了我们长久以来的固有认知，因为在日常的观念里，意义仿佛是生命的核心与目标。然而，仔细剖析便会发现，我们所说的意义，大多是在分别与对比的框架下才得以存在的。就像黑暗与光明相对，善恶相互映衬一样，意义是在这种对比性的认知过程中被人为赋予的。我们常常忙于在这个纷繁复杂的世界中寻找生命的意义，却未曾意识到，自身存在这一简单的事实，其实就是生命最为宏大的意义所在。我们每一个个体的存在，就如同宇宙中的一颗独特星辰，其本身的存在无须任何附加的解释，就已经是一种无与伦比的价值体现。

使命感，这个在许多人眼中充满崇高感的概念，从一个更为深邃的视角去审视，却可能是一种深度的自欺。它往往是头脑在按照线性逻辑进行活动时的一种"自我维护"机制。我们的头脑倾向于为自己的行为和存在找到一个合理的、具有某种伟大目标的解释，于是使命感便应运而生。然而，真实的存在状态仅仅是存在本身，它先于任何我们所定义的意义。并且，这种关于存在与意义的关系并非简单的线性逻辑可以解释的。整体的概念并非线性的，不存在绝对的先后顺序。

意义，从本质上讲，是认知活动创造出的一种定义，它如同一张无形的网，是我们的思维在理解世界的过程中编织出来的。同时，这种创造又是一种幻化的真实，它既源于我们的主观认知，又似乎有着某种超越个体认知的神秘性，如同我们身处一个充满梦幻泡影的世界，这些泡影看似虚幻却又实实在在地影响着我们对世界和生命的理解。

当我们真正能够深刻而真实地意识到生命的本质是没有意义的时候，我们的生命才开始真正地富有意义。这看似矛盾的表述背后，隐藏着深刻的生命智慧。当我们不再被传统意义上那些既定的、外在赋予的意义所束缚，不再将自己的生命价值寄托于某个特定的目标或者概念之上时，生命便如同挣脱了枷锁的飞鸟，获得了一种全新的自由与活力。这种自由让我们能够以一种更加本真的状态去体验生命的每一个瞬间，去感受生活中的点滴美好，去探索那些被我们忽视的角落。此时，生命的意义不再是一个遥远的、需要苦苦追寻的目标，而是融入生命的每一个细微之处，每一次呼吸、每一个微笑、每一次思考都成为生命意义的一部分。

在生命的舞台上，情绪也是一个不可或缺的角色。稳定的情绪，它不是一种简单的情绪状态，而是一种没有"分别"的情绪境界。这种境界并非通过艰苦的坚守某种规则或者刻意的训练就能够达成的。它源于一种对世界本质的深刻洞见，当我们能够看透世间的一切都是一场虚妄的时候，当我们不再执着于那些看似"必须"的事物时，稳定的情绪便如同破晓的曙光，自然而然地在我们的内心深处展现出来。例如，在日常生活中，我们常常会因为对某些事物的执着而产生情绪的波动，可能是对财富的过度追求，对名誉的执着渴望，当我们认识到这些追求在本质上如同梦幻泡影时，我们对得失的计较就会减少，情绪也会随之变得更加稳定。这种稳定并非麻木或者冷漠，而是一种超越了世俗分别心的宁静与平和，让我们能够更加从容地应对生活中的各种挑战。

相较于执着地追求生命的意义，我们或许更应该将精力放在让生命变得更加有趣这件事情上。有趣，它是一种源自内心深处的连接，是一种与世界、与他人、与自我的灵动互动。它不同于意义，意义更多的是头脑在理性分析和逻辑思考后寻求的答案，往往带有一种冰冷的、公式化的感觉。有趣则是充满活力和温度的，它可以是一次与陌生人的奇妙邂逅，一场毫无准备的冒险之旅，或者是对一种小众爱好的深度探索。当我们专注于让生命变得有趣时，我们会发现生活中充满了无数意想不到的惊喜和美好，这些瞬间如同繁星点缀在生命的长河之中，让生命焕发出别样的光彩。

另外，当我们的认知"停滞"在生命是有"规律"的这种观念上时，从某种意义上说，我们的生命从未真正地"开始"。生命的本质是自由的，这种自由不是简单的随心所欲，而是一种更为深刻的"时刻全新"的状态。每一个瞬间都是独一无二的，不受固定规律的完全束缚，就像河流中的每一滴水，虽然都遵循着重力的规律流淌，但每一滴水的轨迹、形状和它所蕴含的故事都是独特的。我们应该打破对规律的刻板认知，不再将生命看作是按照某种既定程序运行的机器，而是要去拥抱生命的自由与不断更新的本质。只有这样，我们才能真正地踏入生命的旅程，去体验生命的无限可能，去书写属于自己的独特生命篇章。

## 五十 | 生命的重生与坍塌

在生命的宏大叙事中，我们常常发现自己深陷于自己所构建的标准和模式之中。这些标准和模式，像是我们为自己精心打造的牢笼，限制了我们的视野，束缚了我们的行动。我们习惯于按照这些既定的方式去生活、去思考，却很少意识到，它们正逐渐消磨我们生命的活力。此时，我们迫切需要一种决绝的勇气，那就是让认知中的自我死去，让那些禁锢我们的标准和模式死去。这并非是一种对生命的放弃，而是一种对生命更深层次的觉醒与重塑。

每一个让旧我死去的瞬间，都如同打破了一层厚重的茧壳，让我们能够在生命的每一个"瞬间"都成为新生。这种新生不是简单的时间上的更迭，而是一种灵魂深处的蜕变。每一个新生的瞬间都蕴含着无限的可能性，它是一种对过去的超越，是向着未知领域勇敢迈出的一步。就像春天里破土而出的新芽，它们不受过去寒冬的束缚，以一种充满生机的姿态迎接新的世界。每一个这样的瞬间，都如同在生命的画卷上绘下了一抹独特而绚烂的色彩，使得我们的生命之旅充满了惊喜与希望。

生命的轨迹犹如一个神秘而又充满诗意的循环。人们诞生于一种纯粹的"未知"状态，那是一种如混沌初开般的纯净。在这个初始阶段，世界对于我们来说是一个巨大的谜团，充满了无尽的可能性。我们的心灵如同一张白纸，没有被任何既定的观念和经验所沾染。随着时间的推移，我们开始在生活的海洋里遨游，逐渐进入"已知"的领域。我们在成长的过程中，不断地学习知识，积累经验，形成各种各样的观念和价值体系。学校的教育、家庭的影响、社会的规范等诸多因素，都在不断地填充我们的认知宝库。

然而，生命的本质却在冥冥之中召唤着我们再次回归"未知"。生命的本质是自由的，这种自由如同天空中飘荡的白云，不受任何固定形状的束缚。而自由的本质恰是未知，未知是一片广袤无垠的天地，没有既定的路线，没有预设的结局。当我们放下对已知的过度依赖，不再将自己局限于已有的经验和观念时，我们就像勇敢的航海者，扬起探索的风帆，驶向那充满未知的浩渺海洋。在这个过程中，我们可能会遭遇风暴，可能会迷失方向，但每一次的挑战都是一次成长的机遇，每一次的迷茫都是对未知更深入探索的前奏。

"我"这个概念，在生命的长河中，正以"存在"的方式不可避免地走向"消亡"。"我"是一个复杂的存在，包含着我们的身份、个性、记忆等诸多元素。从我们出生的那一刻起，"我"便开始了它的存在之旅，但随着时间的流逝，身体会逐渐衰老，思想会不断变化，曾经的记忆也会渐渐模糊。这是生命的自然规律，是不可抗拒的命运。然而，当我们能够从自我的视角中出离出来，以一种全然旁观的视角去看待自己以及周围的一切时，我们将会获得一种深刻而独特的洞见。

这种旁观视角就像是站在云端俯瞰大地，我们能够看到自己如同茫茫宇宙中的一粒微尘，渺小而又独特。从这个角度出发，我们会发现消亡本身其实就是一种存在的形式，而存在之中也天然地蕴含着消亡的因素。生死并非绝对对立的两极，而是如同昼夜交替般自然的循环。例如，一朵盛开的花朵，它在绽放的那一刻是最美的存在，但随着时间的推移，花瓣会逐渐凋零，花朵走向消亡。然而，花朵的凋零并非毫无意义，它的花瓣会融入泥土，成为滋养下一季生命的养分。这就是消亡转化为存在的一种体现，而花朵盛开时的美丽也预示着它未来的消亡。

我们在永恒不变的变化中虚无地存在着。这个世界看似稳定，实则充满了无尽的变化。这种变化是永恒的，就像宇宙中的星辰，它们在不断地运动、演变，从诞生到毁灭，再到新的诞生。我们身处于这个永恒变化的世界之中，就像在湍急的河流中漂浮的树叶，看似随波逐流，实则也在经历着自己独特的命运。这种"虚无"并非毫无意义的空无，而是一种超越常规理解的存在状态。它让我们意识到，我们所认为的坚固的现实，其实是在不断变化的基础上构建起来的。

活着，其实就是"生"与"死"的叠加态。这打破了我们对生命传统的二元认知。从生理层面来看，我们的身体无时无刻不在经历着新陈代谢，细胞不断地新生与死亡。每一天，旧的细胞死去，新的细胞诞生，这一微观的过程如同"生"与"死"的持续交替，构成了我们宏观上活着的状态。新生的细胞带来活力，让我们能够成长、修复损伤，而死去的细胞则是生命进程中不可避免的舍弃。这种微观的叠加态在宏观上表现为我们的身体机能随着年龄增长而产生的变化。从幼年的生机勃勃到老年的逐渐衰弱，"生"与"死"的力量在我们的肉体上持续博弈。

从心理和精神层面而言，我们也处于"生"与"死"的叠加态。我们的认知、信念、情感等都在不断地演变。曾经坚信不疑的信念可能会崩塌，这在某种意义上是一种"死"，而新的观念和信仰在废墟上重新建立起来，则是一种"生"。例如，一个人在遭受重大挫折后，可能对生活失去希望，他原有的积极乐观的心态"死去"了，但经过一段时间的自我反思和成长，他可能重新获得对生活的热爱，一种新的、更坚韧的精神状态"诞生"了。

而活着又是一种从整体的坍塌中所产生的体验。这里的整体可以是我们构建的关于自我、世界或者某个特定体系的认知。以自我认知为例，我们可能在某个瞬间突然发现自己一直以来所追求的东西其实毫无意义，这种发现会导致我们自我认知的整体坍塌。原本以为自己是为了某种伟大的目标而活着，如追求功名利禄，当意识到这些不过是虚幻的表象时，我们的内心世界会发生巨大的震动。这种坍塌可能会带来迷茫、痛苦，但同时也是重新审视生命的契机。在面对这种"生"与"死"的叠加态以及整体坍塌的体验时，我们需要学会适应这种生命的本质。我们不应恐惧变化，无论是身体上的新陈代谢，还是心理层面的"生"与"死"交替。相反，我们应该把每一次的坍塌看作成长和重生的机会，以更加包容和积极的态度去对待生命中的各种体验，从而更好地理解生命存在的真正意义。

## 五十一 | 关于生命轮替与寻求的思考

在生命那浩渺无垠的长河之中，死亡宛如一座横亘在前方的必然之峰，是一个无法被忽视且不可回避的重大话题。它就如同昼夜交替的必然循环，白天过后黑夜总会来临；又似四季更迭的不变规律，春夏秋冬依次轮替，死亡是整体的一部分，是命运为每个人都安排好的归宿，必然会降临到我们每一个人的身上。

而深入思考时，会发现一个令人大为震撼且发人深省的观点：造成死亡的最根本原因竟然是出生。初听之下，这一观点似乎完全违背了我们日常的认知逻辑，显得有些荒诞不经。然而，当我们静下心来仔细剖析时，就会发现其中蕴含着极为深刻的哲理。出生，就像是开启了一场盛大而不可逆的生命之旅的大门，一旦踏入，就如同踏上了一条单行道，无论途中风景如何变幻，最终都必然走向死亡的终点。所以，从这个独特的角度来看，出生与死亡恰似因果关系中紧密相连的两端，出生成了死亡的开端，二者之间有着千丝万缕、不可分割的联系。

不过，如果我们能够挣脱头脑中那种线性的、狭隘的思维模式的束缚，尝试从一种更为宏观、整体的视角去重新审视生死的概念，就仿佛推开了一扇通往奇妙世界的大门，眼前会呈现出一幅截然不同且令人惊叹的景象。在这种整体的视角之下，生与死的界限不再像我们平时所感受到的那样清晰明确，反而变得模糊不清起来。甚至我们会有一种奇特的感悟，发觉自己好像从未在真正意义上经历过所谓的"生"，也未曾有过确凿无疑的"死"。在这种宏观的、超越日常感知的视角下，生与死并不像我们习以为常的那样真实存在，它们更像是一种概念上的构建。可是，当我们把目光聚焦到微观层面时，却又能发现无数个生与死的过程正在同时发生着。就如同细胞的新陈代谢这一微观世界里的奇妙现象，在我们身体的每一个角落，每一个细胞都在不断地进行着新生与死亡的交替过程。新的细胞诞生，带来新的活力与功能，旧的细胞则逐渐衰老、凋亡，这无数微观层面的生死交替过程如同涓涓细流汇聚成河，共同构建起了我们在宏观上看起来相对稳定的生命状态。

每一个人自诞生之日起，就注定要在未来的某个时刻与死亡相遇。然而，令人惋惜的是，在现实生活中，并非每个人都能够以一种充满"勇敢"的姿态去度过自己的一生。既然死亡是我们无法逃避的最终归宿，如同夜空中星辰的陨落，无论多么璀璨最终都会消逝，那么我们就更应该珍视生命中的每一个转瞬即逝的时刻。每一个瞬间都是独一无二的存在，就像夜空中独一无二的流星划过天际，它们都有着不可复制的价值，值得我们用全部的身心去感受、去体验。我们应当像勇敢的航海者在变幻莫测的大海上乘风破浪一样，以更加勇敢无畏、更加精彩绚烂的方式去经历生命中的各种境遇。

从另一个独特的视角来看，死亡并不仅仅意味着生命的简单终结，它更像是一次对"自我"的深度更新。就如同蛇蜕皮一般，每一次蜕皮都是蛇舍弃旧的、限制自身成长的外皮，从而为新的成长和变化腾出足够的空间。在生命的历程中，当我们能够放下过去那个陈旧的自我，以一种豁达和开放的心态去迎接一个全新的自我时，这里面蕴含着一种巨大而又难以言喻的自由。这种自由就像是一只挣脱了牢笼的飞鸟，能够在广阔的天空中自由翱翔。每一次放下旧我，就如同经历了一次小小的"死亡"，而每一次迎接新我，又恰似一次新生，这使得我们的生命在每一个时刻都充满了新鲜的活力，每一刻都宛如一个全新的开始，仿佛每一次呼吸都能感受到生命焕发出的新的光彩。

时间，如同一条奔腾不息的江水，永不停歇地向着死亡的方向汹涌流淌。如果我们承认时间的流逝并非一种虚幻的假象，那么我们就必须清醒地认识到，每一个人最终都要直面死亡这一残酷的现实。随着时间的车轮不停地转动，每一分每一秒的悄然消逝，都在无情地将我们向死亡的彼岸推进一步。然而，既然死亡是不可逃避的命运，就如同黑夜总会降临一样确定，那我们还有什么理由去心怀恐惧呢？这种对死亡必然性的深刻认知，应当成为我们勇往直前的强大动力源泉，驱使我们在生命的旅途上如同英勇无畏的战士在战场上横冲直撞一般，毫无畏惧地向前冲去，尽情地挥洒生命的无限活力，让生命绽放出最耀眼的光芒。

此外，在我们对生命进行探索的漫长旅程中，常常会不自觉地陷入一种寻求的困境之中。我们如同迷失在黑暗森林中的旅人，不断地试图寻求智慧，渴望像智者一样洞察世间的一切真理；寻求原因，试图为生命中的每一个现象找到合理的解释；寻求定义，想要给生命赋予一个清晰明确的概念；甚至寻求爱，希望在这个世界找到一种纯粹而永恒的情感慰藉。然而，也许我们从未真正深刻地意识到，生命本身可能并不具备这些我们一直苦苦追寻的东西。当我们放下这种执着于寻求的执念时，就仿佛打破了一层无形的枷锁，我们反而能够拥有一种更为全然的生命体验。此时，我们就像是与整个宇宙融为一体，我们便是一切，同时也成为生命本身。这并非是一种毫无根据的虚无之谈，而是一种超越了我们常规寻求模式的深邃领悟。当我们不再被外在的那些概念所束缚，不再被智慧、原因、定义、爱等概念的条条框框所限制，回归到生命最本真、最纯粹的状态时，我们就能够以一种更加直接、更加纯粹的方式去体验生命的本身，去感受生命的每一次跳动、每一次呼吸所蕴含的原始力量。

让我们用一种整体的、全新的视角去看待生死以及生命中的各种寻求行为，如同打破陈旧的蛋壳，从中破壳而出的雏鸟一样，打破传统思维的重重禁锢。勇敢地张开双臂，迎接生命中的每一个瞬间，无论是阳光灿烂的美好时刻，还是风雨交加的艰难时光。让我们在每一个瞬间都成为全新的自己，在这有限的生命旅程中，回归生命的本真，真正成为生命本身，让生命的意义在这种回归中得以最纯粹的展现。

## 五十二 | 个体到整体的自己生命的光

在成长的漫漫旅途中，许多人执着于追求成为更好的自己。这种追求背后，隐藏着一种微妙的心理状态，那就是我们的潜意识在不断地否定此刻的自己。我们的目光总是聚焦在自己的不足之上，总觉得自己离完美还有很大的距离，所以才迫切地渴望变得更好。然而，我们必须深刻地认识到，此时此刻的自己其实就是最好的，这是生命最本真的状态。生命犹如一条奔腾不息的河流，当下是其根基，而未来则是其流淌的方向。下一刻会更好，这是生命充满希望与变化的状态。将当下最纯粹的本质与未来充满无限可能的状态完美地叠加在一起，就是一个完整的自己。

我们总是不自觉地盲目向往他人。他人的生活似乎总是充满魅力，他们的成就如同璀璨星辰在夜空中闪耀，吸引着我们的目光；他们的形象好似精心雕琢的艺术品，让我们心生羡慕。这种对他人的盲目向往，就像无形的绳索，逐渐将我们从自己的轨道上拉扯开来，使我们在他人的光芒中迷失了自我。

每个人生来都是独一无二的，都被赋予了独特的魅力和意义。我们应该将目光从他人身上收回，专注于挖掘自身的潜力，塑造真正的自己。我们成为自己生命的光。这束光，是从我们灵魂深处燃起的火焰，它带着我们的个性、梦想与热情，是我们在这世界上最本真的标识。在这个纷繁复杂的世界里，我们周围充斥着各种各样看似耀眼的光。他人的成功光芒四射，那可能是事业上的飞黄腾达，也可能是社交圈中的风光无限，这些光芒就像镜子反射的光一样，虽然明亮，但却不是我们内心真正需要去追寻的。那些流行的价值观所散发的光，也如同过眼云烟，它们或许在当下喧嚣一时，但终究是外界的、经过折射后映入我们眼帘的光，无法成为我们内心深处的指引。

当我们开始深入探寻自我与世界的关系时，会触碰到一种更为深邃、更具哲理的境界。那就是当我们的"自我"消融成为整体的状态。这并非是一种简单的概念，而是一种心灵的升华。在这个过程中，所有的界限都如同冰雪在暖阳下逐渐融化。头脑中的对立与分别不再有立足之地，我们不再将世界简单地划分为你、我、他。此时，我们的意识如同江河入海，与周围的一切融为一体。太阳，这个巨大的能量源，它那炽热而磅礴的光，不再是与我们相对的外界之光。星辰在遥远天际闪烁的微光，也不再是遥不可及的外星体之光，而是如同我们自身的一部分。万家灯火，那象征着人间烟火气的温暖灯光，以及世间万物所散发的光，无论是山川河流的静谧之光，还是动植物身上散发的生机之光，都成为我们自己生命的光。这意味着我们不再受困于个体的、孤立的光的概念，而是打破了自我的小天地，与整个世界的光融合为一。

在这种状态下，我们超越了个体的狭隘视野，感受到自己与万物之间千丝万缕的紧密联系。我们意识到，每一道光都是生命之光的不同呈现形式，无论是强大的还是微弱的，无论是遥远的还是近在咫尺的，都是我们生命意义的延伸与扩展。这是一种和谐共生、包容万物且充满无限可能的存在状态。我们不再是孤立地在黑暗中摸索的个体，而是与整个宇宙的光共同构成了一个宏大而美妙的整体。自己与万物本为一体，万物的光都是我自己生命的光。

做最纯然的自己就是最好的自己，就如同我们如果是一盏明灯时的情形。明灯的存在意义似乎就是为了照亮世界，但实际上，我们不需要为了这个伟大的目标而刻意地去发光。明灯的本质就是发光，只要它遵循自己的本质，自然地发光，那么它的光芒就必然会照亮周围的世界。同样，当我们把自己比作一朵鲜花时，鲜花的美丽是与生俱来的，是大自然赋予它的独特魅力。我们不需要为了让这个世界变得更加美丽而刻意地去绽放。只要我们顺应自然的规律，尽情地绽放自己，就如同鲜花展开它娇艳的花瓣一样，我们就一定会为这个世界增添一抹独特的美丽。而且鲜花的绽放是一种全然不顾外界干扰的自然状态，它不在乎有没有人在旁边欣赏它的美丽，从它含苞待放的那一刻起，到它娇艳盛开，再到它渐渐凋谢，每一个阶段都有着自己独一无二的美。这就深刻地启示着我们，在追求成为更好的自己、散发自己生命之光的过程中，也要像鲜花一样，保持一种自然而纯真的状态，尊重自己生命的本质与状态，不要被外界的评判和期望所束缚。我们要珍视当下的自己，同时也对未来充满期待，在这种平衡中，去实现自己生命的完整与升华。

## 五十三 ｜ 探寻自由：从已知走向未知

在人类对自由探索的过程中，自由有着深邃而独特的内涵。自由，是对一切固定且确定性认知的终结，它象征着从所有"已知"的出离。

我们的头脑，从本质上有一种天然的趋向，总是执着于事物发展具有确定性。生活中的各个角落都能看到这种倾向的影子。在工作中，我们期望项目按照预定的计划顺利推进，每一个环节都在掌控之中；在人际关系里，我们希望他人的行为和反应符合我们的预期；在对世界的认知上，我们习惯用既有的知识体系去解释各种现象。这种对确定性的追求，根源在于我们内心对未知的恐惧。未来，就像一个神秘而巨大的黑箱，隐藏着数不清的、不可预测的因素，它犹如一片浓雾弥漫的荒原，充满了无限的变数。这种不确定性让我们的内心产生不安，就像置身于黑暗中，周围的一切都变得难以捉摸。

于是，为了寻求心灵上的慰藉与安全感，我们紧紧地依赖于"已知"。"已知"就像我们在黑暗中紧紧抓住的救命稻草，它包含着我们过去的经验、已掌握的知识以及长期形成的固定观念。凭借这些"已知"，我们构建起了对世界的理解框架，也借此来应对生活中的各种事务。例如，我们根据过往的购物经验来判断商品的价值，依据曾经的社交经历来处理人际关系中的矛盾。然而，在这个动态变化的宇宙中，一个不可忽视的真相是：唯一能确定的就是一切都是不确定的。世间万物如同奔腾不息的江河，永不停歇地运转与变化。从微观的原子世界，粒子在不断地运动和相互作用，到宏观的宇宙天体，星系在持续地演变和扩张；从生物界的新陈代谢、物种演化，到人类社会的科技革新、文化变迁，无一不在证明着变化是这个世界的永恒主题。

倘若我们能够从这种对追求事物确定性的状态中出离，那么我们就真正踏上了通往自由的道路。这里所提及的出离，并非是一种简单的空间意义上的移动，比如从一个地方离开然后到达另一个地方。它有着更为深刻的精神层面的含义。当我们深入思考时会发现，它意味着我们能够敏锐地觉察到我们所经历的一切事物并不像我们表面上看到的那样真实存在，它们更像是一种幻象。我们的感官在日常生活中不断地向我们传递信息，让我们觉得眼前的景象、耳边的声音、心中的感受都是实实在在的。我们看到高楼大厦的坚固，感受到阳光的温暖，听到鸟儿的鸣叫，便认为这些都是不容置疑的真实。但实际上，这些所谓的真实很大程度上可能只是我们大脑基于"已知"构建出来的一种表象。我们的大脑根据以往的经验和既有的知识对感官接收到的信息进行加工处理，从而形成了我们对世界的认知。然而，这种认知可能只是冰山一角，甚至可能是一种错觉。

当我们认识到这一点，不再被这种表象所迷惑，不再固执地用"已知"去强行解释一切时，我们就突破了限制我们自由的重重枷锁。这种从"已知"到"未知"的跨越，引领我们走向了无限的自由。因为"未知"是一片广袤无垠的天地，它蕴含着无穷无尽的可能性。在这片天地里，没有了既定的框架和模式的束缚，我们的思想如同挣脱缰绳的骏马，可以在广阔的草原上自由驰骋；我们的灵魂恰似破茧而出的蝴蝶，能够在无尽的天空中自由探索。在"未知"的领域中，我们不再被过去的经验所束缚，不再被固定的观念所禁锢，我们能够以一种全新的、充满好奇和敬畏的视角去看待世界，去体验生活中的每一个瞬间。每一个新的发现都像是打开一扇通往新世界的大门，每一次对未知的探索都如同踏上一段充满惊喜与奇迹的旅程。这便是自由的真谛所在，从对"已知"的过度执着中解脱出来，勇敢无畏地迈向充满无限可能的"未知"世界，去拥抱那真正的自由。

## 五十四 ｜ 关于自由与相关概念的思考

自由，这个在人类思想和追求中占据重要地位的概念，其本质却充满了虚幻性。它并非是一种客观存在的实体，而是由众多认知和定义交织而成的概念。我们的感受，在认知和定义的框架下，与生活中发生的各类事件相互作用，从而产生一种反应，而这种反应又误导我们以为自由是一种可触及的实际存在。但事实上，这仅仅是一种由概念衍生出的错觉。

从意识的维度深入探究，当我们不再固执地执着于某一个特定的认知，不再机械地依附于某种习惯的时候，我们的意识就像冲破囚笼的飞鸟，获得了一种被称为"自由"的状态。在日常生活中，我们往往被既有的认知和习惯紧紧捆绑。例如，我们习惯了按照社会既定的规范和自己长期形成的思维模式去看待事物，这些如同无形的枷锁，限制了我们意识的自由伸展。一旦我们能够挣脱这些束缚，意识便能够进入一个更为广阔的空间，开启新的探索之旅。

真正的自由并非简单地体现在能够进行选择这一行为上。我们通常认为，拥有选择的权利就是自由的一种表现形式，然而这只是一种表面的理解。实际上，选择的过程并非完全是个人主观意愿的纯粹呈现。它受到诸多外部因素的干扰，其中集体意识以及个体自身存在局限的认知对其影响尤为显著。集体意识像是一种无形的力量，它通过社会文化、道德观念等方式影响着我们的价值判断，从而左右我们的选择。而个体的认知局限则源于我们的知识储备、生活经历等因素，这些因素使得我们的选择往往带有一定的片面性。所以，成为无选择的状态才是一种更为整体、更为纯粹的自由状态。这种无选择并非消极的放弃选择，而是超越了选择的二元对立，以一种更为包容和宏观的视角看待事物。

在对待生活的态度方面，我们要以"自由"的状态去体验生活中的一切发生，而不是将生活中的各种经历当作寻求"自由"的手段。这就好比我们要以享受的状态去经历生活，而不是把经历生活视为达成享受的一种途径。生活是一个充满各种经历的过程，如果我们总是带着功利性的目的去追求自由或者享受，那么我们就会在这个过程中迷失自我。比如，有些人认为只有在积累了足够的财富或者获得了某种社会地位之后才能享受生活，于是他们在追逐这些目标的过程中疲惫不堪，却忽略了生活本身的乐趣。真正的自由是在每一个当下都能以自由的心态去面对生活的种种，无论是喜悦还是痛苦，都能坦然接受并从中领悟到生活的真谛。

进一步深入思考，任何形式的"拥有"都宛如生命的"枷锁"。这里的"拥有"不仅仅指物质层面的财富、物品等，还包括精神层面的观念、名誉等。当我们过于执着于这些"拥有"时，我们的生命就会被束缚在一个狭隘的范围内。例如，一个人过度追求财富，他可能会为了获取更多的财富而不择手段，在这个过程中，他失去了内心的平静和自由，成为财富的奴隶。而当我们能够达到"一无所有"的境界时，生命才会恢复其本真的"自由"。这种"一无所有"并非是指物质上的赤贫，而是一种超脱于物质和精神束缚的精神境界。在这种境界下，我们不再被外在的事物左右，内心变得纯净而空灵。真正的安全感同样并非源自我们获得了什么，而是来自这种"一无所有"的状态。这种状态是一种脱离了一切关系的拥有，是一种看似矛盾却又蕴含深刻哲理的"无有之有"。它就像一个无尽的宝藏，虽然表面上一无所有，但实际上却蕴含着无限的可能性，拥有着一切，这才是真正意义上的"大有"。

在生活的态度和方式上，沉迷而又不执着是一种既充满热情又能保持自由的理想存在方式。沉迷代表着对事物的热爱和投入，它使我们能够全身心地沉浸在某件事情当中，感受到其中的乐趣和价值。然而，如果这种沉迷过度演变成执着，就会带来负面的影响。执着会让我们变得固执己见，无法接受事物的变化，从而陷入痛苦和束缚之中。只有在沉迷的同时保持不执着的心态，我们才能在享受事物的过程中保持自由，不会被事物的发展所左右。例如，一个热爱艺术的人，他可以全身心地投入艺术创作中，但如果他过于执着于作品的成功或者外界的认可，那么他就会在创作过程中失去自由和创造力。相反，如果他能够以一种不执着的心态对待创作的结果，那么他就能在艺术的世界里自由驰骋，创作出更具生命力的作品。

如果我们在意义、定义、概念、答案这些抽象的元素之间不停地徘徊、纠结，那么我们就等于主动地放弃了自己的自由。我们往往习惯于在这些既定的框架内思考问题，试图寻找一个确定的答案或者意义。然而，这种思维方式会限制我们的想象力和创造力，使我们的思维变得僵化。而且，从一个独特的视角来看，在"丰盛"的视角里，没有丰盛，在"自由"的视角里，没有自由。这意味着当我们过于执着于这些概念本身时，我们就会陷入一种形式主义的陷阱，忽略了这些概念背后所蕴含的更深层次的内涵。只有当我们超脱对这些概念的表面追求，打破常规的思维模式，我们才能真正领悟到这些概念所代表的真实意义，从而在生活中实现一种更高层次的自由。

## 五十五 | 自由与禁锢的辩证关系

在我们对自由的追求中，存在着许多值得深入思考的现象。如果我们想要用"自由"换取欲求时，这一行为背后隐藏着巨大的风险。欲求，这个看似能够被满足的存在，实则像一个永远无法填满的黑洞。当我们天真地认为可以牺牲自由来换取欲求的满足时，我们就踏上了一条充满陷阱的道路。例如，在现代社会中，许多人为了追求物质上的欲求，如购买更多的房产、豪车或者追求奢华的生活方式，他们选择长时间地投入高强度的工作中，牺牲了自己的休闲时间、健康以及与家人朋友相处的机会。最初，他们可能只是希望通过努力工作来换取一定程度的物质满足，但随着他们在这条道路上越走越远，欲求就如同被吹起的气球一般不断膨胀。原本只是想要一套舒适的房子，后来却变成了对多套豪华别墅的渴望；开始时只是希望有一辆代步的汽车，渐渐地却变成了对限量版豪车的追逐。在这个过程中，他们发现自己永远处于一种不满足的状态，欲求没有尽头，而曾经拥有的自由却在不知不觉中消失殆尽。他们被无尽的欲求所束缚，就像被一条无形的锁链紧紧锁住，失去了自主选择生活方式的自由，沦为欲求的奴隶。

我们自身的限制与自由之间的联系是如此紧密且复杂。"你"所具有的限制数量，在很大程度上决定了自由所受到的限制程度。这些限制并非来自外界的不可抗力，而是源于我们内心深处的自我执着和固有认知，这是一种自我设限的行为。以职业选择为例，在社会的传统观念影响下，许多人内心深处存在着一种固有认知，认为某些职业才是被社会所认可的、具有较高地位和价值的职业。比如，一个人成长在一个重视传统职业观念的家庭或社会环境中，他从小就被灌输只有医生、律师、公务员这类职业才是体面、稳定且值得追求的观念。这种观念在他的心中深深扎根，成为他的一种执着。当他面临职业选择时，他的思维就被这种执着所限制，他可能从未考虑过其他领域的工作机会，如艺术创作、手工艺制作或者新兴的科技行业等。即使他内心深处可能对其他职业有着潜在的兴趣，但由于这种自我设限，他自动屏蔽了那些可能带来更多自由和创造性的职业选择。这种自我设限就像一堵无形的墙，将他围困在一个狭小的职业选择范围内，从而限制了他在职业发展方面的自由。

　　"通往'牢笼'的道路，往往是由'自由'意愿所铺垫的"，这一观点看似违背常理，实则深刻地揭示了我们对自由的误解所带来的严重后果。在日常生活中，我们常常会陷入对自由的错误追求中。例如，在数字时代，互联网为我们提供了看似无限的自由空间，人们可以自由地获取信息、与他人交流互动。然而，许多人却陷入了过度使用社交媒体或者沉迷于网络游戏的陷阱。他们最初可能是出于追求一种社交自由或者娱乐自由的意愿而涉足这些领域，但随着时间的推移，他们逐渐失去了对自己行为的控制。他们花费大量的时间在虚拟世界中，忽视了现实生活中的人际关系、身体健康以及个人成长。这种过度的行为使得他们仿佛置身于一个无形的"牢笼"之中，被网络所控制，失去了真正的自由。同样地，"前往'苦难'的道路，往往也是由'幸福'的定义所铺垫的"。我们对幸福的定义往往受到社会文化、家庭环境以及个人价值观等多种因素的影响。如果我们将幸福狭隘地定义为物质的丰富、社会地位的高低或者他人的认可，那么我们就可能会为了追求这种所谓的幸福而走上一条充满压力和痛苦的道路。例如，为了在事业上取得成功以获得他人眼中的幸福，有些人会拼命地工作，牺牲自己的休息时间、健康和家庭关系。他们在追求这种被定义的幸福过程中，承受着巨大的工作压力、职场竞争压力以及人际关系压力，最终可能陷入身心疲惫、家庭破裂等苦难之中。

当我们开始寻求自由时，一种奇特的现象就会出现，那就是我们会强烈地感受到"此刻"的禁锢。这是因为我们心中已经有了自由的"概念"，这个概念在我们的思维中形成了一种鲜明的对比，使得我们对当下的状态产生了不满和束缚感。在现代社会中，自由的概念被广泛传播和强调，我们被各种关于自由的思想、言论所包围。这种情况下，我们的内心形成了一种对自由的理想化想象，我们总是将当下的生活与这种理想化的自由进行对比。例如，一个在办公室工作的白领，每天面对烦琐的工作任务和严格的工作制度，他可能会觉得自己非常不自由。他会向往那种没有工作压力、可以随心所欲地支配自己时间的生活状态。然而，如果我们把视角切换到一个没有现代自由概念的时代或者群体，情况就会大不相同。比如，一些古老部落中的人们，他们按照传统的方式生活，遵循着自然的节奏进行狩猎、采集和祭祀等活动。他们没有现代意义上的自由概念，他们只是自然而然地生活着，不会因为工作制度或者社会规范而觉得自己被禁锢。他们在自己的生活方式中感受到一种和谐与满足，因为他们没有这种自由与禁锢的对比概念。

"除了自由，一切都让我感到'自由'"这一观点深刻地挑战了我们传统的自由观念。当自由仍然处于二元对立思维的一端时，我们就永远无法触及真正的自由。在我们的传统思维模式中，自由与禁锢被视为一对不可调和的矛盾。我们总是习惯性地认为，自由就是要摆脱禁锢，就是要打破一切限制。然而，这种二元对立的思维方式使得我们陷入了一种思维的困境。例如，当我们认为自由是不受任何约束的行动时，我们往往会忽略这种行为可能带来的负面影响。一个人如果追求绝对的行动自由，他可能会忽视社会的道德规范和法律约束，这种行为最终可能会导致他与社会脱节，甚至陷入法律纠纷或者人际关系破裂的困境。这种对自由的片面追求，实际上是被二元对立思维所误导。真正的自由不是简单地与禁锢相对立的概念，而是一种超越这种二元对立的状态。

关于自由与禁锢的关系，真正的自由是你可以肆意敞开地去体验"禁锢"，而最大的禁锢是你无时无刻不在追寻着"自由"。这表明自由与禁锢并不是简单的对立关系。当我们过于急切地追求自由，将自由视为一种必须达到的目标时，这种追求本身就成了一种禁锢。相反，当我们能够以一种开放的心态去体验那些看似禁锢我们的事物时，我们就超越了自由与禁锢的传统定义，达到了一种更高层次的自由境界。这种境界让我们在生活的各种境遇中都能保持一种从容和自在，不被外界的定义和限制所束缚。

进一步深入探究，我们会发现"所有的'禁锢'都是尚未成熟的'自由'"。在整体的宏观视角下，自由与禁锢是相互依存且互为彼此的关系，就像一枚硬币的两面。禁锢在某种程度上可以被看作是自由在成长过程中的一种特殊形式，它虽然在表面上对我们的行为和思想进行了约束，但从另一个角度来看，它也为我们理解自由提供了不可或缺的参照。例如，社会的法律和道德规范虽然在一定程度上限制了我们的行为，但它们同时也保障了社会的和谐稳定，为我们在一个有序的环境中追求自由提供了基础。如果没有这些规范的约束，社会将陷入混乱，人们的自由也将无从谈起。而真正囚禁我们的是"自由"这个概念本身，因为自由与禁锢本身就是一个二元对立概念下的认知。那些执着于追寻自由的人，往往在不知不觉中也在寻求禁锢。他们在二元对立的思维框架内打转，试图通过摆脱禁锢来获得自由，却没有意识到这种思维方式本身就是一种束缚。只有当我们能够打破这种二元对立的认知模式，当自由的反面不再是禁锢的时候，当我们不再对自由和禁锢进行明确的区分的时候，我们才能够达到一种真正自由的状态。在这种状态下，我们不再被概念所束缚，而是以一种更为自在、和谐的方式融入生活的方方面面，无论是面对工作、家庭还是社会关系，我们都能够以一种超越传统自由观念的态度去应对，从而真正实现内心的自由和平静。

## 五十六 | 超越关系中的自我定义

在人类社会的交互中，我们常常认为关系的建立是基于爱的情感，但实际上，关系往往是源自恐惧。这一观点可能与我们的常规认知相悖，但仔细思考便能发现其中的逻辑。爱，从本质上来说，是一种纯粹的、无条件的情感，它不需要借助"关系"这种形式来存在。爱是一种内在的、自我完整的状态，它可以独立存在于个体心中，不需要通过与他人建立关系来证明或实现。

关系本身就是一种蕴含着分离意味的概念，它类似于一种基于恐惧的"商业"。就像在商业活动中，双方往往是出于对自身利益的考量，担心失去某些机会或资源，才与对方建立起联系。在人际关系中也是如此，我们与他人建立关系，很多时候是害怕孤独、害怕被社会抛弃或者害怕失去某些物质或精神上的支持。这种基于恐惧的关系，从一开始就带着一种功利性和不稳定性。

进一步来看，所有的关系都包含着依赖和禁锢的因素，并且最终都可能走向对立。所有的关系都是以自我维护为基础建立的。在一段关系中，无论是亲情、友情还是爱情，当我们依赖对方来满足自己的情感需求、物质需求或者社会认可需求时，这种依赖就会逐渐演变成禁锢。例如，在一段亲密关系中，一方可能过度依赖另一方的经济支持或者情感陪伴，随着时间的推移，这种依赖会给双方带来压力，一旦一方无法满足另一方的期望，矛盾就会产生，关系就可能走向对立。而且，当我们在关系中试图维护自己的利益、形象或者地位时，我们就会不自觉地限制对方的行为或者思想，这也是一种禁锢的表现。

既然关系存在这些问题，那么我们应该如何对待关系才能获得自由呢？那就是要从所有的关系中出离，然后再回到一切关系中。从关系中出离，意味着要摆脱关系中的自我定义。在关系里，我们常常给自己贴上各种标签，比如"某人的朋友""某人的爱人""某人的孩子"等，这些标签在一定程度上限制了我们的自由。当我们不再被这些标签所束缚，不再以这些身份来定义自己时，我们就能够以一种更为自由的状态存在。例如，当我们不再仅仅将自己定义为"孩子"，我们就不会被传统的家庭角色观念所束缚，能够更加自主地做出符合自己内心的选择。

当我们出离关系后再回到关系中时，我们是在与一切和解的状态中流动着。我们允许自己如其所是地接受一切发生，以及周围事物的一切变化。在这个过程中，我们不再将关系视为一种分别，而是将自己视为整体的一部分。此时，关系不再是一种限制我们的因素，而是成为整体的有机组成部分，关系就消融在了整体里。这种状态下的我们才是真正自由的。

"谣言"无须回应这一现象也与关系中的自我维护有关。外界怎么解读我们都可以，因为所有的解读都是基于对方的"自我维护"。在关系中，当一个人无法左右我们时，他就会试图左右别人如何看待我们，而人们也会以"自我维护"为基础做出选择。无论是帮助我们的人还是伤害我们的人，本质上都是一样的，他们都是以帮助或伤害的方式"自我维护"。例如，一个人可能会通过帮助他人来获得他人的认可和尊重，从而维护自己的良好形象；而另一个人可能会通过伤害他人来抬高自己，或者保护自己的利益。如果我们在关系中还存在敌人的概念，那就说明我们从未真正拥有过朋友，因为真正的朋友是超越这种自我维护的关系的，是一种纯粹的、不基于利益或自我形象维护的连接。

现代社会中，我们常常陷入关系的纠葛中难以自拔，被关系中的各种矛盾、冲突和期望所困扰。只有深刻理解关系的本质，超越关系中的自我定义，我们才能在关系的海洋中找到真正的自由，以一种豁达、包容的态度对待他人和世界，实现内心的平静与和谐。

## 五十七 | 对生活中诸多现象的思考

在生活的舞台上，我们常常陷入一些思维和行为的怪圈，需要深入剖析才能有所觉悟。

思考上的懒惰是一个隐藏在我们行为背后的巨大隐患。很多时候，我们在行动上看似非常勤奋，忙忙碌碌地做着各种事情，但如果缺乏深入的思考，这种行动的勤奋就会失去意义。例如，一个人每天努力工作，长时间地加班，像机器一样不停运转。然而，如果他没有思考过自己工作的目标、意义以及更高效的方法，只是盲目地重复劳动，那么他可能在错误的方向上越走越远，或者在低效率的循环里打转。这种没有思考引领的勤奋，最终可能无法带来真正想要的成果，无论是个人成长、事业发展还是对生活的积极影响。

人们在心理需求上也存在一种微妙的现象，那就是往往所需要的只是需要某个事物认为自己是被需要的。这体现了一种对自我价值感的寻求。比如在人际关系中，有些人热衷于参与各种社交活动或者帮助他人，表面上看是出于对他人或者事物的关心，但在内心深处，他们渴望的是通过这些行为让自己感受到被他人需要，从而确认自己的存在价值。这种需求反映了人类内心深处对自身意义的探寻，以及对与外界建立联系的渴望。

我们对生活中事物重要性的认知往往需要重新审视。很多时候，我们认为重要的一切，在更深层次的理解下，其实没那么重要。当我们意识到过去、现在与未来都是同时发生的，一切都是一种虚幻的呈现，就像任何事情包括死亡都只是一个"瞬间"的体验时，我们对生活的看法会发生巨大的转变。真正的松弛感来自结束这种认知和与其对立的认知之间的分别。也就是说，我们不要被这种传统的、有区别的认知所束缚，而是要超越这种二元对立的思维模式。当我们不再执着于区分哪些是重要的，哪些是不重要的，我们的内心就能获得一种释然和轻松，能够更加从容地面对生活中的各种境遇。

　　在创造价值和对待生活压力方面，我们也要有独特的态度。如果我们不能轻轻松松地创造"价值"，那么选择轻轻松松也是一种智慧。现代社会往往强调价值的创造，人们被各种目标和任务所驱使，努力去实现所谓的价值。然而，如果这种追求变得沉重和压抑，那我们不妨放下这种负担，选择一种轻松的生活方式。这并不意味着放弃对生活的积极态度，而是在压力和轻松之间找到一种平衡，不让外界对价值的定义成为自己的枷锁。

　　关于"希望"与"未来"的关系也值得深入探讨。活在"未来"的人是需要有"希望"的，他们依靠对未来的憧憬来激励自己前行。但是，还有一种更深层次的理解，那就是没有"未来"的人恰恰是希望本身。这意味着当我们不被未来的概念所束缚，不依赖于某个特定的未来愿景来支撑自己时，我们自身就成为希望的源泉。我们可以在当下的每一刻找到生活的意义和动力，而不是将希望寄托于遥远的未来。

　　我们常常陷入一种执着的误区，那就是我们只是执着于我们的执着，而不是执着于我们认为我们所执着的那个事物。例如，我们可能执着于追求某种成功的表象，但实际上我们真正执着的是这种追求的状态本身，而不是成功所带来的具体内容。这种执着于执着的状态，会让我们在追求的道路上迷失方向，忽略了自己真正的需求和目标。

从生命的本质来看，我们本就是由无数个同时平行发生的死亡与重生所堆叠的"存在"。这种观点完全不同于我们对生命的传统线性认知。它让我们意识到生命不是简单地从生到死的单向过程，而是充满了无数的变化和循环。每一个瞬间都可能蕴含着死亡与重生的元素，这促使我们更加珍惜当下的每一个时刻，也让我们以一种更加豁达的态度面对生命中的起起落落。

在面对问题和答案的关系时，我们会发现一些有趣的现象。所有没有标准答案的问题，本质上就没有答案，但一切答案都不是标准答案。而且，不存在有标准答案的问题，本质上没有问题。从线性角度来看，是答案制造出问题，而不是问题寻找到答案。这颠覆了我们通常认为的先有问题后有答案的思维模式。例如，在很多哲学和社会现象的讨论中，我们常常为了寻找一个答案而提出问题，但实际上这个答案可能是我们基于自己的主观认知和社会文化背景预设出来的，而这个预设的答案又引发了更多的问题。这种思考方式提醒我们要以更加开放和多元的视角看待问题和答案的关系。

在表达和沟通方面，我们也需要一种豁达的态度。我们只需要表达自己想要表达的就好了，因为反正人们也只是会听到他们想听到的。在人际交往中，我们常常试图让别人完全理解自己的想法，但实际上每个人都有自己的思维滤镜，他们会根据自己的经验、价值观和需求来解读我们的话语。所以，我们不必过于纠结别人是否能完全理解我们，只要真诚地表达自己就足够了。

## 五十八 ｜ 生活现象背后的哲学思索

在人生的漫长旅途中，我们常常会深入思考许多关于自身和世界的问题。这些问题看似各自独立，实则紧密相连，它们共同构建了我们对人生的认知和感悟。

首先，"你"作为一个独特的存在个体，就像是一个能量的发射与接收站。你向这个世界散发出去的一切，无论是善意、恶意，还是行为、思想等，最终都会完整地回向于你自身。这就像是一个闭合的能量循环系统，世界如同一面镜子，它反馈给你的，往往是你最初投射出去的东西。然而，当我们过度地强调自我观念时，就如同在自己与周围的整体之间竖起了一道屏障，逐渐使自己与整体分离开来。从线性的、微观的角度去看，得到与失去就像是一对形影不离的伙伴，它们一直是同步进行的。比如，当你花费时间去获取物质财富时，你在得到财富的同时也失去了等量的时间；当你在一段关系中获得情感上的支持时，可能也需要付出自己的情感精力。但如果从宏观的、整体的视角出发，你本就是世界这个大整体的一部分，就像一滴水融入大海，你本身就蕴含着世间万物的本质，所以不存在真正意义上的得到与失去，因为你与整个世界是一体的，你就是一切的组成部分，同时一切也构成了完整的你。

世间万物的存在都呈现出一种对立相融的奇妙状态，这正是圆满的本质内涵。生机与寂灭，这两个看似截然相反的概念，实际上是一个不可分割的整体。生机代表着新生、成长、繁荣，它充满了活力与希望；寂灭则象征着结束、消亡、宁静，有着一种深沉的静谧之美。它们如同昼夜交替、阴阳互补，各自有着无法替代的独特魅力。所有的现象在本质上都是中性的，就像一块未经雕琢的璞玉，没有内在的善恶之分。然而，一旦我们的内心赋予了这些现象对美的解读，那么它们就像是被点亮的星辰，一切现象都会转化为一种美的呈现。以四季的循环为例，这是大自然最生动的画卷。春天，万物复苏，大地充满了生机，花朵盛开，鸟儿欢唱，人们往往对春天的美赞不绝口；而冬天，万物蛰伏，大地被白雪覆盖，一片寂静，却有着一种冷峻而纯粹的美。如果我们仅仅执着于欣赏春天的美，而忽视冬天的美，就如同只看到了硬币的一面。"春暖花开"固然是一幅美好的景象，但它也是"瑞雪纷飞"这个阶段的终结，每个季节都是整个四季之美不可或缺的一环，缺少了任何一个季节，四季的完整之美都将大打折扣。

　　真正的自由，是一个超越常规理解的深邃概念。它并非仅仅是摆脱外在束缚的那种无拘无束，而是一种更为深刻的精神境界。你可以毫无保留地敞开自己的内心，勇敢地去体验"禁锢"。这种"禁锢"可能是来自社会规范、物质条件或者人际关系的限制，但当你以一种接纳的态度去面对时，你会发现这种体验本身就是自由的一种表现形式。相反，最大的禁锢往往源于我们内心深处对"自由"过度而片面的追寻。当我们不顾一切地追求那种理想化的自由，我们可能会陷入一种无形的束缚之中。例如，有些人过度追求经济上的自由，为此不断地奔波劳累，被物质欲望所驱使，反而失去了内心的平静和真正的自由感。这种对自由的过度执着就像是一个无形的枷锁，将我们困在一个看似追求自由实则被束缚的怪圈里。

在行为的动机和本质方面，有一种境界值得我们深入思考。有些人在生活中行动做事，他们从来不是以付出为目标而刻意为之，仅仅是追随自己内心的喜好和意愿去做事情。在这种基于热爱的状态下，"付出"这个概念就自然而然地消失了。当我们出于对某件事情的热爱而去做它时，我们并没有感觉到自己在付出，而是在享受这个过程。比如一位画家，他沉浸在绘画的世界里，每一笔、每一画都是他内心情感和创造力的表达，他不会觉得自己是在为了某个外在的目的而付出时间和精力。而所谓的"付出"，在很多时候不过是一种表面上以美德为外衣的自私行为。当我们为了获得他人的赞扬、回报或者某种道德上的优越感而进行所谓的"付出"时，这种行为背后隐藏的其实是一种自私的动机，它偏离了真正的、纯粹的行为动机。

对于现代社会中备受关注的"躺平与内卷"现象，也有着独特的理解和应对方式。"躺平"和"内卷"看似是两种对立的生活态度，但我们可以用一种更为智慧的方式去对待它们。要用"躺平"的心态去参与"内卷"，而不是用对抗"内卷"的方式选择"躺平"。这并不是一种消极的妥协，而是一种积极的生活状态。"躺平"的心态意味着我们不被外界的竞争压力所左右，保持一种内心的平和与淡定。在面对激烈的社会竞争（内卷）时，我们不是盲目地卷入其中，被压力和焦虑所吞噬，而是以一种从容的态度去应对。例如，在工作中，我们可以在保持自己节奏的前提下，参与到竞争中，不追求过度的功名利禄，而是注重自身的成长和内心的满足。这种方式既避免了因为过度"内卷"而导致的身心疲惫，又防止了因为消极"躺平"而错过发展的机会。

在个人成长与认知的范畴内，"无知"展现出一种独特的行为模式和影响。越"无知"的人往往表现得越为坚定，然而这种坚定并非建立在深刻的知识和理解之上。他们缺乏全面的自我认识，对自己的优点和不足没有清晰的认知。同时，他们拒绝学习与自己固有观念不同的事物，就像在自己的认知周围筑起了一道高墙，只允许符合自己观念的信息进入。这种选择性的筛选信息的行为，使得他们的思维逐渐固化，就像一条干涸的河流，不再有新的水流注入，最终导致他们的无知变得坚不可摧。而且，这种无知的状态还与个人对外界的开放程度密切相关。越无知的人往往越封闭自己的内心，他们对外界的人和事持一种排斥或者漠视的态度。他们的情绪状态也往往和对外界的开放状态成反比，越是封闭自己，情绪可能越容易受到外界的干扰，因为他们缺乏足够的认知和应对能力。

　　优越感，这一复杂的心理现象背后隐藏着深刻的心理根源。它实际上是以自卑为基础的外在呈现。那些在表面上表现出优越感的人，往往在内心深处隐藏着自卑的情绪。他们通过在他人面前表现出优于他人的态度、行为或者成就，来掩盖自己内心深处的不安和不足。例如，有些人总是在炫耀自己的财富、地位或者知识，其实是为了在他人面前获得认可和尊重，以弥补自己内心对自己价值的不确定感。这种优越感就像是一座建立在沙滩上的城堡，看似高大雄伟，实则根基不稳。

　　爱，在其最纯粹、最本真的意义上，是一种没有意图的付出。真正的爱是无私的，它不带有任何期待回报的心理。当给予是带有期待的时候，这种给予本身就变质为一种索取，更像是一种等价交换的商业行为，而不是爱的真谛。例如，在一段真挚的友情中，如果一方总是期待另一方的回报，那么这段友情就失去了纯粹性，不再是基于爱的连接。

真正的独处是一种与自我和解的深刻生命状态，它是一种向内心深处"回归"的旅程，是找到最纯然的"自己"的过程，这与简单的"与世隔绝"有着本质的区别。真正的独处不是逃避现实生活中的人际关系和社会责任，而是在内心深处与自己建立一种和谐的关系。当一个人可以毫无愧疚地"索取"，同时又能触发另一个人没有意图的"付出"时，在这一微妙的"刹那"，个体的局限就像拼图的碎片一样叠加成为整体。这体现了人与人之间一种深层次的互动和融合，这种融合超越了物质和表面的关系，是一种基于内心深处的理解和共鸣的连接。

在面对生活中的问题时，我们越是沉浸于问题之中，就越容易放大问题并陷入极端思维，如果我们可以抬高视角，尝试成为自我的旁观者，很多问题也就从此消解了。然而，成为自我的旁观者，并非要我们彻底摒弃第一视角的真实体验，也不是完全的出离于自我，而是可以全然地沉浸于自我，但是又不粘连于自我，既能全身心投入此刻的情绪与情境，又能保持一份清醒与抽离。

## 五十九 ｜ 概念视域下的生命理解

成功这个概念，在不同的人和不同的社会环境下有着千差万别的理解，因为它本身并无固定标准，所谓成功不过是集体意识与个人认知共同交织所赋予的定义。设想一下，若成功被强行设定为一种固定不变的标准，那么达成它的路径似乎就应有一套固定的经验可循。但这是一个充满矛盾的假设，因为若真有这样必然成功的经验，世界就会成为一个所有人都成功的乌托邦，不成功的现象将不复存在。在这个基于二元对立的认知世界里，成功与失败如同硬币的两面共存于世。当假设每个人都成功时，失败便不存在了，那么"成功"这个概念本身就失去了意义，因为它失去了可对比的参照系。然而，真正的成功，其反面并非失败，而是一种结束了失败与成功对立与分别的状态。

在成功概念缺乏确定性定义的背景下，所谓的"成功学"就格外值得思考。它并不能像宣称的那样引导人们走向真正的成功，反而像是精心编织的逻辑陷阱。"成功学"构建了一种奇特的自洽逻辑，让人们可以长久且坚定地处于"失败"的阴影之下。人们在追逐"成功学"设定的目标时，往往陷入一种循环：不断努力却难以达到预期，从而陷入自我怀疑，但又因"成功学"提供的逻辑而自我激励，继续在这条看似通往成功实则深陷失败感的道路上徘徊。同样，那些声称能"解决问题"的认知系统也存在类似问题。它们看似为人们提供了解决问题的方法，实则将人们困在一个总是存在"问题"的状态里，并且让人们以耐心、坚定和向往的态度接受这种状态，仿佛陷入泥沼却不知。

关于"虚度"和"觉醒"这两个概念，更多取决于我们的主观认知。若不被"虚度"概念所束缚，即使做些看似无意义的事，如悠闲发呆或随性漫步，也不能称之为虚度时光，因为这些时刻也是生命的一部分，可能在不经意间滋养心灵，让内心得到放松和平静。同样，若不陷入"沉睡"概念，就不会有与之相对的"觉醒"概念。生活中的很多概念是我们思维创造的界限，而在实际生命体验中，它们相互交融、相互转化，本就是一个整体。

在知识与科学领域，传统的知识线性累积模式存在自身局限性。仅依靠知识的线性累积，无法使科学产生实质性突破。科学的进步如同打破原有生命后的全新生发，依赖于颠覆式创新。这种创新要求我们挣脱对已知知识的完全依赖，以无畏的姿态勇敢且全然地拥抱未知。当真正做到这一点时，就像打开通往新世界的大门，新的科学成果会如潮水般涌现。这就像黑暗中的冒险者，不再局限于已有道路，而是勇敢开辟新径，才能发现隐藏于未知中的宝藏。

命运这个神秘而宏大的概念，是无数不确定且时刻变化的因素在无限运作下产生的线性呈现。它像一幅由无数细小笔触交织而成的巨大画卷，每一笔都代表生活中的一个瞬间或一个选择。这些瞬间和选择充满随机性和变数，它们相互作用，最终描绘出每个人独特的生命轨迹。这如同浩瀚宇宙中的星辰，其运行轨迹受无数引力和力量影响，看似有规律，实则充满无限可能性。

从某种角度看，生命的本质是"不劳而获"的。阳光、空气、水这些生命赖以生存的基本要素，自然而然地存在于生活中，无须我们付出努力就能获得。万物生长、日出日落、四季交替等自然现象乜是如此，它们按自己的节奏运行，我们只是在这一自然进程中享受馈赠。这种"不劳而获"并非消极概念，而是对生命本质的深刻认识，是一种富足与丰盛的生命状态，在这种状态下，我们会更加珍惜自然赋予的美好，更全然地体验生命本身。

当我们面对生命中的"终点"时，悲伤情绪背后蕴含着丰富内涵。若对某个"终点"感到悲伤，恰恰说明在这个过程中经历了美好。这个过程像一场充满惊喜与感动的旅程，终点的悲伤是对旅程结束的感慨。然而，这种悲伤并非毫无意义，它同时预示着下一个美好的"起点"即将开启。就像一朵花的凋谢意味着下一轮花期的孕育，生命就在这样的循环中不断延续，每个终点都是新起点的序曲。

传承是涉及文化、传统和价值观的重要话题。我们认为需要"传承"的东西，如古老文化传统、优秀手工艺等，往往不需要刻意去传承。因为这些有意义的事物本身具有强大生命力，会在自然状态下通过人们的喜爱、使用和传承而自然延续下去。相反，那些不需要"传承"的东西，却常常被强调传承的重要性。这可能是由于人们对某些概念的误解或者出于其他目的的人为操作，值得每个人深度的思考。

"你"这个概念充满深邃的哲学意味。"你"不是被定义为某种特定模样的"存在"，而是一种已然存在的"存在"。这种存在不仅是物质层面的实体存在，更多的是一种感知。我们对自己的认识、对世界的体验以及思想和情感，都是这种感知的一部分。这种感知构成我们独特的个体意识，让我们以独特视角看待世界并与世界互动相融成为一个整体。

## 六十 | 自由地解读生命中的一切发生

在我们对生活的理解中，有许多概念看似简单，实则蕴含着深刻的内涵，值得我们深入探究。

首先来谈谈"遥远"这个概念。我们通常认为"遥远"是与目的地或者"终点"相关的，是距离终点的一种度量。然而，实际上"遥远"并不是由"终点"决定的，而是由"起点"决定的。这就好比我们在人生的旅途中，有时候感觉目标遥不可及，并非是因为目标本身有多么难以到达，而是我们的起点限制了我们的认知和行动。例如，一个人的心态如果是消极、狭隘的，那么即使是一个相对较近的目标，在他看来也会变得无比遥远。相反，如果我们有着积极、开阔的起点心态，即使面对远大的目标，也能更有信心地去接近它。

自由意识是另一个值得深入思考的概念。很多人认为自由意识意味着自己可以自由地决定要经历什么，但实际上并非如此。自由意识是指对于任何经历都可以自由地诠释。在生活中，我们会遇到各种各样的经历，有些可能是我们原本不希望发生的。但如果我们拥有自由意识，就能够超越传统的、固有的认知去解读这些经历。当我们可以对以往认为值得追求、拥有价值、意义非凡，甚至美好、负有责任的人事物都不再用固有认知去解读和诠释时，就会发现一个奇特的现象：

失去了以往头脑给予附加解读和诠释的万物都只是发生，并没有任何"意义"，甚至连"发生"本身也是一种诠释和解读而已。这让我们意识到，我们所赋予事物的意义往往是主观的，而自由意识能够让我们从这种主观的束缚中解脱出来，以一种更加多元和开放的视角看待生活中的各种现象。

关于未来，这个充满神秘与憧憬的概念，一直是人类思考和探索的对象。我们常常满怀热情地规划未来，精心设定各种各样的目标和详尽的计划，似乎只要沿着这些规划前行，就能抵达我们理想中的未来。然而，事实上，真正的"未来"不会出现在我们的规划里。规划未来是人类的一种本能行为。我们在生活的各个方面进行规划，从职业发展到家庭生活，从个人成长到社交关系。例如，学生们规划自己的学业路径，希望通过努力学习考上理想的大学，进而找到一份好工作；上班族规划自己的职业晋升，设定每年要达到的业绩目标或者职位晋升的台阶。这种规划行为反映了我们对生活的积极态度和对美好未来的向往，并且从当下的角度看，规划未来本身确实是一种当下正在发生的行为。但是，未来充满了不确定性。尽管我们可以制订出看似完美的计划，但在实际的生活进程中，会有无数的变量和意外情况出现。这些因素使得未来的发展轨迹难以被精确预测。这是因为一切"发生"处于无数种可能性的随机状态。就像量子物理中的概念一样，每个事件在成为客观事实之前，都存在着多种可能的状态。比如，一个创业者在创业初期规划好了产品的发展方向、市场推广策略和盈利模式，但在实际运营过程中，可能会遇到突发的技术难题、竞争对手的意外举动或者宏观经济环境的突然变化等，这些因素都会使原本的规划面临挑战，同时也为企业的发展带来了新的可能性。在这种无数可能性的随机状态下，"最终"客观事实会坍缩成其中的哪一种可能，这都取决于"你"的意识选择，而人们将这种意识选择的结果称为命运。这意味着我们的意识在生活的发展轨迹中扮演着举足轻重的角色。每一个选择，无论大小，都像是在众多的可能性分支中做出的一个决策。例如，当面临职业转型的机会时，一个人的意识选择可能会受到他的价值观、兴趣爱好、对风险的承受能力等多种因素的影响。如果他更倾向于稳定和安全，可能会放弃这个机会；如果他富有冒险精神并且看到了转型背后的巨大潜力，就可能会抓住这个机会。这种选择一旦做出，就会引导他走向不同的未来发展路径。尽管我们的意识选择对未来有着重要的影响，但这并不意味着我们可以完全掌控未来。未来并不完全受我们的规划所左右。外部环境的变化、他人的行为以及一些不可预见的偶然因素都会对未来产生影响。这就要求我们在面对未来时，既要积极地做出意识选择，发挥我们的主观能动性，又要对未来的不确定性保持敬畏之心。实际上从更高的层面去看，我们无须担忧未来的不确定性，也无须担忧规划的方向是否与未来方向可以达成一致，未来要发生的事情，已经在未来发生了，我们只需安住在自己任何的状态中专注地前行，并且只是前行。

在经验的获取方面，只有经验的主体停止经验，才能进入"经验"本身，然而"经验"本身是无法被经验的。这一观点看似矛盾，实则深刻。我们在生活中不断地经历各种事情，积累经验，但往往只是在表面上忙碌地经历，而没有真正深入到经验的本质。当我们能够暂时停止这种习惯性的经验获取模式，静下心来反思，才能真正领悟到经验背后更深层次的意义，从而更好地理解自己和周围的世界。

缘分这个概念也充满了神秘性。我们常常说不知道缘分是什么，才知道什么是"缘分"。喜欢与讨厌这两种情感在很多时候是没有原因的，它们就是一种"缘分"的体现。而我们常常试图寻找的原因，其实只存在于我们的头脑里，从本质上讲，很多发生是没有原因的。这种对缘分的理解让我们认识到，生活中的人际关系和情感联系有很多是无法用理性完全解释的，我们应该更加坦然地接受这些情感的产生和发展。

感受是一种由认知与发生所产生的反应。我们的认知框架会影响我们对各种发生的感受。不同的人对同一件事情可能会有完全不同的感受，这是因为他们的认知不同。例如，面对一次挫折，一个积极乐观、认知较为开阔的人可能会将其视为一次成长的机会，从而产生积极的感受；而一个消极悲观、认知狭隘的人可能会将其视为一场灾难，产生消极的感受。

无须让风波过去，风波自然会过去。这是一种对待生活中困难和挑战的豁达态度。当我们遇到风波时，往往急于摆脱它，但有时候这种急切反而会让我们陷入更深的焦虑。如果我们能够以一种平和的心态看待风波，相信它自然会随着时间的推移而平息，我们就能更加从容地应对生活中的各种起伏。

人们往往习惯性地将自由的对立面定义为禁锢，然而，一种更为深刻的观点指出，自由的对立面不是禁锢，而是更大的自由。这一观点挑战了我们传统的二元对立思维模式。当我们说更大的自由与此刻的自由对立时，一种奇妙的转换就发生了。此刻我们所认为的自由，在与更大的自由形成对立关系的瞬间，就变成了禁锢。这就好比一个人原本觉得在自己熟悉的小环境里可以自由行动，然而当他接触到更广阔的天地和更多元的生活方式时，他会发现之前的那种自由其实是有局限性的，就像被禁锢在了一个狭小的范围内。例如，一个小镇青年在本地过着按部就班的生活，他觉得自己可以自由支配时间做自己熟悉的事情，可当他到大城市体验到各种丰富的文化、多样的职业选择和多元的社交圈子后，他就会意识到原来自己以前所谓的自由其实受到了地域、见识等多方面的限制，曾经的自由如今就像一种禁锢。从另一个层面来看，超越二元对立本身似乎也是一种二元对立的思想，即二元对立与超越二元对立之间的对立。当我们试图超越自由与禁锢这种二元对立的思维去理解自由时，我们又陷入了一种新的二元对立之中。这表明我们的思维在处理这种复杂概念时容易陷入一种循环或者矛盾之中。所以，自由与整体是一种状态，是一种结束了对立的思维的一种状态。在这种状态下，我们不再将自由与其他概念进行对立性的区分。自由不再是与禁锢、更大的自由或者其他概念相对立的存在，而是融入了一个整体的、和谐的存在状态。这种状态就像是一个生态系统，其中的各个元素相互依存、相互融合，没有明确的界限和对立关系。例如，在一个充满包容和多元的社会环境中，人们不会刻意去区分自己的行为是自由的还是被禁锢的，而是在一种自然和谐的状态下生活、创造和发展。他们既遵循社会的基本规则，又能充分发挥自己的个性和创造力，在这个过程中，自由不再是一种单独被定义的概念，而是与整个社会环境、生活状态融为一体的一种存在。

真正的成长是从我们开始认识"自我"，但又不介入"自我"而发生的。认识自我是成长的重要一步，我们需要了解自己的优点、缺点、喜好、价值观等。然而，仅仅认识自我还不够，我们不能过度介入自我，不能被自我的各种标签和定义所束缚。只有这样，我们才能真正实现成长，以一种更加超脱和成熟的姿态面对生活中的各种挑战和机遇。

## 六十一 | 关于生命中诸多现象的哲学思考

世界的本质究竟是什么？这是一个古老而又永恒的哲学话题。而我认为世界的本质就是自由的。这一观点看似与我们日常生活中的体验相悖，因为我们常常会觉得自己正经历着各种"束缚"。然而，如果深入思考就会发现，即使是这种"束缚"的经历，也是我们自白选择的结果。例如，我们可能因为对稳定的追求而选择了一份看似枯燥、充满规矩的工作，从表面看这是一种束缚，但在更深层次上，是我们基于自身的价值观、对风险的判断等因素自由做出的选择。这种对自由的理解突破了我们传统的认知，它让我们认识到自由不仅仅是外在行为的无拘无束，更是一种对自身经历背后本质的洞察。

在探索真理的道路上，"真理"的基础是相信。这是我们追求真理的起点，没有相信的基础，我们很难去深入探究一个理念或者学说。但是，这种相信绝不是盲目的，它必须伴随着思考与质疑。在科学发展的历程中，许多伟大的发现都是在科学家对既有理论的相信基础上，通过深入思考和大胆质疑而取得的。例如哥白尼对地心说的质疑，他相信宇宙应该有更合理的结构，在这种相信的推动下，通过长期的观察和思考，提出了日心说，从而推动了天文学的巨大进步。如果仅仅只有相信而缺乏思考与质疑，那么我们所认定的"真理"可能只是一种未经检验的教条，无法真正触及事物的本质。

真正的无知并非仅仅是知识的缺乏，而是拒绝"未知"，同时又固守"已知"。人类的认知是一个不断发展的过程，"已知"只是我们在某个特定阶段所积累的知识和经验。然而，如果我们仅仅满足于现有的知识，对未知的领域缺乏探索的欲望，甚至排斥新的观念和思想，那就是一种真正的无知。比如在科技发展的过程中，有些传统行业的从业者因为固守自己熟悉的技术和经营模式，拒绝接受新的科技成果和创新理念，最终被时代所淘汰。只有保持对未知的开放态度，勇于突破"已知"的局限，我们才能不断拓展自己的认知边界。

当下我们所经历的"阻碍"，很多时候源自我们对某个观念的执着。观念就像一副有色眼镜，它会影响我们看待事物的方式。如果我们的观念是僵化、执着的，那么"阻碍"在我们眼中就会显得坚不可摧。反之，如果我们能够让自己的观念变得松动，不那么固执地坚守某一种看法，"阻碍"也便随之松动了。例如，一个创业者如果执着于一种传统的商业模式，当市场环境发生变化时，他可能会面临巨大的困难。但如果他能够灵活调整自己的商业观念，适应新的市场需求，原本看似不可逾越的阻碍可能就会迎刃而解。

关于命运，与其说人们被困在"命运"的牢笼中被动经历着，不如说人们在线性自我概念的思维局限中，自动化地用"已知"定义着、取舍着。我们常常认为命运是一种不可抗拒的力量，它决定了我们的人生轨迹。但实际上，这种观念可能是由于我们受到线性思维的限制，总是用过去的经验和现有的知识去判断和决定自己的未来。我们按照自己既定的认知模式去定义什么是好的、什么是坏的，然后据此做出选择。

在人类的认知体系中，存在着一种根深蒂固的定义方式：把可以感知的主体定义为"自我"，而将被感知的对象称为物质。这一划分看似清晰明确，却隐藏着更深层次的哲学内涵。从表面上看，我们周围的物质世界似乎是客观存在且独立于我们的认知之外的。我们每天看到形形色色的物体，感受到它们的质地、颜色、形状等各种属性。例如，我们看到一张桌子，它有着坚固的桌面、四条腿，我们理所当然地认为这是一个真实存在的物质实体。然而，深入探究会发现，事实上并没有一个完全独立于我们感知之外的、绝对真实实有的物质能够被自我直接感知到。我们对物质的感知实际上是自我由"已知"所产生的某种认知结果，并将这种认知命名为物质。比如说，一个从未见过桌子的原始部落居民，当他第一次看到我们所谓的桌子时，他的大脑中没有关于桌子的"已知"概念，他可能不会将这个物体认知为桌子，而是根据他自己已有的知识和经验来理解这个物体，也许会把它看作一个奇怪的、有平面的大木块。这表明我们所认知的物质世界并非是纯粹客观独立的存在，而是与我们的认知方式紧密相连。我们的知识储备在很大程度上塑造了我们对物质世界的感知。一个学过物理学的人，在观察一杯水时，他的认知不仅仅停留在水是一种无色透明、可以解渴的液体上。他还会从分子结构、物理特性等科学知识的角度去理解水，他知道水是由氢和氧两种元素组成的分子结构，在不同的温度和压力下会呈现出固态、液态、气态等不同的状态。这种基于知识的感知与一个没有相关知识的人对水的感知是完全不同的。经验同样对我们感知物质世界起着重要的作用。一个曾经在寒冷的冬天里触摸过金属的人，当他再次看到金属制品时，他会凭借过去那种冰冷刺骨的经验来感知这个物体。而对于一个生活在热带地区、从未有过这种体验的人来说，他对金属的感知就缺乏这种寒冷的属性。我们所看到和理解的物质世界只是一种基于我们自身认知的构建。这意味着物质世界在一定程度上是我们主观意识的产物。我们不能简单地认为物质世界是完全客观存在且不受我们影响的。这种认识促使我们重新审视我们与物质世界的关系，让我们意识到我们的认知并非是对物质世界的简单反映，而是一种主动构建的过程，这个过程受到我们知识、经验等多种因素的综合影响。这也为我们理解世界、探索真理提供了一个新的视角，提醒我们在认识世界时要充分考虑到自身认知的局限性。

"整体"是一种极为抽象和难以捉摸的概念，它是一种时间之外的刹那，没有意义，没有原因，没有路径。它超越了我们日常的思维方式和理解范畴。只要我们心中还有需要通过什么路径，还需要什么办法，还有多少内容要学，还有什么事物要去经历的念头，都是无法触达"整体"的。这就好比在追求精神境界提升的过程中，我们往往会陷入各种方法和目标的追求中，而忽略了真正的"整体"状态是一种超越这些具体追求的境界。

## 六十二 | 关于生活与自我认知的深度思考

世界上没有任何一个事物是以完全个体的形式存在的。这一观点揭示了世界的相互关联性。无论是生物还是非生物，都处于一个复杂的网络之中。例如，在生态系统中，每一种生物都与其他生物和非生物因素相互依存。植物依赖阳光、空气、水分和土壤中的养分生长，同时又为动物提供食物和栖息地；动物则通过传播花粉、种子等方式影响植物的分布和繁殖。从微观层面看，原子由质子、中子和电子组成，这些基本粒子相互作用构成了我们所认知的各种物质。即使是看似独立的人类个体，也与家庭、社会、文化等多种因素相互交织，我们的思想、行为和价值观都受到周围环境和他人的影响。

我们所感知到的一切，其实都只是意识在"自我"特性下进行的无意识作用的呈现。这意味着我们的感知并非是对外部世界的直接、客观的反映。意识在其中起到了一个过滤和构建的作用。比如，当我们看到一朵红色的花朵时，我们的眼睛接收到了花朵反射的光线，但这一视觉信息在进入大脑后，会经过我们的意识根据以往的经验、知识以及个人的心理状态等因素进行加工处理。如果一个人在成长过程中对红色有特殊的情感记忆，那么他对这朵红花的感知可能就会带有这种情感色彩，而这种感知是在意识的"自我"特性下无意识地产生的。

如何思考比思考什么更重要。在追求知识和解决问题的过程中，思考的方式往往决定了我们能否深入理解事物的本质。不同的思考方式会引导我们走向不同的认知方向。例如，在面对一个社会现象时，如果我们采用批判性思考的方式，就会不仅仅满足于表面的现象描述，而是深入探究其背后的社会结构、文化因素和利益关系等。这种思考方式能够帮助我们挖掘出问题的根源，而不仅仅是关注表面的结果。相反，如果只是单纯地关注思考的内容，而没有正确的思考方法，我们可能会陷入片面的理解或者无法触及问题的核心。

我们依据发生做出了种种选择，但一切发生也不是我们"选择"的结果。生活中充满了各种各样的事件，我们基于这些事件做出决策。然而，这些事件的发生往往受到众多复杂因素的影响，并非完全在我们的掌控之中。比如，一个人选择了某个职业，可能是因为他在某个特定的时间和地点接触到了相关的信息或者机会，但这个接触本身是由众多外部因素促成的，如社会的就业趋势、家庭的影响等。这让我们认识到，虽然我们在生活中有自主选择的能力，但也要意识到外部环境对我们的影响，从而以更加谦逊和包容的态度对待生活中的各种选择。

在社会交往中，愿我们不被"认同"所奴役，不因"诋毁"而低迷。认同和诋毁是他人给予我们的评价，它们反映的更多是他人的观点和态度，而不是我们自身的真实价值。在追求个人成长和实现自我价值的道路上，过度追求他人的认同可能会让我们失去自己的方向，为了迎合他人而违背自己的内心。同样，面对诋毁时，如果我们陷入低迷，就等于让他人的负面评价控制了我们的情绪和行为。我们要建立起自己独立的价值观和自信，相信自己的内在品质和能力，不被外界的评价左右。

在人类的精神世界里，觉察是一种极为独特的状态。我们可以把它描述为一种松散开的专注，这种描述看似矛盾，却精准地概括了觉察的本质。普通的专注，是我们将注意力聚焦于某一个特定的事物上。例如，当我们阅读一本书时，我们的注意力完全集中在书中的文字、情节以及所传达的思想上；或者当我们进行一项科学实验时，专注于实验的步骤、数据的变化等。这种专注是有明确指向性的，它将我们的精力集中在一个相对狭窄的范围内，使我们能够深入探究某个具体的对象。然而，觉察与之不同。觉察更像是一种全面的感知能力，在这种状态下，我们不注意任何一件事物，却又能觉察到一切。这就好比我们站在一个开阔的空间里，没有刻意去凝视某一个具体的物体，但周围的一切都在我们的感知范围之内。我们可以感受到微风的吹拂、阳光的温度、周围人的动静，甚至是空气中微妙的气味。这种感知是一种整体性的体验，没有对某个单独元素的刻意捕捉。当我们处于觉察状态时，我们以一种开放的心态去感受周围的一切。这种开放的心态是关键所在。它意味着我们没有预设的判断，没有先入为主的观念去筛选我们所感知到的信息。我们不会因为某个事物不符合我们的期待或者习惯而将其排除在感知之外。例如，在日常生活中，我们常常会忽略一些习以为常的声音，像空调运转的嗡嗡声或者远处车辆行驶的声音。但在觉察状态下，这些声音都会成为我们感知的一部分，我们会平等地对待每一个进入我们感知领域的元素。这种觉察状态带给我们的是一种对周围环境和自身的深度连接。它让我们不仅仅是看到、听到或者感觉到事物的表面，而是能够感受到它们背后的整体氛围和内在联系。比如，在一个团队会议中，我们不仅仅能听到同事们说话的内容，还能觉察到他们的情绪、态度以及整个会议的氛围走向。这种全面的感知有助于我们更好地理解他人、适应环境，并且能够让我们更加敏锐地捕捉到生活中的各种细微变化。觉察是一种超越了普通专注的精神状态，它为我们打开了一扇通往更广阔感知世界的大门，使我们能够以一种全新的、更包容的方式体验生活的丰富多彩。

只有彻底的"死去"才会有全然的"醒来"。这里的"死去"并非指生理上的死亡，而是一种对旧有观念、习惯和自我认知的舍弃。当我们能够放下过去的束缚，摒弃那些阻碍我们成长的思维模式和行为习惯时，我们就如同获得了新生，能够以一种全新的视角看待世界，从而达到一种更高层次的觉醒。这种觉醒让我们更加清楚地认识自己的本质和生活的意义。

没有任何一个"存在"之外的意义。这一观点强调了存在本身的自足性。每个事物的存在本身就是一种意义，不需要去寻找外部的、附加的意义来证明其价值。例如，一朵花的存在不需要为了取悦人类或者有其他特殊的目的，它的存在本身就是大自然的一部分，具有其自身的美感和价值。对于人类来说也是如此，我们不需要为了追求某种外在定义的意义而迷失自我，而是要尊重和发现自身存在的内在价值。

真正的强大是不再试图改变任何观念，以及可以安住在任何观念中且在其内自由流动。这意味着真正的内心强大不是去强行改变外界或者他人的观念，也不是被某种观念所束缚，而是能够在不同的观念之间自如转换。当我们面对各种观念时，能够保持一种开放和包容的态度，既不抗拒也不执着。例如，在多元文化的交流中，一个强大的人能够理解和尊重不同的文化观念，并且能够在这些观念的差异中自由穿梭，从中汲取有益的元素，而不是试图将自己的观念强加给他人或者被他人的观念所困扰。

不要在认知中愤怒，而是在平静中愤怒，这样的"愤怒"是全息且有力量的。全然的"真实"是从认知中的出离，越真实越有力量。愤怒是一种常见的情绪，但如果我们在认知的局限下愤怒，往往会失去理智，让愤怒变得盲目和无力。相反，如果我们能够在平静的心态下保持愤怒，这种愤怒就会更加理性和有深度。它不再是简单的情绪发泄，而是一种基于深刻理解和坚定信念的表达。当我们从认知的局限中出离，达到一种全然的真实时，我们的情绪和行为就会更加有力量，因为这种真实是基于对事物本质的洞察，而不是基于片面的认知或者偏见。

## 六十三 | 关于生命的追问

在我们的生命历程中，始终存在一个深刻且永恒的问题，就是生命的意义是什么？然而，在追寻这个答案之前，我们不妨先反躬自问：生命为何要有意义呢？当我们开始思考生命的意义时，首先应深入思考我们为何会产生这样的思考。究竟是什么促使我们认为生命一定要有意义，并引导我们去追问生命的意义呢？

很多时候，人们会本能地去探寻生命的意义，但却常常忽略思考自己为何会有这样的追问。这一思考步骤能够促使我们审视自己内心的动机和需求。或许是外部认知环境的影响，又或许是对生活的困惑、对未来的不确定以及对存在价值的迷茫等原因，触发了我们对生命意义的思考。通过反思这个起点，我们能够更深入地理解自己的内心状态和潜在需求，从而为后续的思考提供更坚实的基础。

人们通常预设生命"必须有意义"，并期望生命拥有明确且积极的意义，仿佛没有意义的生命是不可接受的。然而，"生命为何要有意义"这个质疑让我们重新审视这一预设。生命的本质原本并无任何意义，意义都是人类为其赋予的一种建构。

我们常常执着于追寻某种所谓的意义和价值，但实际上，这些追寻可能会成为我们生命的牢笼和枷锁。我们忙碌一生，为了追求某种遥远而虚幻的意义，却往往忽略了生命本身的"美好"和"丰富"。生命的意义是需要我们自己赋予和创造的，尽可能不受到外界观念和标准的束缚和限制，但如果我们的生命还需要意义才能前行，那么我们便成为了意义的奴隶。

集体意识的形成并非普遍个体认知的简单累积与叠加。它是由某个强大的个体或一群强大的个体对普遍个体的认知进行覆盖与影响后，普遍个体在其被覆盖的范围内进行复杂互动而产生的产物。人们所谓的独立思考，在很多情况下也只是在集体意识的框架内进行的个体思考，并非真正独立于集体意识之外。

在这一探索过程中，真正的独立思考至关重要。独立思考的本质并非对一个事物不断进行线性的、深入的钻研，而是要不断突破既有认知，从不同的视角去触发对事物全新的理解。在思考生命意义的过程中，这意味着我们不能仅仅局限于传统的答案或既定的思维模式，而要勇于突破常规，以全新的视角去看待生命。每一次新的理解都是对旧有观念的突破和超越，通过不断触发全新理解，我们才能真正实现独立思考，避免陷入线性思维的累积以及集体意识的束缚。

人们往往会陷入二元对立的思维框架内去追寻意义，然而一旦我们跳出这种对立模式去思考，便会发觉其实一切本无意义。例如，当我们深入思索自由的意义时，会突然意识到，倘若没有"禁锢"的观念与之相互制衡，"自由"这一概念将毫无意义。同样，若没有对黑暗的认知和定义来作为对比与衬托，"光明"便会失去其追寻的价值与意义；若没有对苦难的理解和标准，对"幸福"的向往也将无从谈起且变得苍白无力。此时我们才会明白，当我们不再刻意去寻求任何意义的时候，反而回归到了生命本身，也恰恰在这时才会呈现出真正的"意义"。

那些极力鼓励我们去追寻自由的人，或许自身恰恰被各种束缚所禁锢。他们由于对事物有着执着的认知和定义，对自身的"困境"感到不满且无奈，渴望摆脱某种束缚和限制，于是将这种渴望与诉求投射到他人身上。然而，真正的自由源自内心的解放与超脱，它不仅仅是外在的行动自由，更是一种内心的平静、安宁与自在，是一种终结了"自由"与"束缚"之间对立与分别的状态。当我们执着或坚定地去寻求某件事物时，本身就表明内在不够坚定，真正的内在坚定对外是松动且柔软的。

我们能够从中获得滋养和成长的事物，往往是我们内心深处本就认同和渴望的。我们的内心存在一种内在的驱动力和指引，引领我们去追求与我们的价值观、信念和人生目标相契合的事物。当我们遇到与自己认同的事物时，会产生强烈的共鸣和契合感，这种感觉会进一步强化我们的信念和选择。从某种层面来讲，我们常常只选择、接受并学习自己喜欢的，而从不学习和观察那些与自己认知不符的事物，也不接触自己不喜欢的东西。正因如此，我们一直未能真正增添新内容或获得更多不同的认知，始终只是在某个特定角度上进行叠加累积，无法更加整体、全面地理解和认识世界。

我们的头脑是思考和认知的重要工具，但它也常常受到各种因素的干扰和影响，导致我们对事物的理解产生"偏差"和"误解"。当头脑不再执着于固有的定义和观念，不再试图将事物强行关联和归类，而是以一种超然、客观和平和的姿态去看待一切时，事物才能呈现出它们"本来"的样子。而这种本来的样子往往是超越了我们常规认知和理解的，它没有固定样子和模式，而是充满了无限的可能性和多样性。也可以说本来的样子，就是没有任何"样子"。

时间是一种相对的概念，并非客观存在的实体。对于个体来说，我们对时间的体验具有主观性。我们之所以常常感觉时间在流逝，是因为我们以线性方式感知事件的先后顺序，并通过记忆和预期来构建时间概念。但实际上，我们或许并没有真正"经历"时间本身，而只是在时间的框架中感受到各种变化和事件的发生。可以说，我们并没有真正经历时间，只是被时间的概念所束缚。

所谓变化，是我们的头脑在时间观念下对时刻全新的"你"进行的线性解读。生命的本质时刻全新，然而头脑往往习惯于以线性思维方式理解这些变化，进而产生一种错觉，认为事物是沿着一条固定的轨迹和方向发展的。

许多人因渴望获得更整体的视角以及更全然的存在方式，常常会选择像冥想这样的方式。然而，真正的冥想其实是一种内在状态，不存在任何固定的形式。它代表着一种全然的生活状态，终结了所有的"刻意"，是内心在去除了对立与分别之后所呈现出的宁静与平衡。冥想可以提高我们的专注力和觉察力，让我们能够更加清晰地认识自己和世界。只有当我们不再刻意去追求某种特定的状态或体验，而是顺其自然地感受内心的变化与流动时，我们才能够真正抵达冥想的境界。

从某种角度而言，任何层面的苦难与磨砺并非能给我们带来实际意义上的"成长"，反倒可能使我们的灵魂积聚匮乏与疲惫。苦难与磨砺只是我们对所发生之事的一种固有解读与认知罢了，我们完全可以选择以不同视角去看待一切事物，因为事物本身并无任何属性，所有的属性都只是认知层面的一种解读。

当我们的信念不再依赖于某种具体的形式或信念载体，也不再将信念赋予任何外在客体时，我们才真正成为信念本身。相反，当我们坚定地拥有某种信念时，往往只是在坚守某种固定不变的认知。若你的头脑不再被任何信念、对成功的渴望以及对失败的恐惧所束缚，并且能够完全摒弃无论是快乐还是苦痛的经历，还有理想和自我投射的未来等种种幻象，那么你就会洞察到什么是全然的存在。生命本身并无任何意义，全然的存在便是生命最大的意义。

## 六十四 | 超越情绪的绝境

在时代的发展中，科学的进步无疑占据着我们生活中至关重要的地位。而我认为科学，实质上是基于时空性的"集体意识"对假例进行赋予和阐释的过程。科学的发展历程，是人类在特定时空背景下展开的一场壮丽探索，通过对自然现象的细致观察、精确实验和严密推理，力图揭示事物的内在本质和普遍规律。然而，我们必须清醒地认识到，科学的结论并非绝对的真理，而是在特定条件和阶段下的相对认知。它们往往会随着时间的推移、新的发现和研究的深入而不断被修正和完善。我们需要保持勇于探索"未知"的精神和敢于质疑"已知"的态度，持续不断地拓展自我对世界的认知边界。

追求自由，是人们内心深处最炽热的渴望之一，但这种渴望的根源却在于自我常常将"我"从整体中分离出来成为独立的个体。当我们过度强调自我的独立性和特殊性时，便会在无形中给自己套上种种束缚与枷锁，自己将自己困在了"不自由"的牢笼内。其实，真正的自由并非孤立的存在，而是与整体和谐共融并成为一体的状态。我们需要意识到，自我与他人、与世界万物本就是相互关联、彼此依存的整体。只有当我们放下对自我认知的执着和偏见，以全然的状态触及整体的视角时，就能真正体验到自由的深邃内涵。

时间和空间，这两个看似非物质的概念，却以一种极具物质性的方式呈现并影响着我们的生活。尽管我们无法用双手直接触摸到时间和空间，但它们却如影随形地塑造着我们的世界。时间的流逝让我们真切地感受到生命的变化与轮替，空间的存在使我们能够清晰地感知到物体的位置以及事物之间的相互关系，并且时间和空间是相对的概念，它们的测量和感知会因观察者的不同视角和背景而产生差异。

事物的"运动"，作为我们日常生活中司空见惯的现象，其本质是以"时空"为基石的无数个点的停留总和。从物理学的视角来看，物体的运动是其在空间中位置的不断变化，而这种变化是在时间的流淌中逐步发生的。我们可以将运动形象地看作一系列瞬间的定格，在每一个瞬间，物体都占据着一个特定的位置，而这些瞬间的连续且有序排列就构成了运动的完整过程。然而，本质上根本就不存在这个运动的现象，因为并不存在一个可以产生运动的时间与空间，时空的观念本身就是由头脑所制造的"幻象"。

理性，作为人类思维的重要工具，在我们认识世界和解决问题的过程中发挥着关键作用。然而，理性也有可能沦为"已知"的奴隶，因为理性总是依据于"已知"为基础而发展，当我们过于依赖已有的知识和经验时，就容易陷入思维的定式和局限，难以产生新的观念和接受不同的想法。因此，我们必须时刻保持敞开的心态，意识到理性的思维也是存在局限的，积极探索未知的领域和知识。只有这样，我们才能不断拓展自己的认知边界，成为更完整的自己。

彻底的"完整"，是一种意识的层面，它是在洞见到一切皆无绝对意义的深刻领悟中得以呈现的。当我们能够超越集体意识与周围环境为我们赋予的生命意义，透彻地看清事物的本质和虚无，才能真正体验到"完整"的境界。然而，这种完整并非是消极的放弃或逃避，而是一种积极的超脱和升华。它使我们能够以一种平和、淡定的心态面对生活中的一切境遇以及生命中的一切发生。

我们常常习惯性地认为自己的"过去"已经消逝在了时光中，"未来"则尚未到来，生命中充满了未知和不确定性。然而，"过去"并没有真正消失，它以记忆和经验的形式存在于我们的脑海中，对我们的"现在"和"未来"产生了深刻的影响。"未来"也并非遥不可及，它已经在某种程度上在当下呈现出种种的迹象和相对的必然性。每一个"瞬间"都是过去、现在和未来的交织融合，我们的选择和行为不仅会塑造未来的走向，同时也受到过去经历的制约。但实际上我们的存在是一种叠加态的涌现，而并非简单的时间线性累积，过去、现在与未来也并不是线性的发展，而是本就一体的同时发生。

所有的"确定性"，在某种程度上都是以一种未知的方式呈现给我们的。从整体的宏观角度来看，不存在绝对的"确定性"，因为确定性本身往往是线性活动的产物，而世界是一个复杂多变、充满不确定性和偶然性的有机整体。我们所认为的确定性，通常是基于有限的信息和经验所做出的判断，这些判断在面对世界的无限变化和复杂性时，往往显得苍白无力。因此，我们要学会拥抱不确定性，以一种全新的视角迎接生活中的一切发生。

很多人在思考什么样的人生是圆满的，我认为真正的圆满，是一种无论处于何种境遇中都能全然享受的境界，而这种享受是超脱二感受层面的"享受"，是一种以享受为基底的对世界万物超然的旁观。当我们能够以一种超然的旁观视角看待生活中的喜怒哀乐、悲欢离合时，就没有了认知的执着和偏见，以及对事物的期待和分别，就会用享受的状态经历生命中的一切发生，以享受的状态经历快乐，同时也以享受的状态经历悲伤。

在生活中，我们常常会因为各种挫折、困难、打击而陷入强烈的负面情绪之中，感觉自己仿佛处于绝境，被绝望、痛苦、沮丧等情绪所包围，似乎找不到出路。然而，生命本身是顽强且充满奇迹的。即使我们在情绪上陷入了最黑暗的角落，生命依然在悄然运转，依然有着无数的机会和可能等待着我们去发现。生命的历程中，没有真正的绝境，只要我们愿意去调整心态、积极面对，就总能找到突破困境的方法和途径。每一次的挫折都可能是成长的机遇，每一次的情绪低谷也都可以成为我们重新崛起的起点。所以只有情绪的"绝境"，而生命并没有绝境……

其实当你可以觉察到自己正在处于某个情绪中时，那个情绪就松动了。觉察，是一种没有观察者的无参与性的全然观察，它是一种超越自我局限的深刻洞察。当我们能够超越自我的狭隘视角，以一种客观、平和的眼光看待世界时，便能实现真正的觉察。这种觉察使我们能够穿透事物的表象，洞察其本质和真相，而不受立场和偏见的干扰和蒙蔽。

然而情绪，往往源自我们内心深处一个坚固的认知框架。因此，"智慧"的人会直面事物的本质，努力松动那个坚固的认知框架，而不是仅仅停留在表面，去处理为坚守那个认知而产生的情绪。认知是由我们所处的环境塑造而成的，我们越是沉浸在特定的环境中，认知就越容易变得固化和狭隘。而时刻保持松动的认知，则能够使我们以一种灵活、开放的方式应对生活中的各种变化，从而避免被情绪所左右。当然，以上所述只是一种"思考方式"，"时刻松动"本身在更大层面上也是一种更大的不松动。我们需要在实践中不断探索和领悟，找到一种适合自己的生活方式和思维模式。

　　对事物深刻的哲学思考为我们打开了一扇深入理解世界和自我的大门，引导我们以更加智慧、平和的心态去经历生活中的事物。我们在不断地反思和探索中提升自己的精神境界和思维层次，在这个充满未知和变化的世界中，我们学会拥抱不确定性，以全新的视角迎接生活的每一个瞬间，用心去感受和体验生命的美好与丰盛。以"享受"的状态经历生命中的一切发生，成为更完整的自己。

## 最后语：待我消融于世间，请让我化为一切来拥抱你

在生命的尽头，或是在灵魂达到某种极致的境界之时，我渴望着消融于世间。这并非是一种消极的消逝，而是一种积极的融入。这个世间，是一个充满无限可能与奥秘的巨大整体，有着纷繁复杂的景象、形形色色的生命以及无尽的情感交织。

当我说待我消融于世间时，我想象着自己如同冰雪融入大地，成为大地的一部分，滋养着万物生长。我将不再是那个独立的、有着各种局限的个体。我的自我意识，那些关于我的身份、我的过往、我的偏好等一切将我定义为"我"的东西，都将渐渐散去，就像晨雾在阳光照耀下慢慢消散。

我希望能化为世间的一切来拥抱你。我想化为那轻柔的微风，在你不经意间拂过你的脸庞，带去最温柔的问候；我想化为那灿烂的阳光，穿透层层云雾，洒在你的身上，给予你温暖与光明；我想化为静谧夜空中闪烁的星星，在你抬头仰望的时候，成为你眼中的一抹希望与宁静。

我要化为春天里盛开的花朵，用缤纷的色彩和芬芳的香气包围你，让你感受到生命的蓬勃与美好；我要化为夏日里清凉的雨滴，洗净你身上的疲惫与尘埃，为你带来清爽与惬意；我要化为秋天金黄的落叶，

在你脚下铺就一条诗意的道路，伴随着你前行的脚步，为你诉说岁月的故事；我要化为冬日里的炉火，在寒冷的日子里为你驱散严寒，成为你心灵的慰藉。

我还要化为世间的声音来拥抱你：我要化为清晨鸟儿的欢歌，在你耳边奏响一曲充满生机的乐章；我要化为海浪拍打海岸的澎湃声，让你感受到力量与浩瀚；我要化为静谧森林里树叶的沙沙声，带你进入一个宁静而深邃的世界。

我想以这样的方式来拥抱你，这种拥抱超越了身体的接触，是一种灵魂深处、与世间万物相连的情感交融。因为在消融于世间并化为一切的过程中，我才能真正地、毫无保留地贴近你，与你共享这个世界的所有美好、所有温暖以及所有深沉的爱。

认知的边界并非"世界"的边界，

而是意识个体化的"自我"设限。